烽火硝烟中的晋察冀

锻造了作家、艺术家的初心

他们经历战争洗礼

坚守为人民大众创作的方向

充满革命乐观主义精神

烽火韶华

——晋察冀红色艺术家的故事

郭文岭　王　瑜　陈延慧 / 主编

中国言实出版社

图书在版编目（CIP）数据

烽火韶华：晋察冀红色艺术家的故事 / 郭文岭, 王瑜,
陈延慧主编. -- 北京：中国言实出版社, 2023.7

ISBN 978-7-5171-4492-2

Ⅰ. ①烽… Ⅱ. ①郭… ②王… ③陈… Ⅲ. ①纪实文
学 – 作品集 – 中国 – 当代 Ⅳ. ①I25

中国国家版本馆CIP数据核字（2023）第099430号

烽火韶华
——晋察冀红色艺术家的故事

责任编辑：王战星
责任校对：郭江妮

中国言实出版社
地址：北京市朝阳区北苑路180号加利大厦5号楼105室（100101）
编辑部：北京市海淀区花园路6号院B座6层（100088）
电话：64924853（总编室）　64924716（发行部）
网址：www.zgyscbs.cn
E-mail: zgyscbs@263.net

经销：新华书店
印刷：滨州传媒集团印务有限公司
版次：2023年7月第1版　2023年7月第1次印刷
规格：710毫米×1000毫米　1/16　12.75印张
字数：240千字

定价：58.00元
书号：ISBN 978-7-5171-4492-2

本书编委会

主　　任：史建伟

副 主 任：方竹学

编　　委：郭文岭　王　瑜　陈延慧　胡振江　李　冉

　　　　　路兴涛　荣　岩　耿　凤　刘亚荣　杨惠玲

　　　　　杨红霞　阿　静

主　　编：郭文岭　王　瑜　陈延慧

特约编审：胡振江

前　言

　　《烽火韶华——晋察冀红色艺术家的故事》，是一本光荣之书、使命之书。

　　晋察冀这片英雄的热土，是中国抗日战争的战略要地、重要战场。1937年7月，抗战全面爆发，党中央决定在以五台山地区为中心的晋察冀三省边界，创建抗日民主根据地。1937年11月7日，聂荣臻奉命率部两千余人在今河北阜平建立晋察冀军区。1938年1月，建立晋察冀边区政府，创建了华北第一个抗日民主根据地。边区文化工作随之开展起来，并与根据地军事斗争、政治斗争、经济斗争、民主建设同步进行。

　　一批又一批意气风发的文艺战士，在党的领导下，不畏牺牲，英勇斗争，创作出了大量反映人民斗争生活，描写边区革命建设，揭露控诉日本侵略者的优秀作品。这些作品体现了鲜明的人民性、战斗性，题材丰富，内容鲜活，富有开拓创新精神，为军民所喜闻乐见。革命文艺，作为整个革命机器的一个组成部分，成为团结人民、教育人民、打击敌人、消灭敌人的有力武器。

　　烽火硝烟中的晋察冀，锻造了作家、艺术家的初心。他们经历战争洗礼，坚守为人民大众创作的方向，充满革命乐观主义精神。有的在边区成长为知名艺术家；有的在生活上有了丰厚积累，为以后发展打下坚实根基；有的则牺牲在战斗中，把青春热血贡献给党和人民。1949年以后，从晋察冀走出来的文艺家，以在历史上的承继性和在新时期的创作性，为新中国文坛做出了卓越贡献。

　　晋察冀革命文艺，是中国文艺史的辉煌篇章；晋察冀红色艺术家，星空璀璨。烽火岁月，党领导下的革命文艺照亮了人们的思想，鼓舞了人民前进的步伐。红色艺术家和他们的经典之作，以艺术形式见证英雄土地的浴火新生，生动记录党团结带领人民顽强拼搏、创造的辉煌伟业，也集中展现着文艺前辈以人民为中心的艺术精神、为时代鼓与呼的责任担当，融入了中国共产党人的精神谱系。

　　2020年10月至2021年6月，为认真学习贯彻习近平总书记关于在党史学习教育中用好红色资源的重要指示精神，传承红色基因，弘扬优良传统，引导激励广大文艺工作者牢记初心使命，生动宣传党的丰功伟绩，走好新时代赶考路，在中共河北省委宣传部领导下，河北省文学艺术界联合会、河北省作家协会、河北新闻网、河北省图书馆联合组织开展了"永远跟党走——河北省庆祝中国共产党成立 100 周年主题文艺创作之百名红色家再发现"征集活动。以 1921 年 7 月 1 日至 1949 年 10 月 1 日为主要征集时段，通过专家推荐和社会推荐相结合，征集工作组函询走访、查阅史料文献充实完善等多种形式，共征集到 235 位在此期间在河北大地战斗、工作过，或在河北成长、成名，在全国或河北艺术史上有影响的红色文学艺术家的珍贵资料。经过对所有资料认真梳理核校，邀请有关专家研讨评审，并请中共河北省委党史研究室进行导向、学术把关，最终遴选出 135 名红色艺术家、368 件重要藏品，以图片和实物展示相结合、线下和线上展厅相结合的形式进行展览。"再发现"展览展示活动，引起强烈社会反响。

为落实河北省委领导"让全社会知晓百名艺术家的贡献"指示精神，作为"再发现"的延伸工程，河北省文联于 2021 年 7 月启动"百名红色艺术家故事集"采写、整理项目。2023 年以来，在学习贯彻习近平新时代中国特色社会主义思想主题教育中，按照河北省委宣传部《中国式现代化河北场景主题文艺创作实施方案》部署，进一步谋划创作和编辑工作。经过作者和工作人员共同努力，完成第一批 35 篇晋察冀红色艺术家的故事，共计 15 万字。中国言实出版社以国家级大社的担当，确定《烽火韶华——晋察冀红色艺术家的故事》为社重点图书选题，并投入重要编辑力量进行策划、编校等工作，为红色艺术家立传记、传精神。走进历史深处进行"打捞"和梳理，重拾峥嵘岁月记忆，重温革命历史情怀，也是对新时代文艺人初心的砥砺、精神的滋养。

党的二十大报告提出"以中国式现代化全面推进中华民族伟大复兴"。新时代新征程，向着第二个百年奋斗目标进军的号角已然吹响。以伟大建党精神为源头的中国共产党人精神谱系，是激励全党全国各族人民不断攻坚克难、从胜利走向胜利的强大精神力量。新时代的文艺工作者，必将深切铭记文艺前辈们的杰出贡献，传承红色基因，赓续红色血脉，以更加强烈的使命担当，自觉肩负起举旗帜、聚民心、育新人、兴文化、展形象的使命任务，为"推进文化自信自强，铸就社会主义文化新辉煌"贡献磅礴的文艺力量。

本书编委会

2023 年 5 月 26 日

目　录

第一辑　文学长风

丁玲与《太阳照在桑干河上》

陈　晔

1946年，丁玲在温泉屯

丁玲（1904—1986年），湖南临澧人，中共党员，著名作家、社会活动家。

1930年，丁玲参加中国左翼作家联盟，1932年加入中国共产党。1936年11月，丁玲奔赴陕北，成为到达中央苏区的第一位知名作家，受到毛泽东、周恩来等领导同志欢迎。历任中国文艺协会主任、中央警卫团政治部副主任、西北战地服务团主任、《解放日报》文艺副刊主编、陕甘宁边区文协副主席等职。创作出《我在霞村的时候》《在医院中》等许多思想深刻的作品。

1946年夏天，中共中央《关于清算减租及土地问题的指示》下达，丁玲立刻请求参加晋察冀中央局组织的土改工作队，去桑干河两岸的怀来、涿鹿一带进行土改。她走家串户，访贫问苦，与广大群众同呼吸、共命运，兴致勃勃地和农民交融在一起，于1946年11月初在阜平一个小村庄开始了《太阳照在桑干河上》的创作。1947年10月，中共中央发布《中国土地法大纲》，丁玲在创作过程中进行学习，对于前阶段土地改革实践中的问题，得以从更高的理论政策水平上进行再认识。为丰富小说内容，1947年春、冬，她又去土改尚在进行的冀中农村体验生活。1948年6月，长篇小说《太阳照在桑干河上》在河北正定华北联合大学完稿，同年9月，由东北光华书店初版发行。这是一部反映土地改革的史诗性作品，也是中国现当代文学的经典之作。

3

美丽的胭脂河顶着秋阳迎接我。从阜平县北果元乡广安村下车，就离我们此行的目的地——抬头湾不远了。

我要重走丁玲走过的这条小路，去拜访诞生名著《太阳照在桑干河上》的村落。

次日便是中秋。丁玲在这里过的1947年中秋。花好月圆，她与丈夫、女儿在抬头湾过了一个大山里的中秋节。

1946年10月，在张家口桑干河畔温泉屯进行土改工作的丁玲，因为国民党军大举进攻，不得不撤出张家口，回到革命老区阜平县。她一到阜平县境，就和战友们说："我现在需要一张桌子、一叠纸、一支笔。"

在阜平的两个山湾湾中，她写出了一部享誉世界的长篇小说。

—

"这村为什么叫抬头湾?"

丁玲从张家口撤回阜平后，于1947年3月从红土山村来到了抬头湾，她不禁好奇地问。她来的时候，还带着在红土山村未写完的小说稿《太阳照在桑干河上》。

"站在胭脂河，一抬头，天边有一道山湾湾，就叫抬头湾。"

丁玲离开这里七十多年了，当年七八岁的孩子才有记忆。

年过九旬的甄占元，村里人叫他三爷爷。我向他打问丁玲，他朗声说："丁玲啊，知道!"

三爷爷带着我穿过一条阜平方言里的"和廊道"（即胡同），来到南坡根儿。这是丁玲住的房子旧址，她当时住在小东屋。这座小院的正房本是南屋，已经拆了，盖了北屋。北屋也没人住，老主人去世后，孩子们在县里住。

听说有人来采访，一个五十多岁的村民主动找过来。他记着村里的事儿，而且一下子说了一大溜子在抬头湾待过的人物：康濯、萧三、许世平、王雪波……他们都是后来驰名文坛和担任过重要职务的人。但最让人津津乐道的还是《太阳照在桑干河上》，这里是小说的第二个原创地。

王雪波时任晋察冀群众剧社社长，康濯任边区抗日联合会秘书长。1946年9月底，群众剧社从张家口撤到阜平县石猴村。1947年初，群众剧社又从石猴村搬到抬头湾，排演了王雪波在温泉屯写的大型歌剧《翻天》。这个戏在阜平、完县（现为顺平县）演出了两个多月。9月中旬，晋察冀中央局在广安村召开"土地会议"。剧社每天为大会演出，小歌剧

《宝山参军》演出后，罗瑞卿将军上台接见了演员。

抬头湾村依山傍水，当时只有四十多户人家。后山上有一棵八百岁的老橡树，丁玲和爱人陈明常爬后山在老橡树下歇着。丁玲爬的那座山还在。为拍摄老橡树，我决定上去一趟，给我领路的是一位八十多岁的"儿童团员"。因为多年没人上去，上山的小路被荆条和鬼针草护住，只能一手拨荆棘，一手拽草上坡。老人说："不是因为你，我可不上来。"橡树结的果子叫橡丸子，过去饿肚子年代，常吃橡子面。我们拨开荆棘来到老橡树跟前，树上有一块写有"河北省古树"字样的牌子。前面是缎子似的胭脂河，泛着粼粼波光。丁玲和爱人在老橡树下休憩的时光一定幸福而惬意。

抬头湾的生活是安静的。丁玲的主要时间用来写小说，累了，就出去散步。住的地方不远处有碾子，碾子上推出的玉米粒儿，掉落在地上，丁玲就捡起来，她是那样的爱惜粮食。看到村里谁家的胖娃娃，她会接过来抱抱。姑娘媳妇们在树荫下纳鞋底，她也会凑过去和她们一起聊天，听她们说话，觉得有趣的她就掏出小本记下。村里妇女们问她记这个干啥，丁玲笑而不语。

抬头湾，这里能看到山里的明月，春天的空气里弥漫着枣花的香气。随季节，杏花、桃花、槐树花、枣花次第开放，形成一个花香鸟语的世界。抬头湾给了丁玲一个舒心的环境，激发了她的创作灵感。

当年的碾子还在，厕所和猪圈还在。厕所和猪圈在丁玲和陈明的回忆录里都写过。陈明这样写道："在抬头湾，我们又换了一次房子，屋子西晒，门前有一条宽宽的走廊。走廊前的门上有个芦苇的帘子，门前有七八个猪圈，厕所和猪圈是连在一起的，蹲坑时有时猪嘴就拱过来了，开始很不习惯。丁玲继续写《太阳照在桑干河上》。"

丁玲离开抬头湾的时候，房东大娘给她做了一双鞋。她没有东西可送，就将自己常用的一个坐垫儿给了房东大娘。这个坐垫儿，房东留了半个世纪。前几年，她儿子捐献给了城南庄晋察冀边区革命纪念馆。因没有时间去，我联系纪念馆，纪念馆的同志把坐垫儿的照片发给了我。

丁玲、陈明夫妇与萧三、甘露夫妇同住在郑光礼家。他们两家搭建了一个简易的小棚当伙房做饭，两家人在一起吃。院子里有一棵老槐树，还有两棵香椿树。天热了，丁玲在院子里放一把躺椅。女儿蒋祖慧在二十里外的槐树庄上学，每天由勤务员张来福接送。儿子蒋祖林学校放假来这里住过一段，一家人在村里拍了张全家福。

在丁玲离开七十年后，我来到这里寻找丁玲。村边汽车站候车厅里一些老人在打扑克。他们说，村子比丁玲在的时候大出了许多。当时她住的村口，现在成了村中心，向外扩展出一华里。

<h1 style="text-align:center">二</h1>

从抬头湾出来，我步行三里地走回广安村，乘坐小面包车返回县城，又雇了辆车赶往县城北面的史家寨乡红土山村。红土山村位于县城北边，接山西省灵丘县。这是1946年丁玲从张家口到阜平落脚的第一个村庄。

这里也是一个山湾。原来作为晋察冀边区政府的史家寨村已经拆除，正在盖楼。阜平县推进乡村建设，我担心村里旧房全部拆了，将来找不到旧址，所以一定要拍到照片。好在，红土山村保存完好。更幸运的是，遇到一位参加过解放石家庄战役的九旬老人。他面色红润，思路清晰，知道我从石家庄来，非常高兴。

说起七十年前的事儿，村里的年轻人都不了解。我直接找村里上年岁的。八十来岁的人村里有三个，其中一个不在村住，两位在村的八十岁老人带我去旧址。他们是党员，也是当年的儿童团员。那位九十岁的老人当时参军走了，不在村里，所以村里的事情他不清楚。

1946年10月14日，丁玲、陈明夫妇和萧三一家随报社来到红土山村，住在一个叫八间房的地方。因为住房紧张，两家住一条大土炕。

昔日的八间房已经不在，旧址上先后盖过几次房。现在是一个菜园，里面种着豆角、黄瓜、茄子。白露以后，豆角架上还有花。

"这是公家盖的。"

公家就是当时的边区政府，房子是专门供八路军和机关住的。除了八间房，还有十间房。起地名时，就是根据房屋的间数起的。

带我找旧址的老人说："丁玲和村里人处得可好哩。她不忙的时候，我经常去她屋里玩。"

他说的"不忙"，是丁玲不写作的时候。

丁玲忙的时候，他们也去。他们蹑手蹑脚地走进丁玲的院子，依在门框上胆怯而又腼腆地瞅着她写东西。丁玲是他们眼中的"女秀才"。

从张家口撤出，在回解放区的路上，丁玲脑子里始终惦记着桑干河畔的温泉屯。她与那个住了二十来天的山村有了感情，和她一起参加土改工作的有阜平籍的群众剧社演员赵路。几头毛驴驮着他们的行装，一路颠簸。到了阜平境内，丁玲对丈夫陈明和同行们说："我的小说已经构思成了，我现在需要的只是写作。"

在红土山村，丁玲回忆着张家口的桑干河和温泉屯，回忆着火热的战斗生活。创作的激情汹涌澎湃，一个个人物在她脑子里活跃起来。

红土山的深冬，雪花飘飘。冷风吹打着窗户纸，呼呼儿啸叫。陈明请人在屋里砌火炉

（阜平叫"煤火"），烧的是炭灰铺煤矿的煤。丁玲以前每天能走六七十里，现在因为腰疼走二里地到史家寨开会都困难。晚上躺在床上不管什么姿势都疼，她就用热水袋敷腰。丈夫为了她，就把煤火加高了。白天她坐在桌子前，腰贴着煤火的炉壁写作。

1947年春节，他们是在红土山过的。过年期间，村里组织秧歌队去史家寨边区拜年、演出，丁玲女儿祖慧和勤务员张来福演了《夫妻识字》《兄妹开荒》，陈明负责排戏，并带着他们去了区里演出。

蒋祖林在回忆录里写了红土山母子相逢的情景。他们学校路过红土山村，她在一块白布上写上：儿子，妈妈在这里等你。十六岁的蒋祖林忐忑地掀开了村头一个挂着门帘的屋子，惊喜地见到了日思夜想的妈妈……

在这里，丁玲过了春节，住了五个月，写了十万余字的小说。

三

1947年3月，丁玲一家和萧三一家离开红土山，搬到了抬头湾。不久，边区工会、农会、青联、群众剧社也来到这里。萧三夫妻住了一段时间，后来去了城南庄。丁玲因为写小说，喜欢这里的安静，没有走。

丁玲夫妻二人的业余生活是下跳棋，没有棋子，就用黑豆和黄豆替代。夏天，挂上了蚊帐，他们就在蚊帐里点着油灯下。女儿在学校住宿，就他们夫妻和张来福三个，日子过得很安逸。康濯、萧也牧常来这里，萧也牧帮着丁玲抄写过书稿。

1947年9月，丁玲到广安村参加土改工作会。已有八十岁的、在广安村开商店的老人还记得她，当时他只有八岁，他说："丁玲啊，胖嘟嘟哩。"这一年，丁玲四十三岁。

1947年10月，丁玲到阜平县史家寨宅北村参加土改整党会议，学习《土地法大纲》。同年11月，她返回抬头湾，不久又赶赴石家庄的获鹿县宋村（今裕华区宋村）参加土改工作。

四

蒋祖林来过两次抬头湾。可谓母亲在哪儿，家在哪儿。

1947年3月20日，张来福牵着马来到平山柏岭村，接上学的蒋祖林回抬头湾，一百九十里的路两人走了两天。分别五个月的母子在这里见了面。

第一次到抬头湾的蒋祖林读了他母亲写的小说初稿，经常与母亲谈起小说中的人物。丁玲给他讲了在温泉屯的土改生活，谈到了小说的原型。

蒋祖林回忆道："这时，妈妈的生活也是比较艰苦的。粗细粮交叉着吃，菜里肉也不多，只是晚上常可煮点儿红枣吃。阜平盛产红枣，比较便宜。"

1947年8月12日，十七岁的蒋祖林从西柏坡赶到抬头湾村征求妈妈的意见，他决心跟参加全国土地会议的东北代表团去东北。当时，东北和华北两大解放区被分割，路远，有危险，他得征求母亲的意见。

丁玲刚吃完中午饭，饭碗还没收拾，儿子蒋祖林就到了。从柏岭村到抬头湾，蒋祖林走了两天，到家时，又累又饿，还患了疟疾，忽冷忽热。丁玲给他吃了几粒奎宁，到第二天才好。

这一次，蒋祖林在抬头湾住了四天，8月16日早上吃过早饭走的。他在回忆录《我的母亲丁玲》中写道："妈妈的长篇小说几近完成，可我却没有时间读她的小说了。妈妈把她戴的手表给了我，这是全家唯一的一块表。"

五

丁玲在抬头湾村住了九个多月。《太阳照在桑干河上》已经基本成稿，单等结尾。

1948年6月14日，她从正定县坐车到城南庄住了一晚。第二天，又坐马车赶回。回到正定后的丁玲伏案疾书，小说在此竣稿。1948年9月，《太阳照在桑干河上》由东北光华书店出版。当年11月，她带着书到莫斯科参加了世界民主妇联第二次代表大会。1951年，该书获得该年度斯大林文学奖，为新中国新文学赢得了世界性荣誉。

在阜平红土山、抬头湾两个山湾湾中创作的《太阳照在桑干河上》，一出版就引起了巨大反响。《中国青年》杂志撰文："……对于我们青年来说，不论是否要参加土地改革工作，学习了有关土地改革的文学作品，对我们是会有帮助的，因此，我们推荐《桑干河上》（原名）与《暴风骤雨》给青年同志们。"1948年，苏联汉学家柳芭将其翻译成俄文。1949年，苏联国家文学出版社出版了俄文全译本。此后，这篇小说被翻译成捷、匈、罗、德、朝等十几个国家文字。捷克著名汉学家雅罗斯拉夫·普实克说："《太阳照在桑干河上》是丁玲在解放区创作高峰时写的既深刻又深思熟虑的作品。"

丁玲离开抬头湾之后，再也没有回来过。1948年6月那次回城南庄，本来距抬头湾咫尺之遥，但因为没有时间，错过了一次重逢。但是，山湾湾里的人们还记着她，记着《太阳照在桑干河上》。慕名而来的文人墨客也会像她第一次到这里一样，好奇地问："这里为什么叫抬头湾？"

是啊，为什么呢？

王林：冀中的莫里哀

韩雪

王 林

王林（1909—1984年），河北衡水人，剧作家、小说家。曾参加过一二·九运动，亲历过西安事变。1931年加入中国共产党，积极参加左翼文艺运动，擅长戏剧创作。1936年创作了三个剧本：《打回老家去》《火山口上》和《黎明》。抗日战争初期，王林曾任冀中火线剧社社长，仅在1938年3月前后便以蓬勃的战斗热情创作了《活路》《警号》《家贼难防》等五个剧本。这是晋察冀边区第一批及时反映抗战题材的戏剧创作，具有重要的影响力。

1932年，他开始尝试小说创作。1942年冀中五一反"扫荡"时，王林坚决要求留在冀中，见证反"扫荡"这一壮举。1943年完成的长篇小说《腹地》，就是反"扫荡"时他趴在堡垒户的地道口，像写遗嘱一样写出来的。他将手稿深埋地下，直到1945年抗战胜利后才从土里挖出，1949年得以出版。《腹地》被孙犁称为"一幅伟大的民族苦难图和民族苦战图"。

王林的短篇小说在艺术上更为成熟，散发着浓郁的冀中泥土气息，构思巧妙，挥洒自如，抒情性强，代表作有《五月之夜》（1946年《长城》创刊号）和《十八匹战马》（1946年《北方文化》第一卷第三期）。王林曾担任"冀中一日"群众写作运动中的组织和编辑工作。

曾有"冀中的莫里哀"之称的王林,不仅是著述丰富的文学家、剧作家,也是一位老党员、坚定的革命战士。他曾从事地下工作,经历过一二·九运动和西安事变,在衡水组织过抗日锄奸团。抗战期间,他是冀中地区红色文艺活动的主要领导者之一,组织并参与了著名的"冀中一日"群众写作运动,是冀中人民在党的领导下浴血抗战的忠实记录者。

一

1909年,王林出生在衡水市桃城区赵家圈镇大柳林村一个商人家庭。他十六岁离开家乡,到北京当学徒、读中学,后考入青岛大学外国文学系,与臧克家是同学,老师有沈从文、闻一多、梁实秋等。

王林在青岛大学读大二时旁听过沈从文的写作课程,受其影响,1932年创作短篇小说处女作《岁暮》,在《现代小说》上发表,作家叶灵凤给予高度评价。此后约二十年间,王林创作了《这年头》《二瘾士》《小粮贩陈二黑》《怀臣的胡琴》《沥小盐的》《间不容发》《日寇活人靶场逃生记》《十八匹战马》等三十余部短篇小说,及《五台山下》等中篇小说,还有众多在冀中广受欢迎的抗战戏剧作品。

1935年,王林创作长篇小说《幽僻的陈庄》,引起文坛关注。李影心、罗烽等评论家、作家为其写有评论文章,鲁迅日记中也有"隽闻(王林曾用笔名)寄赠《幽僻的陈庄》"的记载。沈从文在《幽僻的陈庄》题记中评价王林:"他是北方人,所写的也多是北方乡下的故事……篇章中莫不具有一种泥土气息,一种中国大陆的厚重林野气息……中国倘如需要所谓用农村为背景的国民文学,我以为可注意的就是这种少壮有为的作家。"

王林是作家,更是一位革命者。他1930年参加共青团,1931年加入中国共产党,担任青岛大学党支部书记,组织左翼剧联外围海鸥剧社。

1932年夏,王林因领导同学进行爱国罢课斗争被国民党当局开除学籍,遭警察局密探抓捕。他跳楼逃脱,来到上海,参加中国左翼戏剧家联盟领导的春秋剧社,并接上了党的组织关系,到上海杨树浦日商上海第二纱厂以扫地工人职业为掩护开展地下活动,同时参加党领导的厂外工人夜校和工人业余剧团。1933年春,他受党的派遣到南京国民党通信部队做兵运工作,1935年在北京参加一二·九运动后转往西安,在东北军学兵队从事党的地下活动,经历了西安事变。

1936年西安事变前后,王林创作《打回老家去》《火山口上》《黎明》三部宣传抗日的话剧，亲自导演并参加演出，接受过美国著名记者史沫特莱的采访。他第一个将张寒晖创作的抗日歌曲《松花江上》带到东北军学兵队，并寄给北平党组织，使之在平津大地迅速传唱。

1937年卢沟桥事变后，王林回到家乡，同衡水籍抗日将领贾殿阁一起联络爱国青年，组织了抗日锄奸团。

不久，王林找到吕正操领导的冀中人民自卫军（即后来的冀中八路军三纵队），在政治部负责宣传队工作，担任火线剧社首任社长。他写下《自取》《活路》《警号》《黑信》《小英雄》《火把》《家贼难防》等作品，取材于冀中根据地抗日斗争生活，使用纯朴的当地语言，剧作表演与现实生活几乎没有隔膜，很受群众欢迎。

作家梁斌《在炮火纷飞的日子里》一文中写道："王林同志提出的'话剧地方化'问题，为新世纪剧社帮了大忙……我们以演出农民戏著称。虽然有人说我们'满脑袋高粱花子'。"正因着王林对冀中的热爱与熟悉，吕正操司令员称之为"冀中的活地图、活字典"。他也以戏剧方面的成就，赢得了"冀中的莫里哀"称谓。

二

1941年春，在程子华、吕正操、黄敬等领导同志的倡议和支持下，冀中广大抗日群众开展了轰轰烈烈的"冀中一日"写作运动。《野火春风斗古城》作者李英儒也是《冀中一日》主要编辑之一。他回忆，这一写作的倡议，是时任冀中文化界抗战建国联合会副主任的王林最早向其领导和老战友黄敬提出来的。

1941年4月，冀中领导机关几经辗转，跳出了敌人的包围圈，转移到安平县彭家营、北郝村一带。在这里，召开了"冀中一日"筹备会议。参加会议的有冀中区党委、军区政治部、抗联会和《冀中导报》的代表。会上议定了写作宗旨，决定"冀中一日"选在1941年5月27日。"因为这是一个极普通的日子，所以更能代表冀中军民的一般生活和斗争。"

王林担任"冀中一日"写作运动的组织、编辑工作。这一运动发动得相当深入，多年后，王林在一次接受采访时说："当时各村的街头识字牌上，都写着'冀中一日'四个字。站岗放哨的儿童、妇女见行人来往时，看过通行证，还得叫你念念'冀中一日'几个字，问你'冀中一日'指的是哪一天，并且提醒你在那一天要写一篇'一日'的文章。每个群众，每个战士，每个干部，都热切地期待5月27日的到来。到了这一天，能动笔的人都动笔写作，不识字的老太太拿着准备好的纸张去找人代笔。群众那种高昂的写作情绪，是相当感动人的。"

当被问及"在日寇轮番'扫荡'，生活那样艰苦的环境里，群众为什么还有这样高的写作兴趣"时，王林说："站在抗日斗争最前列的冀中人民，对于自己的革命事业是热爱的，对于战胜日本侵略者是充满民族自尊心、自信心的。他们把'冀中一日'写作运动当成一种对自己的鼓舞、对敌人的示威！"

《冀中一日》编选工作声势浩大。各地送往编委会的稿件要用麻袋装、用大车拉。编委会用了八个多月才从海量稿件中选取了200多篇，编为四辑：第一辑《罪与仇》，写敌人的残酷暴行；第二辑《铁的子弟兵》，写群众武装斗争和八路军生活；第三辑《民主、自由、幸福》，写冀中平原根据地民主建设；第四辑《战斗的人民》，写党领导下的人民斗争生活。选定之后油印了两百多份，由交通员送到冀中各地。

初印之后，编辑部又做了补写、补选和校正工作。王林根据一些同志提供的材料，补写了吕正操同志那一天生活的文字。"那天，吕司令员正在白洋淀一带检查工作，遭遇上敌寇的'拉网扫荡'，一天之内受到五次反复合击。后来，吕司令员一马当先，无所畏惧地朝敌伪据点冲进，惊破敌胆，才胜利地突出敌寇的合击圈。"

补校过的《冀中一日》还没来得及付印，日寇就对冀中地区发动了空前的"五一大扫荡"。王林把经过大力校正的稿本和稿件坚壁在堡垒户的夹壁墙里，不料堡垒户受到严重损失，夹壁墙也付之一炬。新中国成立后，天津百花文艺出版社经过多方努力，终于找齐《冀中一日》初印全本，并在1959年、1962年，分两集作为文献出版。

三

王林始终没有忘记自己作为作家的职责。最残酷的"五一大扫荡"期间，他主动要求留在战斗一线，拒绝了上级领导让他撤离的安排，并立下这样的誓言："冀中最后留下一个干部，那就是王林！最后剩下一个老百姓，那也是王林！日本鬼子要搞'三光'，只要王林活着，冀中就不能算'光'！"

王林留了下来。他在坚持武装斗争的同时，冒着生命危险，在鬼子的炮楼下、在"堡垒户"的家中、在地道口边，即时创作了真实记录冀中抗战军民战斗生活的长篇小说《腹地》——这是他的代表作，也是第一部反映华北抗日战争的长篇小说。

抗战时期，王林留下的优秀文学作品还有被评论家称为"军事文学经典之作"的短篇小说《十八匹战马》，亲历亲见、真实记录冀中抗战历史画卷的《抗战日记》等。

《腹地》1949年出版后热销，再版两次。之后，王林出版了《站起来的人民》和《叱咤风云》（1985年获天津鲁迅文学奖）等长篇小说，参与编辑了反映饶阳五公镇走合作化道路的报告文学集《花开第一枝》。1984年，王林因食道癌病逝。

在五十多年的文学生涯中，王林创作的小说及剧本共计二百五十余部，浓墨重彩地刻画了冀中农民形象。这些有血有肉的庄稼人，在勇敢抗击敌人的同时，也有喜怒哀乐甚至苦闷彷徨。有评论称，王林的历史价值，就是写出了一个战争状态下的真实冀中。

很长一段时间，王林的文学价值被低估了，如今很多人对他感到陌生。直到2007年，解放军出版社重新出版《腹地》，两年后（2009年）出版七卷本《王林文集》，王林才慢慢回归人们的视野，越来越多的专家学者开始重新审视、研究王林和他的作品。

邓拓：毛锥十载写纵横

史进平

邓 拓

邓拓（1912—1966年），福建闽侯人，原名邓子健，又名邓云特，笔名关白、马南邨、向阳生等。杰出的新闻工作者、历史学家、诗人和杂文作家。

1930年6月，参加左翼文化运动；同年冬参加中国社会科学家联盟，后加入中国共产党。1937年底奔赴晋察冀根据地，担任《抗敌报》（后改为《晋察冀日报》）社长兼总编辑。1939年2月26日，在晋察冀边区文艺工作者座谈会上作了题为《三民主义的现实主义与文艺创作诸问题》的长篇报告。1940年12月11日，发表《一党专政还是民主宪政》的社论，对国民党少数人妄图破坏民族统一战线的伎俩进行揭露。1941年2月，在《晋察冀日报》上发表《论民族气节》的社论；3月，以笔名狄曼公发表《唯物辩证法简编》（连载）的文章，共8篇。1942年，《晋察冀日报》发表了邓拓执笔的社论《纪念"七一"，全党学习掌握毛泽东主义》，系统地评价和论述了毛泽东思想。1944年5月，主持编辑出版中国出版史上第一部《毛泽东选集》。1949年2月2日，协助彭真、赵毅敏等一起审定《人民日报》（北平版）创刊号。

邓拓从1929年开始旧体诗创作，在晋察冀边区12年间发表旧体诗50多首，涉及纪行、酬赠、述志、爱情等多种题材，如《反"扫荡"归来》《狼牙山五壮士》《阜平夜意》。他的诗在内容和形式上俱见造诣。

　　福州鼓楼区乌山北麓，邓拓家老宅的大门口有棵大榕树，树下横卧着一块巨石，石上刻有律诗一首，可以看出这是一个书香门第。邓拓在这样的家庭长大，在传统文化中培养出深厚的爱国情怀。青年邓拓投身革命，在新闻战线上奉献一生，尤其在晋察冀"一手握笔，一手握枪""游击办报""马背办报""三千字办报"的十年岁月，真正是"毛锥十载写纵横"。

一

　　1929 年，17 岁的邓拓独自离开家乡时，曾在《别家》中写道："家山何郁郁，白日亦凄凄。忽动壮游志，昂头天柱低。"他以《淮南子·天文训》中的故事来表达自己追求革命、向旧社会挑战的决心。

　　1937 年 9 月，邓拓乘坐一辆敞篷大卡车与十几位青年一起投奔八路军。他们心情激动，一会儿唱歌，一会儿学说北方方言，一路颠簸，笑声不断。聂荣臻司令员在战地帐篷里见到他们，高兴地邀请大家席地而坐，热烈畅谈。后来聂荣臻回忆邓拓，"一见面给我留下这样的印象：他是一位朝气蓬勃、满腔热血的青年。一经交谈，甚是投机，我很喜欢他那种爽朗的性格。他首先告诉我，他已经学会了识别和采集很多种野菜，为的是日后困难时能借此充饥。可见他已做了艰苦奋斗的思想准备"。

　　1938 年 8 月，《抗敌报》改由晋察冀边区出版，成为中共晋察冀边区党委机关报，邓拓受命主持工作。在敌人重重封锁和残酷的"扫荡""围剿"中，邓拓带领报社的年轻队伍，克服一个又一个困难，在艰苦战斗中出版《抗敌报》，不断传播着八路军胜利的喜讯。1939 年 6 月五台山上下细腰涧战斗胜利后，《抗敌报》对英勇的平山团给予报道；11 月，日寇阿部规秀中将被击毙，《抗敌报》发表的《军区北线雁宿崖歼灭战中阿部中将被击毙》《敌人的大头目给八路军打死了》等文章，让军国主义者们发出哀叹："名将之花，凋谢在太行山上。"

　　《抗敌报》三日一期，从 1938 年 6 月 27 日到 12 月 29 日不到半年的时间内，共出版 75 期，刊出社论、评论和重要文章七十二篇。邓拓负责报纸的编辑、出版、发行等全部工作，而且绝大多数的社论、评论和重要文章都出自他手。每一篇都如战斗的号角，鼓舞着晋察冀的军民；又像利剑，在敌后直刺敌人的心脏。在边区考察的李公朴对此评价道，"《抗敌报》是晋察冀边区舆论界的权威，同时也是抗战新文化的播种者"，"在思想上、政治上进一步把边区政府工作中的军政民统一起来"。

二

1940 年 11 月 7 日，按照中共中央北方分局决定，《抗敌报》从第四百五十七期改名为《晋察冀日报》，邓拓担任社长兼总编辑，同时还担任新华社晋察冀总分社社长。

从 1941 年开始，日军开始对抗日根据地加紧"清剿""扫荡"。为了保证在极端残酷的环境下出版报纸，邓拓提出"游击办报"，要求不论敌后环境如何残酷、战斗如何频繁、物质如何短缺、交通运输如何困难，报社同志都必须千方百计，坚持出报。凡有二十四小时较安定的时间，绝对保证出报一期。敌后斗争是残酷的，邓拓与他的战友们在重重围困下同敌人展开周旋，往往是拿枪的战斗刚刚结束，拿笔的战斗立即开始。

在 1941 年 9 月、10 月两个月中，邓拓和同志们在一个只有几户人家的山庄铧子尖，印刷设备七次坚壁，七次挖出，印报三十二期。邓拓将报社人员分成两个梯队：第一梯队由年轻力壮的人员组成武装队伍，担任放哨、侦察和保卫任务；第二梯队是精干的办报队伍。战斗一打响，报社立即拉出精干队伍带着改造过的轻便印刷机、电台，坚持出报。为便于携带铅字，他们商量好尽量在三千个常用字内做文章。这些轻便的设备用八匹骡子就可以全部运走，这就是著名的"八匹骡子办报"和"三千字内著文"的办报史。

1943 年 9 月的一次遭遇战中，邓拓的坐骑被打死，身边的三个战友牺牲，一人负伤。他临危不惧，镇定指挥队伍分散转移，继续办报，半月出报十二期。

三

邓拓长期致力于学习和搜集毛泽东著作，并交代报社资料室，凡是延安和各抗日根据地出版的毛泽东著作和研究毛泽东的书，都要送他一份。

1942 年 7 月 1 日，邓拓为报纸写了《纪念"七一"，全党掌握毛泽东主义》的社论，较为系统地阐述了他所理解的"毛泽东主义"，高度评价了毛泽东对中国革命的贡献，指出毛泽东思想"是中国共产党领导中国革命理念和策略的统一完整的体系，是创造性的马列主义的新发展"。

毛泽东的《论持久战》在延安《解放》杂志发表后，邓拓激动地说："《论持久战》写得太精辟！实际，雄辩，逻辑性很强，通篇充满了辩证法，是指导抗日战争的理论武器，要让边区的干部和人民很快都能读到。我们的报社，不但要出报，还要出书，还要办成出版社。抗战一周年就要到了，我们就用'七七出版社'的名义，先印这本书吧。"

1942 年，整风运动开始。为配合学习，邓拓组织出版了《毛泽东言论选集》，书中收入了毛泽东五篇著作。

1944 年，整风运动深入推进。1 月 10 日，中共中央指示晋察冀分局，要建设正确的思想——毛泽东同志的思想，以达到统一党的思想的目的。为此，晋察冀分局把编辑出版《毛泽东选集》的任务交到邓拓头上。这部《毛泽东选集》，共收文章二十九篇，约四十六万字，分为五卷。选集中"编者的话"，由邓拓执笔。这是邓拓继 1942 年《晋察冀日报》"七一"社论后，对"毛泽东思想"的又一次系统论述和高度颂扬。这部《毛泽东选集》被中共党史文献专家认为是第一个系统的版本。

四

在血与火织成的岁月里，邓拓与丁一岚从最初文字相交到结为战地情侣，曾是当年边区的一段佳话。

1941 年初的一天，邓拓从处理来稿中发现了一篇题为《血的控诉》的文章。写的是边区一个童养媳因积极参加村里的抗日活动，被公婆和丈夫害死的事实。这篇署名"路群"的作者就是丁一岚。当时，她在平山县边区四分区救国会做宣传工作，以《血的控诉》为抗日积极分子和妇女们申冤。

几天后，丁一岚收到了《晋察冀日报》社长邓拓的亲笔信。信中，邓拓很客气地对她的文章给予称赞，并鼓励她多向报社反映妇女工作的情况，多采写稿件。丁一岚十分友好地给邓拓回了信，这成了他们相识、结合的最初缘由。

经过近一年的信件往来，他们初晤于平山县的瓦口川。两人踏着月光，漫步于长堤上，互相交谈了彼此的理想和抱负。邓拓的坚定自若和乐观精神，丁一岚看在眼中爱在心里。她为邓拓火一般的革命热情而感动，也为邓拓倚马可待、落笔成章的才华所折服，更为邓拓在残酷的战斗中还保持着那种诗人的浪漫气质而倾慕。

1942 年 3 月 7 日，邓拓与丁一岚结为夫妻。这对革命伴侣在太行山的山坳里度过了抗战时期最艰苦的岁月，同时也是他们一生最美好、最难忘的时光。

五

1948 年，中共中央决定将晋冀鲁豫边区《人民日报》与晋察冀边区《晋察冀日报》合并，出版《人民日报》。

1948 年 6 月 13 日，新的《人民日报》创刊的日子临近了，有十多年历史的《晋察冀日报》即将完成历史使命，邓拓百感交集，亲笔写的《终刊启事》刊登在《晋察冀日报》排出的最后一期报纸版样上。

邓拓深情地写道："本报奉命与晋冀鲁豫《人民日报》合并，即日终刊。今后在中共华北中央局统一领导下，另行出版《人民日报》。""本报自 1937 年 12 月 11 日创刊迄今，历时十年又六个月零三天，随着晋察冀解放区的创建、发展和它今天在人民解放战争胜利发展的局面下合并为华北解放区的全部过程，本报始终成为党领导人民并与人民结合的战斗武器，即使在过去日寇最残酷的'扫荡'时期，亦能坚持出版，这只有在党的坚强领导和人民的热烈支持下才有可能。晋察冀人民之所以爱护本报，也正反映和说明了人民爱护我党，一时一刻不能离开我党的领导。"

邓拓写了《终刊启事》后，感慨万千，言犹未尽，又提笔写下一首七律《晋察冀日报终刊诗》：

> 毛锥十载写纵横，不尽边疆血火情。
> 故国当年危累卵，义旗直北控长城。
> 山林肉满胡蹄过，子弟刀环空巷迎。
> 战史编成三千页，仰看恒岳共峥嵘。

"毛锥十载写纵横"，在晋察冀办报的十年多的时间里，《晋察冀日报》（《抗敌报》）在敌后抗日根据地发挥了重要作用，是全边区人民在苦难中打败日寇走向胜利、走向新中国的号筒和向导。

孙犁在阜平

陈　晔

孙　犁

孙犁（1913—2002 年），河北安平人，原名孙振海，后更名孙树勋。他开创了"荷花淀派"。主要作品有长篇小说《风云初记》、中篇小说《铁木前传》、短篇小说集《芦花荡》《荷花淀》等。

1937 年，全面抗战爆发，孙犁加入抗战工作。1938 年秋，在冀中任抗战建国学院教师。1939 年春调往冀西，先后在晋察冀通讯社任记者、《晋察冀日报》任编辑、华北联大任老师，是边区文协理事、文联候补委员。1941 年，孙犁回冀中区参加群众性文学活动"冀中一日"编辑工作，并写成《区村和连队的文学写作课本》。1942 年后，在不到两年的时间里先后发表《丈夫》《春天，战斗的外围》《他从天津来》等十多篇作品。1944 年，赴延安鲁迅艺术文学院学习和工作，并发表《荷花淀》《芦花荡》等短篇小说。《荷花淀》被公认为解放区小说创作的重要收获，为孙犁奠定了在全国文坛的声誉。后又创作《光荣》等名篇。其在边区的文艺活动，以小说创作和理论批评为主，也有优秀诗作，包括叙事诗《儿童团长》《梨花湾的故事》、童话诗《大小麦粒》等。

1949 年 1 月，孙犁随解放大军入天津。在报社工作期间，他为培养文学新人倾注了很多心血。其长篇小说《风云初记》，1951 年至 1963 年间由人民文学出版社、作家出版社（时为人民文学出版社副牌）分集出版。2019 年 9 月，《风云初记》入选"新中国 70 年 70 部长篇小说典藏"。

1939年春天，孙犁来到阜平，分配到晋察冀通讯社。

通讯社驻地城南庄距阜平县城二十公里，1938年底成立，人员大都是抗大毕业学生。孙犁先在通讯指导科工作，通过写信对新发展的通讯员进行写作指导，多时一天要写七八十封。晚上，在昏暗的豆油灯下，孙犁为通讯员编写学习材料《论通讯员及通讯写作诸问题》，系统地讲解了通讯工作和通讯员的重要性，并介绍新闻、通讯、报告、素描、速写等各种题材的写作技巧。在当时印刷条件极其困难的条件下，铅印出版，不少通讯员以此为"教材"开始新闻写作。

20世纪30年代，阜平地瘠民贫，公粮匮乏，过的是糠菜半年粮的日子。通讯社每天三钱油、三钱盐，"菜汤里的萝卜条，一根赶着一根跑，像游鱼似的。有时是杨叶汤，一片追着一片，像飞蝶似的"。（《吃饭的故事》）因伙食油水少，孙犁与战友总是跑到村南边宽敞的胭脂河，从芦苇深处掏些小沙鱼，回去用茶缸煮，感觉也是极好的美味。霜降以后，他们又到山沟枣树下捡拾残落的红枣、黑枣、核桃、栗子。青年孙犁每天食不得饱，和指导科罗科长一同睡老乡家的土炕，因阜平不产棉，被服一时没有着落，妻子亲手缝的布鞋也经常磨透底。不仅没有被褥，连一张炕席也没有，枕的是砖头。在吃不饱穿不暖的窘迫环境下，孙犁逐渐成长为一名文化战士。

战争是残酷的，残酷的环境最能锤炼人。

1939年的秋天到了。山里早晚的寒气不可抵挡，孙犁仅有从冀中带来的一件大夹袄。他的好友陈肇会裁剪手艺，从老乡家借了一把剪刀，把那件大夹袄改成两条夹裤，铺在没有炕席的炕上。一位梁姓同志因调动工作，留下了一块油布防潮。

当时，做衣服的布料是边区人民自织的白粗布，没有颜色，老乡用土靛染成浅蓝，孙犁称之为"阜平蓝""山地蓝"。穿着这种蓝布裤袄，就感觉实实在在与山地融为了一体。他还穿上了根据地妇女做的拥军鞋，号称"踢山倒"，鞋底是用几层袼褙一针一线密密实实纳就的千层底，走路不怕砂石硌脚，轻便舒服。艰苦战斗中的孙犁，周身散发着革命乐观主义的豪情。

通讯社后来转移到平阳乡康家峪附近的小山村三将台。孙犁在三将台编辑油印刊物《文艺通讯》，还帮一位女同志办识字班。1940年，他的散文《识字班》这样描写道："山下的河滩不广，周围的芦苇不高。泉水不深，但很清澈，冬夏不竭，鱼儿们欢快地游着，追逐着。山顶上，秃光光的，树枯草白，但也有秋虫繁响，很多石鸡、鹧鸪飞动着，孕育着，自得其乐地唱和着，山兔麂獐，忽然出现又忽然消失。""我们在这里工作，天地虽小，但团结一致，情绪高涨……"

到三将台时间不长，上级派孙犁去雁北（山西省和阜平交界的繁峙、应县一带）采访。这是他第一次作为战地记者执行任务。采访中，孙犁病了，收获不大，他给自己下定语：不适宜当记者。

从雁北回来已快过春节，站在三将台高山上，孙犁仰首东望，想起家乡和亲人。大年三十晚上，他的房东郭四端了一个黑瓷碗，拿了荆条做的筷子，送来年夜饭：一方豆腐，一个窝窝头。这在那个年月已是很好了。穷困的阜平老乡拿出珍贵的吃食让孙犁深受感动，这瞬间激发了他内心深处强烈的呼唤——要用手中的笔去战斗，去呼喊！

生活的激情、抗日军民的斗志，点燃了孙犁灵感的火花。那些战斗的诗句常常在行军途中自然而然流溢出来。于是他坐下，在阜平大山里以石为座、膝盖为桌创作革命诗歌。

1939年10月7日，他在百花湾村写下长诗《梨花湾的故事》：这个故事／在山西和河北的交界上／阜平县的一个村庄……从村边／过胭脂河……聂司令员／春天作了一个号召／立钢铁子弟兵……梨花湾的牧羊人李俊／一个加入阜平营……

1939年12月20日，他在东湾村写下长诗《白洋淀之曲》，这是他最早描写白洋淀的作品。而后又创作出小说《一天的工作》《邢兰》、散文《识字班》。孙犁1939年所写作品，为他后来艺术个性的发展和成熟奠定了基础。

1940年，西北战地服务团来到阜平。

夏日的一天，孙犁正在三将台高山坡一间小屋印制《文艺通讯》，著名诗人田间和邵子南突然来三将台看望他。邵子南所在的西北战地服务团距三将台不远，没事时，孙犁沿河滩砂石路逆河而上，也经常去找邵子南。邵子南当时主编《诗建设》，用红绿色的油光纸印刷诗传单，孙犁对他很是敬重。

西北战地服务团工作条件也相当艰苦。四五个人挤一间小屋，只有一张桌子放钢板、蜡纸，墙上整齐地挂着每个人的手榴弹、书包，炕上摆着打得整整齐齐、准备随时出发要带的背包、油印机及刚印好尚待装订的诗刊。西北战地服务团的同志对孙犁非常热情，每逢他来，总是弄好吃的招待他。也是在这里，他结识了周巍峙等文艺界名人。

这年7月，中华全国文艺界抗敌协会成立。孙犁由通讯社调到文协。晋察冀分会主席是当时华北联大文学院院长沙可夫，副主席是田间，孙犁和曼晴任文协干部。

文协成立后，乡村、工厂、军队、机关都成立了文艺小组，在工农兵群众当中发起墙头小说、英雄传说、墙头诗运动。孙犁写了《关于街头小说》一文，发表在《晋察冀日报》，指导和推动了战时群众创作活动。文协在北温都村积极准备出版文艺刊物，孙犁一方面搜集稿件，一方面自己动手写作，同时筹备着联大大型校刊《五十年代》。孙犁以贺龙将军率部痛击张荫梧为素材，写了故事《贺龙将军过平汉路》。故事中，贺龙将军骑白马奔跑，发出一道白光，吓得敌人望风而逃的情节，在读者心中留下了很深印象。

1941年，应安国文艺社邀请，孙犁利用两三个月的时间写了十几万字的《区村和连队的文学写作课本》。冀中区党政军领导对孙犁这一著作非常重视，吕正操、黄敬将作品带到晋察冀分局，铅印出版，改名为《怎样创作》，用于指导军民业余创作。

1942年夏，孙犁在文协主编油印刊物《山》。编辑部设在牛栏村东头一间长不到一丈、宽不到四尺的小房子里，他一个人负责刊物编辑和校对。著名作家梁斌的中篇小说《父亲》（长篇小说《红旗谱》雏形）就曾在此连续发表。

之后的一年时间，孙犁还在《晋察冀日报》工作过一段时间。1943年晚秋，调到华北联大附设高中班，从事教学。抗战期间，他教过不少学生，但多是短训班，只有这次和学生相处时间长，感情也更深。高中班驻阜平县西庄，教员们有一个宿舍大院，孙犁一个人在村北一户人家住，睡的"床"是门板。清早，他会到村边小河洗漱。这天，一位同志给他带来家里的消息，但未说详细。远离家乡的孙犁急忙返家，原来是十二岁长子因战乱缺医少药死于盲肠炎。三十亡子，这给孙犁的心灵造成巨大伤痛。为纪念儿子，他用了新笔名：纪普。

不久，抗战形势发生变化，敌人大举进攻晋察冀边区，孙犁同华北联大高中班师生投入了为期三个月的反"扫荡"。联大师生每人领了一身粗布棉衣，翻山越岭离开阜平到山西省繁峙县一带进行斗争。孙犁在反"扫荡"中生病，不得不在繁峙县蒿儿梁村养病三个月，这也为他的创作创造了条件，后来写了小说《蒿儿梁》和《看护》。1944年初春，孙犁刚从繁峙返回阜平，当即接到通知，第二天奔赴延安。

要离开工作和战斗过几年的阜平，他眷恋不舍。烽火连天，甚至来不及和亲人告别写封家信。春天了，需换下棉装，孙犁去晚了，没有领到男装，只剩下带大襟的女衣。无奈之下，两个联大高中班女同学拿着剪刀和针线，帮他将衣服改成了一件大翻领钻头衬衫。

出发当日，孙犁与去延安的联大师生在村外枣树林集合，离开阜平，经山西，奔延安。在延安生活了一年半，他担任鲁艺教员，并写下了著名的《荷花淀》等作品。

阜平血与火的战斗经历，在孙犁心中打下了深刻的烙印。他以晋察冀生活为题材创作的中篇小说《村歌》、短篇小说《吴召儿》《石猴》《山地回忆》、散文《在阜平——白洋淀纪事》，尤其小说《山地回忆》影响很大，入选中学课本。

梁斌与《红旗谱》

王 律

梁 斌

梁斌（1914—1996年），原名梁维周，河北蠡县人。作家，以《红旗谱》等长篇巨著而闻名中外。

他十一岁离开家乡就读在蠡县县立高小，后加入共产主义青年团。1930年进省立保定第二师范学校学习，参加爱国学潮，并亲历家乡的农民革命斗争。1934年在北平左联刊物《伶仃》上发表反映河北高蠡暴动的小说《夜之交流》。抗日战争和解放战争期间，参加地下革命斗争、游击活动，并担任中共蠡县县委领导职务。在冀中担任新世纪剧社社长期间，创作话剧剧本《爸爸做错了》《血洒卢沟桥》《五谷丰登》等。1942年创作短篇小说《三个布尔什维克的爸爸》及据此扩充成中篇小说的《父亲》。1948年随军南下。1949年后曾任河北省文联副主席、中国作家协会河北分会主席等职。1953年开始创作多卷本长篇小说《红旗谱》，1958年出版了第一部，被誉为反映中国农民革命斗争的史诗式作品，引起强烈反响，并被改编为话剧、电影；1963年出版第二部《播火记》，1983年出版第三部《烽烟图》。

梁斌曾经说过一句话：写不好这部书（《红旗谱》），无颜见家乡父老！最终，共计一百二十万字的《红旗谱》三部曲长篇画卷，即《红旗谱》《播火记》《烽烟图》问鼎文坛。

如果有人问，最能表现百年来河北革命运动中农民英雄形象的是哪部艺术作品，我们会毫不犹豫地回答《红旗谱》，因为在这部作品中的朱老忠身上集中呈现出了中国农民英雄无与伦比的铮铮铁骨与浩然正气。

小说一开篇就摄人心魄地写道："平地一声雷，震动了锁井镇一带四十八村……"大地主冯兰池要砸掉四十八村防汛筑堤集资购地四十八亩的凭证古钟，见义勇为的朱老忠挺身而出，护钟保田。

一

小说《红旗谱》描写的那场轰轰烈烈的革命暴动，就是发生在1932年8月的高蠡暴动，是保定地区高阳、蠡县一带的广大农民在中共河北省委和保属特委直接领导下掀起的一场震撼华北的反对国民党反动统治的大规模的农民武装斗争；是在敌强我弱的形势下创建红军、建立苏维埃政权的一次伟大尝试。这次暴动虽然失败了，但在冀中这块沃土上撒下了革命的种子，给后来动员民众进行抗日战争和解放战争打下了良好的思想基础。

梁斌虽然没有亲自参加高蠡暴动，但在这之前的两次著名革命运动，他都有幸得以亲历。1930年，梁斌考入保定第二师范学校，寒假回家参加了反"割头税"的斗争。蠡县农民有过年杀猪的习惯，猪肉一部分自食，一部分卖掉。国民政府巧立名目，杀猪收税，横征暴敛，农民忍无可忍。1931年1月15日，中共博蠡中心县委书记王志远带领200余名农民上街游行示威，开展反"割头税"斗争。愤怒的群众砸了征税所，并到国民党县政府请愿。政府迫于压力免去当年的"割头税"。梁斌后来在《我的自述》中说："这次宏大的群众运动，是我第一次见到世面。"此事也成为《红旗谱》的一个重要素材。

九一八事变后，保定二师学生在中共保属特委领导下积极进行抗日宣传。1932年4月，国民党教育厅宣布解散二师。因病回家治疗的梁斌按党的指示返校，听到返校的同学被国民党军警包围的消息，积极组织串联援助。7月6日，军警向爱国学生开始了血腥大屠杀，打死学生八名，逮捕五十多名，并将四名被捕学生杀害，造成耸人听闻的七六惨案。保定二师的斗争对梁斌影响极深，他说："这是我一生难忘的。"

二

《红旗谱》成功塑造了三代农民的英雄形象，特别是农民英雄朱老忠的形象，是一部反映北方农民革命运动的壮丽史诗，成为现代文学史上著名的"三红"——《红旗谱》

《红岩》《红日》之一，在中国当代文学史上占有重要的地位。自有新文学以来，完整地写出农民逐步提高阶级觉悟，并在中国共产党领导的革命斗争中锻炼成长为革命战士，突出地刻画了这种英雄典型形象的，应该说，《红旗谱》是第一部，也是这类作品中影响较大的一部。

梁斌曾说："自入团以来，四一二反革命政变，是刺在我心上的第一棵荆棘。二师七六惨案是刺在我心上的第二棵荆棘。高蠡暴动是刺在我心上的第三棵荆棘。自此以后，我下定决心，挥动笔杆做刀枪，同敌人战斗！"

世人看到的多是作家风光无限的时刻，总是有无数的鲜花和掌声，然而又有多少人能理解真正的作家是如何淡泊名利，含辛茹苦，几十年笔耕不辍？尤其是梁斌为专心写《红旗谱》三次辞官的故事，更是让人动容，令人深思，使人真正领略这位燕赵男儿的凛然风骨和赤子情怀。

新中国成立前夕，梁斌南下任襄阳地委宣传部长兼《襄阳日报》社长。1952年，湖北省委书记李先念亲自点将让梁斌调武汉任新《武汉日报》社长。无论转战到哪里，波澜壮阔的革命斗争画面始终强烈刺激着梁斌的创作欲望，然而政务缠身，心不宁静，他决心辞去正局级官位，用手中的笔记录下那段历史。1953年，他向组织提出"回到北方去创作"的辞官要求。北京中央文学讲习所所长田间听说了梁斌这一想法，希望他能到讲习所工作，并告诉他这是一个"闲差"。梁斌非常高兴，立刻回信："我同意，请即刻发调令。"

由此，梁斌便调任北京工作。当时许多领导都在讲习所讲课和办培训班，接待事务仍很繁重，梁斌再次提出请辞。他找到老同学陈鹏，陈鹏在华北局组织部担任领导职务，熟悉梁斌的革命经历。梁斌刚一开口，陈鹏便说，到天津去吧，去当副市长。梁斌在《一个小说家的自述》中写道："他（指陈鹏）非叫我当副市长，我也不愿担副市长这个担子，我不想做官，也没有意思当副市长。"梁斌不想做官，只想专心搞创作。见梁斌态度坚决，陈鹏说："去吧！要把四一二反革命政变写出来，我们牺牲了多少同志呀！高蠡暴动，二师七六惨案，血债累累呀！写上，写上，都写上！"梁斌说："好！我一定把它写上，如果我写不好这部书，无颜见家乡父老……"

几经周折，梁斌调到河北省文联工作，终于可以专心致志写《红旗谱》了。他列出人物表，设计了每个人物的思想性格，拉出《红旗谱》的大致轮廓；他到高阳、蠡县走村串户访问当年参加革命斗争的老同志，把全部身心沉浸在创作中。《红旗谱》中的人物，几乎个个都有生活原型，想到那些与自己同生死共患难的同学、战友和农民兄弟，梁斌常常潸然泪下甚至失声痛哭。这一时期，梁斌的创作欲和灵感达到高潮，他每天早晨3点起床，一天要写十来个钟头，早饭常顾不上吃。冬天，他常常因写得上劲而忘了给火炉添煤，冻得手脚发麻；夏天，酷热难耐，汗水滴满稿纸，他把被单蘸上凉水，挂在屋中降温，用湿毛巾擦头、擦身，有时干脆把两脚没在桌下的凉水盆里……

三

黄胄画驴，无人不知，可黄胄原姓梁，与梁斌竟然还是本家堂兄弟，恐怕就很少有人知道了。黄胄先生早已去世，他的夫人郑闻慧（曾用名：文惠）整理其遗作，出版黄胄传记，为总结研究这位中国画的一代宗师，付出了巨大心血。笔者曾多次与黄胄夫人书信联系，电话采访，了解到一些堪称趣话的故事。

20世纪50年代末，小说《红旗谱》一再刊行，出版社打算印豪华本送瑞典参加书展。编辑问梁斌，请谁绘制插图为宜，梁斌说有一位画家黄胄好像也是蠡县老乡，可能熟悉书中所写地方的风土人情，请他合适。但是当时黄胄并未答应作插图，只是想和梁斌见一面。没想到一见面二人竟认出是分别二十余年的堂兄弟。直到晚年，梁斌仍然对儿时的堂弟记忆犹深："我们河北蠡县梁家庄不过是个只有百多户人家的荒僻小村；而黄胄在我们老梁家弟兄中，又是比较幼小的，却从童稚时就显示出这种艺术才能。他写大仿，常是中途辍笔，竟然画开了画儿。祖父是戏班会头，而戏班就在外院，所以黄胄那时也常画'戏子人'。他现在画的人物婀娜多姿，恐怕与此不无关系吧。"

黄胄为画好这套插图，认真阅读了小说，与堂兄梁斌商谈小说中的人物性格。1960年，他带着为红色经典小说《红旗谱》画插图的创作任务回到阔别二十多年的家乡，同亲人、老乡促膝相谈，重温了童年生活之梦。所以黄胄为小说所绘的插图生活气息浓厚，形象地再现了那风起云涌的年代。小说中人物春兰那幅画，在俏丽的外形下洋溢着冀中儿女的纯朴感情和青春气息，与其说它是从属于小说中的插图，毋宁说是卓越的肖像描写。小说中朱老忠、运涛、朱老明、地主冯老兰等人物画像，也是找了不少乡亲写生而来，每个人都具有鲜明的性格。用了三个月的时间，黄胄先后画了两套插图，分别给了人民文学出版社和中国青年出版社。

如今，黄胄的《红旗谱》画稿已经成为新中国革命题材人物画中的经典作品。

田间：时代的鼓手

史进平

田　间

田间（1916—1985年），原名童天鉴，安徽无为人。晋察冀边区诗坛领袖，其抗战诗作《假使我们不去打仗》传遍全国，被称为"擂鼓诗人""时代的鼓手"。

1938年以前，田间已创作出版《未明集》《中国牧歌》《中国农村的故事》《她也要杀人》等诗集或长诗，并因《给战斗者》一诗的发表而成为全国著名青年诗人。1938年8月，加入中国共产党。

1938年底，田间作为西北战地服务团成员之一来到晋察冀边区，任团宣传股副股长。1939年4月转任战地记者，写下大量诗歌和通讯报道。1939年底到中华全国文艺界抗敌协会晋察冀边区分会工作，担任文协副主任、边区诗会主席等职，先后主编了《山》《鼓》《晋察冀文艺》《晋察冀艺术》《诗》《诗建设》等文艺刊物和报纸副刊。抗战末期至解放战争初期，担任冀晋区文联主任、《新群众》杂志社社长兼主编、《冀晋日报》编委，写出了著名长诗《赶车传》和《戎冠秀》。1940年上半年完成的《亲爱的土地》和《铁的子弟兵》，是边区最早出现的两部叙事长诗。

田间不仅抓紧自己的创作，而且经常到各地各单位去讲授诗歌理论，对青少年文艺工作者进行创作辅导，还发表过不少诗歌理论批评文章。孙犁说，田间是一个勇敢的，真诚的，日以继夜，战斗不息的战士。

1942年，田间写下《拟一个诗人的志愿书》：

第一章 目的：永远为人民而歌。

第二章 行为：一、勇敢，比战士更勇敢。二、作集体的模范者。三、作自我批评的模范者。四、真到死时，也要将最后的一笑完全献给人民。

第三章 对诗的态度：尊重一切有创造性的诗，但更尊重那为人民而创造的诗。

第四章 对人民的态度：人民——诗的泉源之一。

……

第十章 我：一、我——是人民的儿子。二、我宁肯牺牲自己不牺牲人民与诗歌。

一

1916年5月14日，田间诞生在安徽省无为市开城镇羊山的一间老屋里，原名童天鉴。在无为市方言中，天鉴和田间谐音同调，为此他更名"田间"，并成为终身奔走在乡间为人民歌唱的诗人。

田间六岁的时候，开始识字，念唐诗，读《诗经》，写毛笔字。他的先生程慎卿教学十分严格，要求学生《诗经》要从头背到尾，还教田间做对子，学写改良体诗歌。一次，田间放牛看书入了迷，连牛跑到人家稻田里都不知道。程先生得知此事后，便出了一个上联"天鉴放牛牛下田间稻被践"让田间对。田间思考了好一会儿，忽然想起他有一个小伙伴名叫阮仲，经常帮家里放羊，就对道："阮仲牧羊羊进园中菜遭踏。"田间常与先生吟诗做对，先生出"雨打桃花桃花落"，他对"风吹柳絮柳絮飞"；先生出上联"水车车水水灌田"，他答下联"米筛筛米米充饥"。这种较早的启蒙教育为田间打下了扎实的古典文学基础，点燃了他对文学的热情。

1933年，田间走出家乡，赴上海光华大学就读，受到高尔基作品的影响，加入中国左翼作家联盟，开始以文学唤起民众向压迫他们的旧制度挑战。他在第一本诗集《未明集》中写到工厂"没有阳光""没有空气""没有春天"的窒息和黑暗，但他没有绝望："春，燃烧着生命的火焰！"

1936年春天，田间从上海回到无为家中，开始写作长诗《中国农村的故事》。该诗以红军长征为背景，讴歌农民的反抗斗争。正如他在这本长诗集中所说："在小河的流水上，在痛苦的船舶上，我清楚认识粗黑的人类。从他们不安的生活中，干枯的语言中，吐着生之渴望和不断地转想着生之和平与生之温暖，这使我一年来想写的一部关于中国农村的诗，便迅速开始了。"也就在这一年，田间出版了诗集《中国牧歌》《五月的夜》等。此时，他已从生活的实践中认识到，农民才是抗敌救亡的主要力量。胡风在《中国牧歌》序中写道："田间是农民的孩子，田野的孩子，但中国的农民中国的田野却是震荡在民族革命战争的暴风雨里面。从这里'养育'出了他的农民之子的温顺的面影，同时是'战斗的小伙伴'的姿势。"

《中国牧歌》和《中国农村的故事》两部诗集出版后，被国民党当局查禁，并且要搜捕田间。于是他在1937年初离开上海到日本，更广泛地涉猎裴多菲、拜伦等一些著名诗人的诗歌作品，诗中的爱国热情、反抗精神和泥土气息融化在了田间的血液里。

二

1937年，正在东京学习日文的田间听闻七七事变后立刻回国，并在上海写下了抗战诗歌《给战斗者》："我们战斗的呼吸 / 不能停止 / 血肉的行列 / 不能拆散 / 我们复仇的枪 / 不能扭断。"田间说这是一个"召唤"，"召唤祖国和我自己，伴着民族的号角，一同行进"。

1938年，田间前往八路军领导的西北战地服务团当记者，他开始全身心融入革命的大潮中。夏天到达延安，经丁玲、邵子南介绍，加入中国共产党。随后的日子里，田间期冀诗歌成为武器，他觉得诗歌只要深入广大群众的心上，就能发挥出它的力量。

为使诗歌成为大众的艺术，田间开始以巨大的精力与邵子南、柯仲平等人发起和创作"街头诗"。他在《街头诗歌运动宣言》中写道："有名氏，无名氏的诗人们，不要让乡村的一堵墙，路旁的一片岩石，白白地空着，也不要让群众会上的空气呆板沉寂。写吧——抗战的，民族的，大众的！唱吧——抗战的，民族的，大众的！"

"街头诗"这种表现形式是中国抗战时期的产物，以其简短有力、朗朗上口而得到流传，激发了根据地群众的抗战激情，鼓舞了人们的抗战斗志。在行军途中，在战斗间隙，田间和其他同志提着白粉笔、黑木炭，在被敌人轰炸过的残垣断壁上，写着"狗强盗 / 你要问我么"，"枪，弹药 / 埋在哪里？""来，我来告诉你 / 枪，弹药统埋在我的心里！"每个字缝里，都饱含着对敌人的蔑视和憎恨。田间曾回忆："1938年8月7日，延安城内，大街小巷，街头和城墙上，张贴起一首一首的街头诗。大街的中心，悬挂着九幅红布，红布上面，也是写着街头诗。当时延安的诗人们，就以这一天叫作'街头诗运动日'。"

其时，田间的创作也达到高潮。他创作了一批影响很大、流传较广的街头诗，如《假使我们不去打仗》《义勇军》《保卫战》《多一些》《呵，游击司令》《鞋子》等短诗，尤其短诗《假使我们不去打仗》："假使我们不去打仗 / 敌人用刺刀 / 杀死了我们 / 还要用手指着我们的骨头说 / 看 / 这是奴隶！"短短的几行诗，广为传诵。这些短诗像一把把锋利的刺刀，投向侵略者，鼓舞着人民的斗志。

闻一多在《时代的鼓手》中评价街头诗："这里没'弦外之音'，没有绕梁三日的余韵……没有任何'花头'，只是一句句朴实、干脆、真诚的话（多么有斤两的话），简单而坚实的句子，就是一声的鼓点，单调，但响亮而沉重，打入你耳中，打在你心上。"他称田间是"时代的鼓手"，评价田间创作的抗战诗歌如同"一声声的鼓点，不只鼓的声律，还有鼓的情绪……爆发出生命的热和力"。而后，"时代的鼓手"这个称呼迅速扩散开来，得到大家的公认。

1956 年 7 月 1 日，田间应邀参加在中南海举行的中国共产党成立三十五周年大会，毛泽东主席与田间亲切交谈，并对抗战时期"街头诗运动"给予很高的评价。田间一生的创作，就是这样沿着诗歌的民族化、大众化的大道而前进着。

三

1938 年深秋，田间离开延安来到晋察冀边区，生活、战斗了十个春秋，历任战地记者、中共盂平县委宣传部长、晋察冀文协副主任、晋察边区《新群众》杂志社社长兼主编、雁北地委宣传部长兼秘书长、张家口市委宣传部长。诗歌一直是他手中最锋利的武器。

在晋察冀的岁月，田间身体力行，推动了乡村的文化发展特别是诗歌创作。他一方面出生入死，从事基层组织工作；另一方面在枪林弹雨中写诗，在行军路上写诗，在马背上写诗，在黎明前的黑夜里写诗。艰苦的战斗中，田间和许多共产党员、文化人物一样，深入人民群众的实际生活，真正和广大的人民群众打成一片，融为一体。他把"街头诗运动"带到群众中，通过黑板、墙壁、岩石、树木、舞台、喇叭等载体，激励了广大群众的抗战热情，丰富了农民群众的文化娱乐生活。

田间曾回忆："我自己看到过，一个村公所的墙壁上，满满地贴着《戎冠秀》这首诗，从头到尾，一行不漏，全部是抄录的。"这首诗是田间 1945 年创作的，其中写道：我唱晋察冀，山红水又清。山是那么红，水是那么清。如果有人问，请问好老人。这位好老人，好比一盏灯。战士给她火，火把灯点明。她又举起来，来照八路军……好老人叫啥？名叫戎冠秀。好老人住哪？家住下盘松……"此时的田间把"劳动人民可以接受并传唱"作为标准，他说，"我总是希望自己写作的每一个字，每一句话，不成废品，不蒙一粒灰尘"，"群众生活不只是包括材料和斗争的故事，还包括思想感情和语言"，"只有深入广大群众的心上，才能发挥出它的力量，配得上这美丽的名称：诗与歌"。

　　田间性格坦率，为人善良，正直无私，虽沉默寡言，却诚实厚道，群众都称他老田。火红的生活给予田间太多珍贵而又无价的馈赠，更加坚定了他正确的人生观和世界观，给了他充沛的耕耘激情和无穷的创作灵感。他相继完成了长诗《戎冠秀》《亲爱的土地》《铁的子弟兵》，这些可谓他一生中最重要的诗歌作品。尤其是1946年完成的长篇叙事诗《赶车传》，通过贫农石不烂的命运反映中国农民在共产党领导下争取解放的斗争，这部恢宏壮阔的杰作，成就了他在现代文学史上的重要地位。

　　在晋察冀，田间的诗歌更加有其独特的形式特征，诗行短促，常常是两三个词，甚至一个词或一个字一行。这种短行体，利用短句的分行形成明快铿锵的节奏，就像阵阵急骤的战鼓，扣人心扉，催人振奋。这种短行的诗歌形式，加之以反复、排比的句式，自然形成了一种急迫紧张的节奏，生动表达了诗人激越的情绪，极富感染力。这些诗，是镂刻在历史墙壁上的真正诗句，是一簇簇战斗的烈焰，是一阵阵激越的鼓声。

方纪：才情总在挥手间

郑 标

方 纪

方纪（1919—1998 年），原名冯骥，河北束鹿（今河北辛集）人。著名作家、书法家。代表作有散文集《挥手之间》、长篇小说《老桑树底下的故事》等。

1936 年，方纪参加一二·九运动，加入中国共产党，并参加左翼作家联盟。抗战开始，先后在武汉、长沙、重庆等地做政治宣传工作，1939 年到延安。延安时期，曾在中央党校、文协、马列学院和解放日报社工作。抗战胜利后，曾作为人民解放军的随军记者到过张家口前线，后到冀中，在冀中区党委宣传部、冀中文联、冀中导报社工作，参加过饶阳县影林村的土改运动。方纪在晋察冀边区创作的小说，有《副排长谢永清》和《秋收时节》等，数量不多，但质量较高。《副排长谢永清》主人公谢永清的性格写得较为鲜明，是这个短篇的动人之处。《秋收时节》从一个特殊角度，表现了土改运动中农村阶级关系的新调整，以及给人们思想带来的深刻变化。

1956 年到西南旅行，方纪写下了歌颂祖国飞跃前进的散文特写集《长江行》。1958 年，短篇小说《来访者》在国内外文坛引起了巨大反响。1965 年出版散文集《挥手之间》，记录了 1945 年抗日战争胜利后，毛泽东赴重庆参加国共和平谈判这一重要的历史时刻。

方纪，谱名冯文杰，又名冯骥，1919 年 4 月 29 日出生于河北省束鹿县（今辛集市）佃士营村。

一

方纪的祖父冯新业，在佃士营算是可圈可点的"大人物"。土地革命战争时期即加入中国共产党，参加过 1932 年 8 月发生在保定一带的高蠡暴动，抗日战争时期担任村农救会主任，由于汉奸出卖，被日本侵略者残忍杀害。

父亲冯洞庭为冯新业四子中的长子，老实本分，全不似其父那般叱咤风云，在从事农业生产的同时，兼营漂染贩卖丝线，倒也能养家糊口。母亲陈素珍，泼辣能干，又粗通文墨，给儿子命名冯骥。骥，一日行千里之良马也，母亲对爱子之厚望由此可知。

少年方纪，受到良好教育，按部就班在本村读小学，在县城读中学。1934 年，方纪初中毕业，独闯北平。

方纪的第一份职业是在前门外德泰皮货店做学徒。名为学徒，实则基本不学专业技术，更多是听从老板使唤，干各种杂活儿。一次，夜间侍奉老板抽大烟时，因过于困倦，将手中茶碗跌落。老板气急败坏，顺手抄起捅煤炉的火筷子，直戳他的下巴。方纪不及躲闪，实际上也不敢躲闪，脸上留下一道疤痕。此道疤痕是少年方纪独闯京城的苦难记录，但也没有白白留下，它直接催生了方纪的处女作。方纪根据自己的徒工生活经历，草成一篇文章，在当时影响甚广的《益世报》刊出。此为方纪平生首次公开发表文章，时年十五岁。

文章发表了，可喜可贺，但工作也就此泡汤。

失业的方纪，在同乡曹盼之介绍下，入曹盼之就读的北平大学历史系做旁听生，一步登天，被拉入"北大群"。

1935 年初，中国左翼作家联盟北京"群主"谷牧，介绍方纪参加了左联。方纪一边在北大听课，一边写作，逐渐转变成一名专业写手。

12 月 9 日，北平大中学生数千人举行抗日救国示威游行，反对"华北自治"，反抗日本帝国主义，要求保全中国领土的完整，掀起全国抗日救国新高潮，是为一二·九运动。方纪投身其中，栉风沐雨，经受了严峻考验。

1936 年 3 月，方纪加入中国共产主义青年团。5 月 1 日，光荣成为中国共产党党员。是年，方纪十七岁。夏日，方纪受组织派遣，回到家乡束鹿县，任深县（今深州市）、束鹿、宁晋三联县县委书记。祖父的基因在方纪身上得以显现，他成为一名优秀的地方武装领导人，在他母亲的娘家，距佃士营村数里路的通士营村，组织起一支四五十人的游击队。

1937年7月7日，卢沟桥事变发生，抗日战争全面爆发。方纪的队伍，成为隶属于东北军的红军抗日游击队第五大队，赴淞沪战场参战。后按照上级要求，将第五大队同有关部门交接后，方纪到八路军驻武汉办事处报到。随着战事发展，方纪辗转武汉、长沙、桂林，最后到达重庆，在周恩来领导下，从事抗日宣传工作。

二

1939年12月，方纪从重庆来到革命圣地延安。他先在中央组织部办的训练班和陕北公学学习，后调至陕甘宁边区文艺工作者协会工作，协助萧三编辑《大众文艺》。

1940年5月，著名作家茅盾从新疆来到延安。在延安的几个月中，茅盾的《一点小小的意见》等四篇文章，先后在方纪任编辑的《大众文艺》上发表。

1942年5月15日，毛泽东起草了创办《解放日报》的通知。5月16日起，将延安的《新中华报》《今日新闻》合并，出版《解放日报》，新华通讯社事业亦加改进，统归一个委员会管理。一切党的政策，将经过《解放日报》向全国宣达。《解放日报》的社论，将由中央同志及重要干部执笔。从1942年9月起，《解放日报》亦兼作中共中央西北局机关报。1943年3月，中央下发的《关于中央机构调整及精简的决定》确定，《解放日报》归政治局和书记处之下的宣传委员会统一管理。

当年12月26日，周恩来写信给方纪，鼓励他"能多为大后方写些东西"。1943年，方纪给中央青年工作委员会主办、萧军等人负责编辑的《轻骑队》墙报写了一篇文稿，毛泽东亲笔修改。

毛泽东、周恩来等领导人的具体关怀，给方纪以极大鼓舞和鞭策。毛泽东的修改稿和周恩来的信件，方纪十分珍视，置于一个小木箱中，随身携带，后在戎马倥偬中，于张家口遗失。所幸，奇迹适时发生，几十年后失而复得。这几件珍贵文稿和信函，方纪去世前捐献给了国家。

三

1950年10月，抗美援朝战争正式开始。中国人民志愿军和朝鲜人民军密切配合，先后发动三次战役并取得重大胜利。1951年1月22日，中共中央作出了《关于组织赴朝慰问团的决定》。慰问团由575人组成，总团长为廖承志，副总团长为陈沂和田汉，方纪担任成员来自华北地区的第五分团副团长。

方纪随团在朝期间，正是志愿军打响第四、第五次战役之时。在战斗激烈、工作艰苦的条件下，慰问团圆满地完成了中国人民所赋予的慰问任务。在硝烟弥漫的前线，方纪写出《美丽的国家，英雄的人民》等四篇散文。

慰问团有四人因遭敌机轰炸扫射，光荣殉职。在牺牲的四人中，相声演员常宝堃、琴师程树棠都是天津的文艺工作者。方纪作为第五分团副团长，面对魂断异国、以身殉职的战友，其心之痛可想而知。天津为常宝堃举行了隆重的悼念活动，天津市人民政府授予他人民艺术家、革命烈士的光荣称号。祭文全文发表在方纪供职的《天津日报》。

1956年4月，在天津市作家协会第一次会员代表大会上，三十七岁的方纪被选为主席。方纪担任天津作协主席一职长达二十六年，直到1982年，才由老友孙犁接任。

方纪当选天津市作协主席后数日，周恩来提名让方纪以人民日报社特约记者身份，参加长江流域规划办公室和长江河源水文查勘队工作。5月中旬，方纪与徐迟随专家勘查队登上我国自制的当时最大的客轮"民众号"，从武汉溯江而上，经三峡过岷江、金沙江，全面考察了长江全貌。

此时，方纪恰如孔子所言，"年富力强，足以积学而有待，其势可畏"。面对中国第一大河，凝望着汹涌澎湃的水流，他思如泉涌，妙笔生花，很快写出二十五首抒情诗，组成《不尽长江滚滚来》，1957年由长江文艺出版社出版，中央新闻电影制片厂据此拍摄了同名纪录片。此行另外的收获是长诗《大江东去》和散文集《长江行》。

1957年3月8日晚，方纪和刘白羽、于黑丁、巴金等作家进中南海，受到毛泽东主席接见。当天深夜，方纪一气呵成写下名为《在毛主席身边》的诗篇。方纪激励自己，要在文学创作中进行新的开拓，并为自己立下了座右铭：坚决不做墙头草，但愿效仿风前竹。

毛主席的接见，使方纪备受鼓舞。他干劲十足，夙兴夜寐，之后又连续写出《晚餐》《开会前》《园中》和《来访者》等四篇具有探索性的小说。

四

1960年10月，方纪的代表作《挥手之间》横空出世。这篇刊于《人民文学》后又被编入中学语文课本的经典散文，生动地描绘了革命领袖同人民群众之间那种血肉相连的关系。

因作者写的是亲身经历，充分感受到群众同领袖之间的深厚感情，亲眼看到领袖亲切果敢的举止、雍容肃穆的仪态。虽然写作时间是在事件发生十五年之后，但蕴藏在作者内心的感奋之情，如万斛泉涌，凝聚笔端。

　　……昨天夜里，支部忽然传达了中央关于和国民党政府进行和平谈判的通知，思想上说什么也转不过弯来；并且是，毛主席要亲自去重庆！当时，心里像压上一块石头，点着一把火，又沉重，又焦急，通夜不能入睡！……更有不少老同志，感情深重地说：自从上了井冈山，毛主席就没有离开过我们一步！五次"围剿"，万里长征，八年抗战，毛主席和我们在一起，没有离开过自己的军队，自己的根据地；如今，却要亲自去重庆，和他蒋介石谈判！

朴素、真挚、深厚的感情，溢于言表。

　　……在飞机场停了一架绿色的军用座机，回想起去年修飞机场时，延安的许多同志都参加了劳动，把凿得平平整整的大石头，一块块从山上拖来，一块块按直线铺平，放稳，砸结实，几十个人拉着大石碌碡碾来碾去。朱总司令和许多其他领导同志都参加了劳动，和大家一起唱着歌，喊着号子。……为了制止这种灾难，保卫人民的权利，实现人民的愿望，毛主席现在要从这里，从延安的同志们修造的飞机场上，动身到斗争的最前线去！

这些语言，寄寓着群众多么真切、深厚的情意！

　　毛主席走下车来，和平日不同，穿一套半新的蓝布制服，皮鞋，头带深灰色的盔式帽。整个装束，完全是像出门做客一样。……如今，主席穿起了做客的衣服，要离我们远去了！

字面上写的是毛主席，实际上充满着群众对主席的依恋之情。文中多处写到毛主席的音容笑貌、举止动作，具体形象地表现出人民领袖慈祥、亲切、沉着、坚定的伟大性格，表现出人民领袖为了国家民族的前途与命运而坚持斗争、坚持胜利的大无畏精神。

　　《挥手之间》发表后，尤其是被编入中学课本后，方纪的名字传遍全国，成为几代人的记忆。

郭小川：燃烧着诗心的火凤凰

马铁松

郭小川

郭小川（1919—1976年），河北丰宁人。著名诗人，代表作《甘蔗林——青纱帐》等。

1933年，日军侵占热河，郭小川随全家逃难北平。1935年一二·九运动后，积极投身抗日救亡学生运动，开始以诗歌为武器，参加民族解放斗争。1937年7月，抗日战争全面爆发，郭小川奔赴延安，途中参加八路军。1941年初，到延安马列学院等单位学习和工作，从事马列主义政治理论和文艺理论的研究。抗战胜利后，他于1945年10月回到自己的家乡丰宁任县长，参加并领导了清匪反霸和土改运动。1948年夏转到新闻战线，先后任冀察热辽《群众日报》副总编辑兼《大众日报》负责人。

抗日战争前期，郭小川创作过《滹沱河上的儿童团员》《我们歌唱黄河》《草鞋》《老雇工》等诗篇。之后有十多年他把大量精力放在工作中，直至1955年，第一首政治抒情诗《投入火热的斗争》诞生。这首诗以他过去的诗歌中所没有的磅礴气势，唱出了时代的强音。后陆续写下《向困难进军》《闪耀吧，青春的火光》等具有鲜明时代特色的佳作。

郭小川一生中创作了大量的诗歌与报告文学，先后出版《致青年公民》《月下集》《将军三部曲》《甘蔗林——青纱帐》等十部诗集。他的作品都有着"一种雄浑而壮丽的气势，一种高昂的调子"。

燕山深处，牤牛河畔。古老的塞北土地，孕育了当代著名诗人郭小川。

一

1919年9月2日，郭小川出生在热河省（今河北省）丰宁县（今丰宁满族自治县）凤山镇一个以教书为业的知识分子家庭。父亲郭寿麒、母亲李有芳均以教书为业。郭寿麒素有才气，曾一度担任过县教育局局长兼小学校长，并兼任《丰宁县志》纂修（主编）。母亲李有芳文化功底深厚，曾担任县初级小学校长。

凤山镇是清代和中华民国时期丰宁县城所在地，素有较深厚的文化传统。郭家又是博学多才的书香门第，因此，郭小川从小就受到了良好的文化教育和熏陶。

郭小川是郭家的独生子，取名郭恩大，又名湘云、登云。郭寿麒和李有芳非常重视对他的早期教育。郭小川三岁识字，四五岁即开始背诵诗文，七岁正式入学读书，到十岁时，因父母失业，父亲开办私塾，又在私塾就读两年。他读书勤奋、刻苦，幼年时就显露出才华，在同龄人读《中庸》时，郭小川已开始读《书经》。他还酷爱书法，八岁开始学习写对联，到十一二岁就写了一手好字，不仅能写小字楷书、隶书，还能写大斗方字，经常有人请他写对联和字画，每次都博得人们的称赞。

1929年，郭小川十岁那年，县里在古老的文庙增设国民女子小学。开学那天，各界人士齐集学校，一致邀请"神童"试笔，题写校名。郭小川够不着校门的门头，人们便搬来了桌子。他站在桌子上，蘸足了墨汁，仔细端详了门头的位置，提笔写下了"国民女子小学"六个大字。看着那流畅圆润的大字，人群中响起了一阵喝彩声。接着，郭小川又在校门两侧写下了"反对妇女缠足""争取与男子平等权利""不当寄生虫"的大字标语。郭小川的声名再一次传遍了凤山街市。

郭小川虽然天赋聪明，但他从不骄傲，学习历来刻苦用功。父亲郭寿麒古体诗作得好，在丰宁县很有名气。在父亲的熏陶影响下，郭小川从小就喜爱诗歌，尤其喜爱《木兰诗》。当时作诗的工具书《清韵集》，他可以背诵如流，对平仄韵律掌握得也较为准确。

就在郭小川刻苦攻读诗书的时候，1931年九一八事变爆发了。日本侵略者占领了东三省，很快把魔爪伸向了热河。1933年春天，在凤山沦陷之前一个春寒料峭的日子，不甘当亡国奴的郭寿麒变卖了家产，雇了一辆骡子轿车，拉上十四岁的郭小川颠簸了整整五天，全家逃难到了北平（今北京）。

1934年初，郭小川考入迁到北平的东北中山中学。1935年一二·九运动爆发，他积极参加抗日救亡活动，白天到大街上贴标语，演戏，参加示威游行，宣传抗日，痛斥国民党政府卖国投降的不抵抗政策；晚上回到宿舍刻蜡板，出小报，印传单，宣传抗日救亡思想。

1936 年上半年，郭小川参加了学校的罢课斗争，抗议把冀东出卖给日本的《何梅协定》。6 月 13 日，北平学生进行大规模游行示威。各路游行队伍举着标语，高呼抗日口号，群情激愤地向前进发。郭小川随学校游行队伍游行到北池子北口时，遇到大批军警阻拦，军警用皮带和棍棒驱打学生，冲乱了游行队伍。

郭小川和爱国学生们被押在拘留所的土炕上，伤口疼得厉害，只好撮起一把炕土捂住一道道流血的伤口。提审的时候，一个凶神恶煞的警察拍着桌子，厉声喝问："你是哪个学校的学生？为什么参加不轨行动？"

"抗日救亡，学生有责！我是东北人，就是要抗日！"郭小川抬起头，两眼冒火，一字一句地大声回答。此后，再也不说一句话。审问的警察没有办法，只好示意把他带下去。后来，经过多方交涉，警方迫于压力，只好无罪释放爱国学生。不久，郭小川秘密参加了共产党领导的抗日救亡先进组织民族解放先锋队及其领导下的文艺联合会，在李雷等人的影响下，开始学习新诗。

这一年，郭小川取名郭健风，考入了东北大学工学院补习班。10 月 19 日，作家鲁迅逝世，郭小川十分难过，写了一首纪念的诗，发表在大学校刊《黎明》上。从此，他开始用郭苏、伟倜、健风、湘云、登云等笔名，写下一首又一首抗日救亡诗歌，内容有写抗日斗争的，有怀念家乡的，有控诉日本侵略者奸淫烧杀罪行的……

1937 年 7 月 7 日，抗日战争全面爆发，在学校就可以听到隆隆的炮声。郭小川在同学、朋友、共产党员田菲的鼓励下，瞒着家人，毅然决然投身革命，秘密奔赴抗日战场。他和一批爱国学生满怀悲愤地唱着《松花江上》，过天津，经烟台、济南，到达太原，准备去延安。9 月 15 日，在日本侵略者的空袭中，郭小川和田菲躲在防空洞里，随着"轰"的一声巨响，站在洞口的田菲倒在了血泊中。郭小川看护着奄奄一息的田菲，整整两天一夜。田菲终因伤重不治牺牲，郭小川含泪用砖头刻下了田菲的墓碑。当晚，他就在太原报名参加了八路军。

参加八路军后，郭小川被分配在一二〇师三五九旅。11 月 7 日，郭小川经孙国梁、佟冬介绍加入了中国共产党，次年 2 月转为正式党员。在部队三年多的时间里，他先在旅部奋斗剧社工作，后调往宣传科任宣传干事、政治教员，再调司令部任机要秘书，在王震旅长的直接领导下工作。

1938 年秋，夜色朗朗，秋风习习，忻州崞县（今山西省原平县）的一个村庄里，奋斗剧社正上演一出自编自演的抗日剧《苦难中的孩子们》。台上，一群衣衫褴褛的孩子，沿着汾水流浪，一边走一边唱：

> 月光光，照他乡，他乡儿郎想爹娘，
>
> 孤儿流浪苦难当。
>
> 月微微，照汾水，汾水奔流永不回，
>
> 家乡何时才得归？
>
> 月暗暗，照河边，河边狗吠不能眠，
>
> 家乡何时才得还？

孩子们的凄婉歌唱，引起台下男女老幼的一片唏嘘。郭小川是这个剧的编剧，还在剧中扮演了开明士绅老人的角色。1939年春天，郭小川又编写了一出名为《英勇不屈》的小戏，他亲自饰演戏中煤矿工人的妻子，戴着用锅底灰染成的麻丝假发，表演得很有感情。此外，在《亡国恨》一剧中，他还扮演被日寇掠去的农妇。

1938年到1941年，在黄河两岸转战的岁月里，郭小川随军编辑《战声报》小报，并重新开始了诗歌创作。战斗间隙，郭小川构思诗篇，先后写下了《滹沱河上的儿童团员》《骆驼商人挽歌》《热河曲》《我们歌唱黄河》等诗篇。当时，郭小川写的诗稿和剧本在一次过黄河时不慎落入水中，全部被激流卷去。其中，《骆驼商人挽歌》与《热河曲》曾被人推荐发表在1940年4月25日上海《大美报》副刊《浅草》的诗歌特辑上。《我们歌唱黄河》被部队传抄和朗诵，成为郭小川的成名之作。

二

1941年初至1945年8月，郭小川经著名诗人肖三推荐、旅长王震批准，到延安中央研究院（又名马列学院、中央党校三部）学习并参加延安整风和审干运动。

在延安，郭小川如饥似渴地学习马列主义理论，学习革命文艺理论，边学习边进行诗歌创作，先后写下了《一个声音》《我与枪》《草鞋》《老雇工》等诗篇。这些诗篇，反映了革命战士的乐观主义精神，抒发了与侵略者战斗到底的决心，歌颂了中国人民同日本侵略者殊死斗争、坚贞不屈的英雄气概。郭小川在延安诗坛初露头角，成为部队的青年诗人。

在这期间，郭小川经朋友介绍，认识了在延安中国女子大学学习的革命青年杜惠。杜惠1920年生于四川长寿县的一个教师家庭，1936年投身于抗日救亡学生运动中，1939年加入中国共产党。经党组织批准，秘密化装到延安学习。这是一个性格坚强、容貌秀丽、自尊心很强的姑娘。

在巍巍的宝塔山下，在滔滔的延河水旁，郭小川和杜惠等青年朋友，一起散步，一起谈心，一起读诗。郭小川常常朗诵起自己创作的《草鞋》《我们歌唱黄河》《平原老人》《我与枪》等闪烁着浓郁部队生活气息、熔铸着炽热抗日激情的诗作，杜惠尤其喜欢郭小川的《草鞋》：

> 啊，那不像是草鞋
> 那是鲜艳的小野花群
> 草鞋排成行列，
> 行过绿色的草原，
> 有如野花飘游在蓝澄澄溪水面上，
> 不，那好像又不是野花，
> 那是一列彩色的小鸟，
> 一个小鸟追逐着一个小鸟，
> 以它英雄的姿影，
> 炫耀给世界
> ……

终有一天，爱情在郭小川和杜惠心中萌芽、开花。在中央党校前的延河边，郭小川和杜惠面对低声细语的延河水，面对窑洞里的点点灯光，订下了终身。

1943 年 2 月 3 日，郭小川和杜惠在延安结婚了。那一天，正好是旧历春节。当时边区生活物资紧张，小两口儿没有被子盖，时任女子大学校长的吴玉章老人，把自己窑洞挂的大幅旧地图取下来，让人拿到延河里洗净，做成了一床奇特的大被子。

郭小川喜欢塞北冬天的白雪，他曾写下许多赞美白雪的诗。郭小川和杜惠的爱情，就如纯洁的白雪，既普通平常，又圣洁高尚。

三

塞北深秋，寒风飒飒。1945 年 11 月，在热河省丰宁县城凤山镇的破旧街道上，走来一位中等身材、赤红脸膛、身着灰布八路军军装的年轻干部。他就是新到任的热河省丰宁县县长郭小川，那一年，他只有二十六岁。

原来，抗战胜利后，郭小川被派到新解放区工作，来到了冀热辽解放区的热河省。组织上考虑到他是丰宁人，熟悉县情，便把他派到丰宁县担任县长。时隔一个多月，杜惠也来到丰宁，担任县妇联会主任。郭小川同县委书记周太、解放联合会主任彭寿年一起领导了丰宁县的清匪反霸、减租减息、建立地方政权等复杂艰苦的工作。

凤山街石桥南有一个效忠日伪干了不少坏事的人，这个人是郭小川的亲戚。他为了逃避罪责，带了两个赤金戒指和一块瑞士手表，夜间秘密求见郭小川。郭小川问清来意后，非常气愤，马上写了一张条子，连人带物送交农民协会处理。这件事传遍了凤山大街小巷，人们都说，郭县长不吃请，不受贿，秉公执法，就像《赤桑镇》里的"包青天"。

1946年6月，热河省丰宁县与察哈尔省丰宁县合并，郭小川奉命调隆化热河专署任民政科长。9月，国民党反动派向冀热辽解放区大举进攻，郭小川随专署队伍撤出隆化，途中接到命令留下组织领导游击战争。他立即找到区干部开会部署了开展游击战的活动计划，并到附近村庄组织群众。

9月6日，郭小川随队伍转移到黑河川白草一带（今赤城县）坚持斗争。在艰苦的游击环境中，先后写下了《让风暴更猛烈地吹吧》《会师》《祝儿子的诞生》《给一个瞎子》等诗篇。他在白草营地大风暴席卷山川的寒冷早晨，发出了无畏的呼喊——

> 让风暴更猛烈地吹吧，
> 我看你究竟能吹得多么久！
> ……
> 我是一个忠诚的战士，
> 人活着，最可怕的事情不过一个死，
> 最大的风暴现在已经经历，
> 我没有眼泪，只有呼喊：
> "来呀，英勇的战士！"

1947年1月，元旦刚过，我军打回丰宁，郭小川二次担任丰宁县县长，敌我之间展开了残酷的"拉锯战"。我方几乎天天转移，夜夜行军，条件极为艰苦。

在激烈复杂的对敌斗争中，郭小川并没有停笔。1945年到1946年间，他开始写作名为《老家》的自传体长诗，由于斗争残酷，没有余暇，只写出了一章。在热西地委，他根据土改斗争生活素材，先后创作了短篇小说《王元夫妇》和《杜福》，发表后受到读者的欢迎。

1948年春，郭小川又调到热西地委，与战友徐亮一起编辑地委内部刊物《新作风》，撰写了大量社论和署名文章，指导了土改和其他工作。5月，冀察热辽中央分局调郭小川到《群众日报》任副总编辑，并兼任《大众日报》负责人。在报社，郭小川既是领导，又是普通工作人员，短短五个月，就发表了十三篇署名文章。

1948年到1954年，郭小川先后任冀察热辽《群众日报》副总编辑兼《大众日报》负责人、《天津日报》编辑部主任。1955年到1961年，任中国作协党组副书记、作协书记处书记兼秘书长、《诗刊》编委。1962年任《人民日报》特约记者。1970年，随中国作家协会到湖北咸宁五七干校劳动锻炼。1976年10月18日，在一场意外的火灾中不幸逝世。

郭小川创作作品极多，主要著作有《团泊洼的秋天》《平原老人》《投入火热的斗争》《致青年公民》《鹏程万里》《将军三部曲》《甘蔗林——青纱帐》《昆仑行》等，还有一些政论、杂文作品。光阴荏苒，他已经离开我们四十多年，但他在家乡的革命斗争事迹和崇高风范永远值得我们怀念。

仓夷：中国人，爱中国

宁 雨

仓夷在北平工作时

仓夷（1921—1946年），原名郑贻进，祖籍福建福清，成长于新加坡。1940年冬加入中国共产党。主要作品有长篇报告文学《纪念连》《无住地带》等。

1937年春，仓夷从新加坡回国，参加敌后抗战，于1939年奔赴晋察冀敌后抗日根据地，在边区工作七年。在边区工作期间，他经常在枪林弹雨中采访，又经常深入各区、村，与干部群众生活在一起，和抗战军民结下了同生死的战斗情谊，写下了大量有血有肉、动人心魄的通讯和报道。他写的《平原青纱帐战斗》《平原地道战》《幸福》《婚礼》《爆炸英雄李勇》和《反"扫荡"》等通讯和报告文学，极大鼓舞了边区军民的抗战斗志。1942年五一反"扫荡"后，他采访了在这场残酷的战斗中最英勇的模范连队，写下了四万多字的报告文学《纪念连》。这篇作品在《晋察冀日报》上连载七天，引起很大反响。周扬称赞仓夷是晋察冀边区最年轻、最优秀的新闻记者和报告文学作者之一。1944年，他突破敌人封锁线到平北游击区采访，写出另一名篇《无住地带》。

仓夷奋不顾身的工作作风和出色的工作成绩，受到军民一致称赞。1946年解放区选举人民代表时，他被选为察哈尔省代表。同年8月，仓夷奉命采访安平镇事件，绕道途径大同时被国民党特务暗害，牺牲时年仅二十五岁。

初冬的早晨，夜雨初歇。胭脂河笼着淡淡的烟霭，除了河心石激起小小几朵浪花，河声实在是静逸得很。

我在夜灯下翻开仓夷的那篇小文《冬学》，文中的那个村庄应该就在河上游的不远处。当我跟随文中那群刚刚识字的老乡一起读到"中国人，爱中国"六个字的时候，"仓夷"这个名字，忽而变得那么鲜明而有力量。

一

仓夷，本名郑贻进，祖籍福建福清，出生于马来西亚，成长在新加坡。当他决定告别父母亲人归国抗战的那一刻，内心深处一定也反复默念着"中国人，爱中国"。

那是1937年12月末，年轻的革命者赵洵、黄一然在武汉街头遇到一名身穿短袖衬衫、短裤的青年。天气已经很冷了，青年上衣口袋里插着一支派克笔，缩着身子在路边徘徊。看到赵洵和黄一然，他犹豫地走过去，轻声问："要抗日到哪里去报到？"

这个眼神清澈的问路青年，就是仓夷。那一年，他只有十六岁，刚刚回到祖国。仓夷自我介绍，父亲是个工人，支持他回国抗日，临行时给了他一支笔和少许路费。他春天从新加坡出发，几经周折，到此时盘缠差不多花完了。赵洵、黄一然尽己所能给仓夷提供了经济上的帮助，并把他领到八路军办事处。

不久，仓夷到山西民族革命大学学习。结业后，分配到位于陕西宜川秋林镇的二战区司令部，担任《西线》杂志编辑。其间，他沿黄河防线采访，了解到日寇在华北的种种罪行。年轻的仓夷为此愤慨不已。

1939年，仓夷在《西线》杂志发表沿黄河考察的长篇报告《华北的敌寇在挣扎》。也是在这一年，仓夷来到晋察冀边区。

1940年5月14日，仓夷采写的通讯《赵象铭事件真相》刊登在中国共产党人创办的《抗敌报》上。赵象铭原是一名地方官，潜入边区后，利用国民党的名义与公职身份，贪污菜油、私藏物资、大吃大喝，还试图腐化边区干部，叫人监视共产党员。赵象铭的恶行，引起了边区民众的极大愤怒。对这一事件的采访，给了仓夷内心不小的触动。将赵象铭的所作所为和边区共产党人的言行两相对照，这位一心忙于抗日宣传的年轻人作出判断：只有中国共产党，才能救中国。

1940年秋天，仓夷正式加入《抗敌报》。《抗敌报》是《晋察冀日报》的前身，被聂荣臻同志称为"民族的号筒"。从此，仓夷成为"民族的号筒"最年轻的号手之一。

这年冬天，仓夷加入中国共产党。

二

出自仓夷之手的《纪念连》，是一篇在边区轰动一时的报告文学作品，长四万余言。

1942年，日寇在冀中展开残酷的"五一大扫荡"。在反"扫荡"作战中，八路军的一个连队与日寇连续激战，令敌人伤亡惨重。《纪念连》正是对这一模范战例进行采访后创作而成的，整个采访用了二十多天。《纪念连》于1942年10月在《晋察冀日报》以连载形式刊发，引起很大反响，冀中军民争相传阅。1943年4月，晋察冀边区鲁迅文艺奖金委员会授予其"文学奖"。

多年后，我随石家庄寻访抗战地采风团到深泽县，参观了《纪念连》中所讲述的宋家庄战斗的旧址。昔日的战场如今绿树婆娑，农舍俨然。走进一处作为当年战斗指挥部的老宅，墙上密密麻麻的枪眼和一张村里流传下来的作战地图，让在场者仿佛置身当年烽火连天的战斗中。七十多年间，宋家庄的红色基因赓续不断，在村庄发展中，战斗旧址和珍贵的老物件在一代又一代宋家庄人手中得到保护。

全国抗战进入战略相持阶段，《晋察冀日报》的敌后出版愈发困难。在日寇的"封锁""蚕食""扫荡"中，仓夷与《晋察冀日报》所有的同志一样，一手拿笔，一手拿枪，坚持采访、写作与出版。

部队拨来枪支，报社的武装梯队在社领导组织下开展战斗演习。仓夷在武装梯队里担任一个班的班长，被分配了一支老式的单发枪，比较陈旧落后。仓夷却很高兴地领走了这支旧枪。他说："我来背它。就算是烧火棍，也能敲死敌人。"

山地抗战，异常艰苦。工作战斗间隙，仓夷爱给大家讲故事。南洋风情、武汉流浪、骑骡走黄河……年纪轻轻的仓夷，却有着丰富的人生经历。他用间杂福清、广东口音的"太行山普通话"绘声绘色讲起各地的见闻，逗得同志们哈哈大笑，他乐观的精神感染了每一个人。

为了更全面、更深入地报道华北的抗日战争，揭露敌寇的侵略罪行，仓夷和他的战友们经常穿越封锁线，深入最危险的地区。

制造"无人区"，是日寇在华北犯下的滔天罪行之一。为把广大人民群众和共产党的部队隔绝开来，将游击队困死在山林，敌人在东起山海关、西至古北口的长城沿线广袤土地上，进行了灭绝人性的烧杀抢掠。仓夷写于1944年春天的报告文学《无住地带》，就是一部再现共产党八路军在"无人区"坚持斗争的优秀作品。

仓夷的侄子、《晋察冀日报》历史研究者郑卫建给我讲述过一个惊心动魄的细节："那时候，记者外派都揣着两颗手榴弹，一颗是给敌人准备的，另一颗是随时准备与敌人同归于尽的。"在敌占区和游击区，边币不能花。报社给发的盘缠，有时候就是一块盐巴。仓夷行走太行山区和华北平原，兜里装着一块盐，身上藏着手榴弹，没有丝毫困窘和胆怯。他那淳朴的笑脸、明亮的眼睛，总能令当地百姓心生信任。饿了、渴了，轻轻敲开老乡的房门，一撮盐巴换一顿吃食，不拘糠饼子、菜窝头，还是一把枣子、两个柿子。

作为一名新闻战士，仓夷的作品真实记录了晋察冀边区军民在党的领导下浴血奋战的事迹，反映了边区人民的生活和斗争情况。仅1943年在阜平期间，他报道"地雷战"的通讯就多达九篇。他采写的《爆炸英雄李勇》发表后，边区青年民兵掀起了向李勇学习的热潮。

从1941年至1945年抗战胜利，仓夷发表作品近百篇。作为一名出色的"战地号手"，他不仅是为报纸"造子弹""造炮弹"的人，也是为英勇的子弟兵和英雄的人民画像立传的人。

三

　　夜的成熟的稻田在黑压压的人群的劳动下活跃起来了。像羊群在跑青，像蚕在吃桑叶，只听见喳啦啦喳啦啦的割稻声，紧张的脚步移动声，沉重的扑七扑七的打稻声，别的一切都是静寂的。

这段紧张的夜半劳作的描写，出自仓夷通讯作品《阜平城西滩的抢稻斗争》。在反"扫荡"斗争中，抢秋是一件非常艰巨、危险的工作。1943年秋天，阜平县区干部们动员城厢附近五个村庄的青壮年游击小组，经过三整夜不间歇的劳动，在敌人眼皮底下抢收水稻二百二十亩。仓夷既是这场战斗的报道者，也是一个勇敢的参与者。

为了把采访完成好，从小在海外生活的仓夷，总是虚心向受访者请教。哪怕是一句没听懂的方言、一个有些陌生的名词，他也不肯放过，直至将自己变成太行山里的"生活通"。

采写地雷战背后的故事时，仓夷主动参加了爆破班，认真学习。雷口、触发箱、触发管、保险针、子母雷，这些术语对仓夷这样的新闻工作者来说并不好弄懂。但他不仅把术语记在心里，更学会了挖雷坑、埋地雷等技术。当我通览《仓夷文集》，沉浸在作者描述的种种战斗生活场景中时，常常为那些感同身受的细节所深深折服，甚至以为他是我的河北同乡。

仓夷是归国抗日的华侨，更是晋察冀的儿子！

在报社，仓夷是出了名地爱结交朋友。为了采访"爆炸英雄"李勇，仓夷与他吃住在一起，战斗在一处。由于仓夷懂地雷，能麻利地配合李勇工作，第一次采访就取得了李勇的信任，和他成为无话不谈的同志和朋友。这种信任，使仓夷得以更近距离地观察人物。

仓夷的优秀、勤奋和高产，给战友们留下了很深的印象。现年九十八岁高龄的陈英老人，是仓夷在《晋察冀日报》时的同事，她经常回忆起当年战斗中办报的岁月，讲述仓夷等老战友的故事。当年陈英和报社同事在平山县滚龙沟办公，每次仓夷外派采访归来，都要过来汇报工作。他总是那么阳光开朗，人还没进院子，欢快的歌声就先飞了进去。他又是那么刻苦努力，不管多冷多热的天气，仓夷都要写稿读书到半夜，第二天早上照样精神十足地工作。陈英老人的女儿陈华，现在也成为《晋察冀日报》的研究者，和同事们一起致力于寻找报社烈士的牺牲地和烈士的亲属，将英雄们的故事讲给更多人听。

在仓夷的纪实作品中，《李雨》是十分优秀的一篇。

1945 年 7 月抗战胜利前夕，仓夷去平北采访。为了通过永定河封锁线，仓夷找到这一带的游击区干部李雨带路，也由此亲身感受到这里与边区天壤之别的"特殊环境"。李雨十四岁参加革命，来到游击区两年，十二次历险。他曾被六个带枪的敌人搜捕堵截，相距只隔一道短墙，最终冒死逃脱。"生死一线"已成为这个年轻人的生活日常。在一次次出生入死的斗争中，李雨变得更加成熟坚定，也在游击区逐渐打开局面，获得群众拥护。

为了采访，二十四岁的仓夷与二十岁的李雨有了一次凭窗而坐的深谈。年龄相仿、经历相似的游击区干部李雨，给仓夷的内心带来了巨大的情感波澜。《李雨》通篇情节跌宕曲折，但仓夷运笔从容、情感节制。在反复阅读中，我仿佛从李雨身上看到了另一个仓夷。也许，只有当采访者和被采访者的心灵相通时，才会有这样的优秀作品诞生。

采访李雨一年之后，就在仓夷牺牲的前一夜，他还主动找到组织汇报思想情况。他要汇报的是，到张家口之后收到新加坡女友的两封信，一封是思念问好，另一封是要他回新加坡结婚。仓夷也回了两封信，一封报平安，一封告诉她，自己是共产党员，工作繁忙，现在不可能回新加坡。在人民解放事业和个人幸福之间，仓夷的抉择，是那样的磊落和坚定。

这份磊落和坚定，与他在记者生涯中，和无数李雨那样的英雄人物相遇、相知、相惜，有着十分深刻的渊源。与自己采访的人物相互砥砺，让这位革命记者时刻保持着一颗质朴的爱国心。

四

仓夷的生命永远定格在了 1946 年 8 月 8 日。

那年 7 月，河北香河安平镇发生了美军与国民党军进攻八路军防区的安平镇事件。仓夷作为新华社特派记者，与战友萧殷一起前往参加调查工作。这天早晨，他们乘坐一辆敞篷吉普车到达张家口机场，在休息室候机。后来，萧殷曾撰文回忆当时的情形："他（仓夷）东张西望了一阵，忽然像发现了什么稀罕物件，又像被沙发弹起来似的，急忙向水果柜那边跑去。我抬头一看，已猜到七八分：那里摆着许多水蜜桃，我知道仓夷是很喜欢这类水果的。接着他果然捧来了十几个大桃子，满脸堆笑地走回来，一面还称赞着：'你看，这桃子多大！多漂亮呀！'他啃了一口，几乎手舞足蹈起来……"

可是，因为受到刁难，仓夷不得不与萧殷暂别，等待下一趟飞机。

这一别，却是永诀。

仓夷独自一人在山西大同转机期间，被国民党反动派匪徒阴谋杀害，身上仅有的怀表、水笔等物也被一一瓜分。多年之后，仓夷牺牲的真相终于大白于天下。在他的遇难地，当地人民为他建起了纪念碑和烈士陵园。

仓夷的事迹在各种纪念文章里被反复讲述，我却更愿意向我的读者述说他在机场买桃子的细节。因为那是一个幸福的细节，是仓夷这位采访了无数人物的革命记者，作为战友笔下的人物被翔实描摹的、属于他自己的幸福细节。

在仓夷牺牲前的最后岁月，从1946年2月至5月底的三个多月时间里，他被组织上派驻北平参加《解放》三日刊工作。这期间，仓夷有感于北平读者对了解边区生活的渴望，便整理自己的文章，选出《冬学》等篇章，准备出版一个名为《幸福》的小册子。

在《写在〈幸福〉前面》一文中，仓夷说："这本小集子里的几篇文章，是我在晋察冀边区服务七年间，一些当时当地的零星纪事。书名叫做《幸福》，是我的偏见，因为我认为人民能按自己的理想来自由生活，那就是'幸福'。而这本书里所写的人物故事，正是表现了这种生活的几个侧面。"

《幸福》原本想在北平出版，"献给对'晋察冀'生疏，然而又时刻神往的读者们"。遗憾的是，仓夷生前《幸福》未能付梓。1947年8月，仓夷殉难一周年之际，《幸福》由晋察冀新华书店印行。

手捧《幸福》复印本，我再次阅读《冬学》，一次又一次默念"中国人，爱中国"。《冬学》，在仓夷记者生涯中写下的浩瀚文字中，就像胭脂河里一朵小小的浪花。那个风华正茂、活泼爱笑的《晋察冀日报》青年记者仓夷，总有办法写下那样活鲜鲜的文字，把读者的内心打开、照亮。

在仓夷百年诞辰时，陈华等《晋察冀日报》报史研究者，以及仓夷亲属郑卫建等人再一次相约来到大同为仓夷烈士扫墓。苍松翠柏间，大家怀着崇敬的心情，把一只美丽的花环轻轻挂在墓碑之上，献上素馨的花束表达无限的缅怀和哀思。在仓夷家乡福建，人们也时常忆起这位少年归国抗日、为人民事业不畏牺牲的革命前辈。每逢他的牺牲纪念日，或清明、中秋，子侄们都会思念他们的大伯，将仓夷的事迹讲给下一代人。郑卫建说，仓夷是一代代郑家人永远的骄傲。

为了追寻烈士的事迹，郑卫建一次次沿着仓夷的足迹，奔走在华北大地上，也亲眼见证了那里发生的时代巨变与乡亲们的崭新生活。郑卫建说，仓夷是我的大伯，更是永远的晋察冀记者仓夷。如今，当地百姓过上了好日子，大伯期盼的"幸福"实现了。

"小英雄雨来之父"管桦

郭晓霞

管 桦

管桦（1922—2002年），本名鲍化普，河北丰润人。1946年加入中国共产党。代表作有中篇小说《小英雄雨来》、长篇小说《将军河》、歌曲《听妈妈讲那过去的事情》等。

1940年参加革命。曾入华北联合大学中文系学习。1942年开始发表作品，1949年加入中国作家协会。1941年至1948年，担任《救国报》记者、冀东军区尖兵剧社（后改为九纵队文工团）负责人兼创作员、演员，并在连队做文化、宣传工作。1946年之后先后发表过《妈妈同志》《还乡河之夜》《爆炸大王宁振贵》《雨来没有死》等短篇小说。中篇小说《荆各庄的故事》写于1947年春，这篇约两万字的作品，比较真实地反映了冀东土改运动中的阶级斗争，受到冀东有关领导和文艺界的好评。

《小英雄雨来》是管桦代表作之一。主人公雨来是抗日战争年代冀东少年儿童的一个缩影，这其中也有管桦的影子。小说成功地塑造了抗日小英雄雨来的形象，情节惊险、曲折，富于浪漫色彩，是一篇深受读者喜爱的儿童文学作品，1948年发表在《晋察冀日报》。20世纪50年代初，《小英雄雨来》被选进了全国小学语文课本。从此，雨来成了整整一个时代全国少年儿童心目中的英雄。

秋日晴空如洗，河面层层涟漪。

矗立在还乡河畔的小英雄雨来雕像，身着对襟粗布上衣，赤着双脚，紧握双拳，稚气的脸蛋上嘴唇紧抿，凛然而立。

"我们是中国人，我们爱自己的祖国……"一群少先队员正在雕像前朗声诵读着，胸前的红领巾映照着充满朝气的脸。河北省唐山市丰润区还乡河公园革命传统教育基地"小英雄雨来纪念园"里，这样的琅琅之声常常响起。

历史从来不曾远去，纪念是为了更好地前行。

小英雄雨来，这个闪光的名字，历经时间淘洗，今天依然熠熠生辉。《小英雄雨来》早已与中国人民伟大的抗日战争史诗熔铸在一起，成为红色文艺经典；而被誉为"小英雄雨来之父"的管桦，也在红色艺术史上留下了闪光的足迹。

——

女过庄，一个冀东平原上普通而美丽的村庄，被管桦称为"我来到人世上的第一个旅店"。不远处，丰润的母亲河——还乡河从她身边缓缓流过。1922年1月9日，管桦就出生在这里。

西大街上的两排土坯草房，小窗上贴着红色剪纸，窗前的腌菜缸遮掩着一片繁花的金银藤。母亲有着细高的身材、流露着智慧的眼睛。她不但操持支撑家里的生活，也一手教育出好孩子。"把我带到这个世界上来的母亲是个心地善良的普通农村妇女，但在命运面前却从不低头。母亲喜欢在劳动的时候，唱出最喜爱的寇准的故事，讲瓦岗军大破孟州城，讲薛仁贵征东……"

管桦的父亲鲍子菁参加革命前是教员，竭力宣传员抗战，他还为根据地的小学编写课本。夜校设在破旧的豆腐房里，敌情缓和的时候，村里蒙蒙星光的夜雾里，花木的繁枝密叶中，房屋的窗子映着明亮的灯光，从那里传出孩子们齐声念书的声音："我们是中国人，我们爱自己的祖国……"这个场景后来就演绎成《小英雄雨来》上夜校读书识字的故事。

那是号角呜咽、浴血奋战的烽火岁月。1933年，长城抗战失利，唐山沦陷。1935年，冀东彻底沦陷。1941年，日本侵略者制造了惨绝人寰的"潘家峪惨案"。"三光"政策推行后，一时间"无村不戴孝、户户有哭声"。但哪里有侵略，哪里就有反抗。1938年，在中共河北省委领导下，爆发了20万工农冀东抗日大暴动。鲍子菁任中国国民革命军忠义救国军第七路军第七师师长，带领冀东八千子弟兵与日本侵略者作战。1944 年秋，鲍子菁在与日寇作战时壮烈牺牲，时年 43 岁。

耳濡目染，壮志凌云；国恨家仇，淬火成钢。

管桦原本想到抗日军政大学学习军事本领，然后奔赴抗日前线杀敌立功，但抗大不招收没有战斗经验的学生，他只好进入晋察冀边区的华北联合大学文艺学院深造。那时正处于抗战的艰苦阶段，反动势力甚嚣尘上，白色恐怖笼罩大地。为了迷惑敌人，防止敌人知道真相加害于亲人，他将本名"鲍化普"改为"管桦"。管桦跟同学们说："我喜欢树木，抗战胜利后，我就管理一片桦树林吧。"从此，"管桦"这个名字叫开了，并成为他的笔名。

1943 年，管桦到冀东军区政治部尖兵剧社，先后任文艺组长、队长、副团长，创作歌词、剧本、小说和文艺通讯。在革命的大熔炉里锻炼成长，管桦创作出了《还乡河之夜》《妈妈同志》《小英雄雨来》《荆各庄的故事》《三只火把》《葛梅》《辛俊地》《将军河》等一系列文艺作品，成为冀东抗日根据地小说创作的代表。小英雄雨来更是成了全国中小学生心中的偶像，其英勇抗日、机智斗争的故事成为伴随新中国几代人成长的红色记忆。

二

"池塘里，一片绿波似的宽大密叶中间，开放着一朵朵粉红色的荷花，风把她的清香吹送到邻家……"蒲草芦苇、杨柳浓荫，几个"志同道合"的小伙伴在河里洗澡，打鱼摸虾，玩水仗，藏猫猫；他们一边游戏，一边站岗放哨，注意着来往的行人，一旦发现敌情，就及时报告给部队和乡亲。

管桦无法忘记——

那一夜，给他带路的是一个很小的儿童团员。周围的树林、沙丘、荒坟看上去是一团团黑影，阴森、恐怖。小家伙却挺着胸脯，眼睛闪闪发亮，寂静中只听见他们"嚓嚓嚓"的脚步声以及从远处传来的清脆的机枪声和大炮闷雷般的轰响。管桦抵达目的地与孩子道别时，小家伙脸上露出了骄傲、幸福、得意的笑容。

管桦无法忘记——

那年春天，他途经丰润县城北的上水路村时，恰逢日本鬼子来"扫荡"，当时除了埋设地雷准备打麻雀战的民兵留在村里，满山遍野都是往北转移的老人、妇女和儿童。忽然，有一个八九岁的男孩儿见管桦身穿八路军服装，便跑过来拽住他的衣襟说："我要跟着你当八路军打鬼子。"

"八路军不能背着小孩儿打鬼子，快找你妈妈去吧。"管桦说。

"今儿个高低是跟你去当八路军了，就兴你们大人抗日救国？"孩子依旧拽着衣襟不放。

"得让你妈妈送你来，八路军才能要。"当孩子东张西望寻找妈妈时，管桦才得以走脱。后来，进入遵化县与丰润县交界的鲁家峪村的一股日军抓住了那个孩子，却被那孩子带进了地雷阵里，孩子也壮烈牺牲了。

管桦无法忘记——

1945年夏秋之交，冀东军区八路军某部攻打玉田县城，他和尖兵剧社的其他几位同志要去前线采访，负责给他们带路的是个十三四岁的孩子。

管桦问那孩子："村里没大人吗?"

"你们奔哪儿? 我把你们领到那儿不就结了吗?"孩子带着兴奋、自信的表情说。

大家走着走着，忽然发现东面白菜地尽头约两百米远处高耸着一座炮楼，却没有枪声。"炮楼里还有鬼子没有?"管桦话音未落，敌人的机枪子弹就像雨点般地扫射过来，大家连忙俯卧在地上。过了一会儿，见敌人没再开枪，带路的孩子站起身来问是否还往前走，管桦冲他大喊一声："快卧倒!"可是已经晚了，那孩子被炮楼里飞出的子弹击中了太阳穴，当场牺牲。

管桦更不能忍受——

抗战中，一些中国人成了汉奸、叛徒、卖国贼，八路军部队遭受敌人的突然袭击，抗日根据地受到严重破坏，几乎全是汉奸给鬼子送情报、当耳目所致。

……

夜深人静，管桦凝视着天空无数的星星，觉得每颗星都亮得像儿童的眼睛，正天真无邪地瞧着他。想起过去那些孩子的勇敢坚定和英勇牺牲，反观汉奸猖獗、伪军横行，管桦为之揪心、悲痛、愤怒、震颤。

"'我是中国人，我爱自己的祖国'，这个连孩子都懂的道理，为什么成年人不懂? 为什么有那么多人没有民族耻辱感，甘心成为汉奸?""爱国主义教育应当从娃娃抓起，如果一个人连自己的家乡都不热爱，还谈何爱国?""文学艺术不能使一个汉奸特务变成爱国者，就像人不能把一棵扭曲的大树变直一样。但对少年儿童就不同了，少年儿童阅读有益的文学作品，对培养他们的道德情操是能发生作用的。这是作家的使命。"

一种强烈的愿望在管桦的心头奔涌着，他要把这些有良知的童年伙伴，通过自己的笔写出来，告诉世人：中国人不可欺、不可辱，并传之后世。

他奋笔疾书，创作完成了有生以来的第一篇小说《雨来没有死》。

初稿完成后，管桦请时任鲁迅文学院研究室主任的周立波审阅。周立波被小说中主人公雨来的精神吸引、感动，连连称赞这篇小说写得有骨头、有肉。《雨来没有死》1948年发表在《晋察冀日报》上，受到广大读者的好评，并很快被编入小学语文课本。1955年，管桦又把它扩写成中篇小说《小英雄雨来》。

芦花戏水、星耀夜读、智护交通员、苇丛雏鸭、五谷飘香的田园风光，方言土语……这些景致风情无一不出自管桦的故乡——河北省丰润县女过庄村。雨来是包括管桦本人在内的少年儿童的缩影，它真切地表达了冀东人民朴素的革命感情、顽强不屈的战斗精神和深沉坚毅的英雄性格。

也正因为《小英雄雨来》，成就了管桦与李婉的姻缘。

那天，管桦到宣传科办公室探望老战友刘大为。小姑娘李婉端茶倒水，睁大双眼听他们讲那些战士的传奇。两人的初次见面，并没有在李婉心中埋下浪漫的种子，只是深深地感到，管桦是拿着笔杆子和敌人搏斗的英雄。后来李婉帮忙抄一些要在报刊发表的文稿，其中一篇《小英雄雨来》深深地吸引了她。李婉为管桦的才华、文笔、故事所吸引，成了管桦的"铁杆粉丝"。经刘大为介绍，管桦和李婉谈起了恋爱。天南地北，书信往来，两人的心灵也渐渐走近，他们向组织递交了结婚申请。

"我俩经过组织上的介绍，又经过相互了解，双方政治方向一致，感情相投，愿在党的培养下终身共同献身于革命事业，呈请组织批准结婚。"如今，这张微微发黄的结婚申请书成为他们最浪漫、最独特、最珍贵的婚姻见证。

在中国现代文学馆，我看到了《小英雄雨来》的手稿。书页中那清晰的笔迹如丝丝引线，鲜活的文字似盏盏明灯，在浩瀚的历史时空中回荡，在慕名而来的参观者心里澎湃激昂。

三

"月亮在白莲花般的云朵里穿行，晚风吹来一阵阵快乐的歌声。我们坐在高高的谷堆旁边，听妈妈讲那过去的事情……"今天，管桦创作的这首《听妈妈讲过去的事情》还时常被孩子们唱起。

"不爱家乡的人不会爱国。"长年转战南北的军旅生涯，腥风血雨的严峻考验和锻炼，使得管桦深明这句话的意义。他眷恋家乡，更情牵同龄人，他把对祖国、对家乡的热爱都倾注在作品里。

管桦的大儿子、作家鲍河扬在《走进思想的竹林》一文中回忆道："父亲被抗日战争的洪流从还乡河卷到奔腾的大海，解放后留在了北京。父亲在精神上水土不服，似乎唯有女过庄才能给予他灵感……1957年，党号召作家深入工农兵生活，父亲抓住理由，连跑带颠地回村落户……"

在土坯草房里，在火苗跳跃的煤油灯下，管桦写了许多作品，写累了就画，在笔下的竹林里散步，在高山峻岭和山村漠野中神游……管桦感慨地说："老天是忘记了我，还是偏心，让我这么幸福地待在这里。"

这种幸福是与物质不成正比的。煤油炉蒸米饭、两根腊肠、没有油星的熬白菜……在别人眼里的苦，在他这里却是幸福。生活的本质与底蕴在乡村田野、在百姓群众那里。只有把自己的身体浸润进去，把生命日常交付进去，与万物相汇，与人民交融，才能纳人民呼吸、发人民呼喊、述人民心声。

1957年管桦在女过庄下乡时，就产生了创作一部作品的想法。1971年开始动笔，1973年已回北京的他又独自悄悄地回到女过庄，积累素材沉淀创作。《将军河》这部作品历时20多年数易其稿，生动地描绘了冀东地区军民团结抗日的历史画卷。

今天，丰润的管桦陈列馆珍藏着《将军河》的部分手稿。手稿清楚地记录着作品最早的名字叫《还乡河》，女过庄的许多老人都能从书中的主人公身上找出生活中的原型。

2002年7月，还乡河水波荡漾，一栋红砖到顶的两层小楼在庄上落成，四周是蓬勃翠竹，门楣横匾上书"有竹人家"四个大字。这是鲍河扬专门为父亲管桦建造的新居。鲍河扬回忆说，房子建好后父亲第一次来，他高兴地院里院外、楼上楼下看了个够。进了楼，他脱下衬衣，光着膀子，甩掉鞋，站在仿木地板上只顾嘿嘿地笑。到二楼六十多平方米的画室，他迫不及待地铺上画毡，摆好笔墨纸砚，试了试笔，便招呼我凭窗远眺。碧绿的庄稼、排排杨柳守护着的还乡河、远处隐约可见的北山……他兴致勃勃地说："忒好了，这就是仙境呀！以后就住在这里，我哪儿也不去了。"

女过庄的乡亲们是记得管桦的。

谭茂增带着老伴儿，特意要见见李婉这位"红娘"；邻居杨慧芝的婆母吃着管桦从北京寄来的药，儿子结婚时又收到了管桦的画作贺礼；朱学臣家孩子多，生活困难，儿子定亲时，管桦和李婉及时送去一千元以解燃眉之急；操持建造"有竹人家"的韩进利，收到了管桦特意为他画的第一张朱砂佛竹……

2002年8月17日清晨，八十岁的管桦突发心脏病，在家乡女过庄走完了他人生最后的旅程，融入这片他一生都无比热爱的土地。

他的一生充满抗争，虽历经磨难却坚强挺拔。他坚信，"一个不能崇拜自己英雄的社会，不是一个成熟的社会；一个不懂得珍惜自己英雄的民族，是一个缺乏民族精神和志气的民族。"他坚信，"一个作家，特别是党员作家，只有把自己的创作与国家和民族的命运紧紧地连在一起，站在党和人民的立场上挥毫泼墨，才能创作出无愧于时代的精品而传于后世。"

管桦，这位从冀东走出去的革命者、作家、艺术家，就像他的作品一样，永远都带着浓浓的乡土情怀和赤子之心。"他只是从田野里走来，又向田野走去！"

和谷岩与电影《狼牙山五壮士》

闫 岩

和谷岩

和谷岩（1924—2011 年），原名和新泉，笔名山石，河北曲阳人，中共党员，解放军报社原副社长、记者、作家。著有长篇小说《三八线上的凯歌》，短篇小说集《枫》，电影文学剧本《狼牙山五壮士》（合作）等。

1937 年参加八路军晋察冀军区第三军分区宣传队，历任宣传员，冲锋剧社舞蹈队队长、剧社副指导员，前卫剧社分队长，《前卫报》编辑，解放军报社记者、记者处处长、副社长。1942 年毕业于华北联合大学文学系，1955 年毕业于中央文学研究所诗歌系。

和谷岩参加八路军后一直在晋察冀军区三分区工作，离狼牙山不远，五勇士的事迹使他深受教育和鼓舞。全国解放后，他和老战友邢野、孙福田多次采访五勇士中健在的葛振林和宋学义，查阅大量历史资料，利用业余时间先写出七万多字的报告文学，在此基础上创作了电影文学剧本《狼牙山五壮士》，1958 年由八一电影制片厂摄制完成。这部气壮山河的故事片，感染教育了几代人。

短篇小说《枫》是和谷岩的代表作，写抗美援朝中的英雄故事，发表于《人民文学》，荣获 1956 年全国青年优秀创作奖，被译成英、俄、日、朝等多国文字介绍到国外。和谷岩创作的长篇小说《三八线上的凯歌》，由人民文学出版社和解放军文艺出版社同时出版。

个头不高，较瘦的身材，亲切和善的脸庞，眉宇之下一双炯炯有神的眼睛。这是2004年春节我的朋友刘向阳在北京的曲阳老乡会上为和谷岩老前辈拍下的一张珍贵照片。

和谷岩从革命年代一路走来，一手拿枪一手执笔，将革命英雄事迹写进课本，搬上舞台和银幕。他的革命精神深深鼓舞感染着和平年代的后人。

一

和谷岩，1924年1月出生于河北省曲阳县下河镇一个贫苦的农民家庭。他的原名叫和新泉。父亲没有文化，靠一辆独轮车运煤、拉脚养活着一家七口。他深知有文化才有出路，所以再苦再累也让儿子去上学读书。小小的新泉看到车辕把爸爸粗糙的双手磨光了，十分心疼，想为父亲分担家里的重担，却被父亲训斥回了学校。就这样，他一直读完了小学。

1937年，日本鬼子进犯我中原，在燕赵大地制造了许多血腥惨案。当时和新泉已经是十三岁的小男子汉了，有了自己的思想，对日本的野蛮侵略难抑愤怒之情。他的四堂叔看新泉心里装着一腔革命的热血，便想带着他一起投奔革命队伍。就在这年深秋的一个夜晚，四叔来到新泉家，看到新泉正在剥花生，便试探着问他："新泉，你就打算在家里一辈子像你父亲一样种地卖苦力了？"

四叔是一位读书人，对这位四叔，新泉心里充满着疑惑，所以四叔的问话叫他心里一点数都没有。他忽闪着一双炯炯有神的大眼睛说："当然不，我正琢磨着去干点啥。"

四叔一听这话继续试探着问："你想不想去打日本鬼子？"

这正是新泉心里想的问题。因为四叔曾经是国民党的人，所以他没敢直接说出来，他也试探着反问："四叔，那你想不想去打日本鬼子？"

四叔看了看新泉，坚定地说："想。日本鬼子已经占领了咱们的县城，有血性的年轻人都不愿当亡国奴。"

听到这句话，新泉心里一喜，他接着又问："国民党不打日本吗？你为什么从国民党的队伍里跑回来呢？"

四叔没有想到小小的新泉会提出这样的问题，同时也感到欣慰，他马上对新泉的提问进行了解释。他说，现在国民党倒行逆施，在日寇进攻面前步步避让，让他很是不满，觉得国民党是完了。如今毛泽东、朱德率领的红军已经从山西开过来了，现在叫八路军，以后的天下一定是共产党的。他还告诉新泉，灵山那里就驻扎了八路军，他已经和八路军取得了联系，想去报名参军，问新泉愿意不愿意跟他一块去。

这些话对新泉影响很大，他激动得一下子跳起来，说："我愿意！我愿意！坚决打倒日本鬼子！"

四叔乐了，他拍着新泉的小脑袋瓜子说："我没看错，我就知道咱们和家都是有种的人！"

动员了新泉，四叔又动员了八九个少年。这八九个少年都是新泉的同学，还有两个是新泉的叔伯兄弟，一个是四叔的大儿子，一个是二叔的大儿子。

灵山离曲阳县城比较远，有四十五里地，当时也没有交通工具，只能靠两条腿走路。走了十几里地后，大家感到累了便坐在一片石头上休息，四叔把自家的兄弟三人叫到身边说："现在你们是出来参加革命工作的人了，身份和以前不一样了，我想让你们都改一改名字来纪念这个新的里程的开始。我想好了三个名字——和谷馨、和谷芬、和谷岩，你们三个定钢锤吧，谁赢了谁先挑。"

兄弟三个听了要改名字闹革命，很高兴，当即都伸出拳头开始，"定—钢—锤"，他们异口同声地喊道。结果新泉第一个用拳头赢了两个剪刀，他觉得谷馨和谷芬像姑娘的名字，还有他打小就上山割草、砍柴、放牛，对大山充满了深厚的感情，所以挑了"和谷岩"这个名字。堂哥第二个赢选了"和谷馨"，堂弟只有选"和谷芬"。

这些意气风发的少年来到灵山后，得到了晋察冀第三军分区政委兼政治部主任王平的关心和爱护，王平将这些少年组成一个宣传队。宣传队成立之后，即在三分区开展了抗日救亡宣传活动，到部队和群众中教唱抗日歌曲，在街头书写抗日标语，对群众进行口头宣传。在自身的努力和王平政委的谆谆教诲下，和谷岩参军第二年便光荣地加入了中国共产党。1938年至1946年，和谷岩历任晋察冀军区第三军分区宣传队分队长，冲锋剧社舞蹈队长、创作员、副指导员、队长等职。

二

因为和谷岩天资聪颖，在做宣传员时创作了很多节目，所以1941年至1942年，被部队推荐到华北联大文学院学习。在学习的一年中，和谷岩接触到了中国和苏联的一些文学作品，开始萌生学习写作的念头。最初他写些小诗、小故事，还写报告文学。第一篇报告文学在军区《子弟兵》报的副刊刊登，这极大地鼓舞了他的写作热情。

1947年，和谷岩写下了一篇"三字经"式歌谣发表在了《前卫报》上："天荒荒，地荒荒，不识字，是文盲，不怨爹，不怨娘，旧社会，害人狼……"

当时的和谷岩二十三岁，任前卫剧社宣传员，他写这篇"三字经"式歌谣也是随性而编，也没什么重要目的。不料，"三字经"式歌谣一发表就被时任晋察冀野战军第四纵队政委的胡耀邦看到了眼里。

1947年正是解放战争进入最紧张最困难的时候，如何在运动中对部队进行作战思想教育，是领导关心的头等大事。胡耀邦觉得和谷岩写的这个"三字经"式歌谣既新奇也适用。他想，如果按这样的格式编一本部队"三字经"，应该对部队的扫盲和政治教育能起到很大的作用。于是胡耀邦立即找到和谷岩，亲切地对他说："和谷岩同志，我看到了你在《前卫报》上发表的'三字经'，感觉特别好，现在我们部队的战士大部分是翻身农民，文盲太多，要想办法提高我们战士的文化素质，现在就由你负责来搞一本人民军队'三字经'，配上插图，看图识字，发到连队，作为综合教材。"

突然降临到自己身上一件如此重大的任务，和谷岩感到压力巨大，他忐忑地对胡耀邦说："文化水平有限，我怕我做不好这么重大的事情。"

胡耀邦笑着鼓励他："不要泄气嘛，天下许多大事都是小人物干出来的，只要下决心，思路对，肯努力，有志者事竟成。实在遇到了困难还有我呢，你怕什么？"

听到领导这样鼓励的话，和谷岩热血奔涌，既然领导这样信任自己，自己更不能差劲，一定要完成这项任务。和谷岩认真地做了思考——胡政委说了，我们部队的战士大部分是翻身农民，文盲太多，所以内容深了不行，必须是口语化的语言、实用性的知识。还有，就是把识字和政治教育结合起来，不仅内容充实，而且语言必须生动活泼、通俗顺口。

"毛泽东，救命星，领人民，作斗争，教全党，为百姓……"

"……人口多，三千万，过黄河，下中原，常胜军，能征战，灭奸贼，破困难，刘伯承，司令员……"

……

经过三个多月的努力，和谷岩终于写出了共有五十七章的《人民军队三字经》。完成稿子后，他郑重地交到胡耀邦政委的手中，由胡政委亲自进行审稿。胡耀邦认真地审过后，又与和谷岩一起做了两次修改，之后将《人民军队三字经》在《前卫报》上进行连载。《前卫报》分发下去，有的战士自己能读，有的战士不识字只能由别人给他念，可不管怎样，朗朗上口、通俗易懂的"三字经"都特别受战士的喜爱。

《人民军队三字经》全部连载完之后，胡耀邦又跟和谷岩修订了两遍，让部队画家配上了插图，请作家杨朔和陈明进行了文字上的推敲，由中国人民解放军第二野战军政治部出版发行。为了便于战士携带，印刷成六十四开本，全体指战员人手一册。当时部队正在开展文化学习，而部队识字课本又未编出来，《人民军队三字经》就被选为临时课本，当时印数达二十五万册。

《人民军队三字经》很快在部队流传开来，战士们一有空就争相阅读、传抄，被称作我军的"小百科全书"。战士用它学政治、学文化,爱不释手。后来,在伤员鲜血浸透的衣袋里,在烈士俭朴的遗物中,都曾发现过这本《人民军队三字经》。新中国成立后,《人民军队三字经》被革命历史博物馆和中国人民革命军事博物馆收藏并展出。

<h1 style="text-align:center">三</h1>

1951年,和谷岩入朝作战,先后担任志愿军六十四军《前卫报》主编、宣传处副处长和文化处长。1955年,和谷岩调入解放军报社,先后任记者、记者处副处长、处长。他在工作之余写出了大量有影响的文艺作品。短篇小说《枫》是和谷岩的代表作。那时,他刚从朝鲜战场回国,在中央文学讲习所学习。在听课、讨论的过程中,脑子里总是活跃着战场上那些人和事,特别是他熟悉又非常喜欢的汽车司机们,一个个活灵活现,呼之欲出。下笔之后,一气呵成。稿件给了《人民文学》编辑部后,很快就被采用,还获得1956年全国青年优秀创作奖,并被译成英、俄、日、朝等多国文字介绍到国外。当时的文化部长沈雁冰(茅盾)给予高度评价。教育家叶圣陶寄来亲笔信和《枫》的清样,说是应把《枫》收入中学语文课本,还说作品写得很美。

此后,和谷岩的作品《纺车之歌》《独轮车》《哈密瓜的故乡》《英雄的诗史》等多次入选中小学语文课本和中学生课外读物。和谷岩在担任军报副社长期间,深入基层部队,采写了大量英雄人物,创作了反映边防官兵生活达十几万字的中篇小说《茶花艳》,并被改编成电影文学剧本。

最值得一提的,就是和谷岩对电影《狼牙山五壮士》的创作。1941年9月23日,参加反"扫荡"作战的晋察冀一分区一团五名战士马宝玉、葛振林、宋学义、胡德林、胡福才,为了掩护我军主力和群众安全转移,与日寇浴血奋战,完成任务之后弹尽粮绝,在河北省易县境内的狼牙山棋盘坨,面对围追的日寇宁死不屈,舍身跳崖。10月5日,《晋察冀日报》报道了五勇士的事迹。11月,军区领导机关发出训令,指示部队学习狼牙山五勇士的英雄主义精神。和谷岩参加八路军后一直在晋察冀三分区工作,离狼牙山不远,而五勇士之中的葛振林又正好是自己的战友和曲阳老乡,所以他对五勇士的事迹特别感动,也把这个事件铭记在心。

新中国成立后,和谷岩和老战友邢野、孙福田相聚北京,经过探讨,他们决定把狼牙山五勇士的事迹搬上银幕。做了这个决定后,三人便访问了原晋察冀军区一分区司令员杨成武和原一分区一团团长邱蔚,后来又不畏辛苦地多次采访五勇士中健在的葛振林和宋学义,查阅了大量历史资料,利用业余时间写出七万多字的报告文学。在此基础上,三人齐心合力共同创作了电影文学剧本《狼牙山五壮士》。这部电影于1958年由八一电影制片厂摄制完成并放映。

和谷岩的文学作品多数是业余时间创作的，他的本职工作是军报记者。他参加了雷锋、王杰、"南京路上好八连""硬骨头六连"等全国全军重大典型和重大事件的报道，发现并报道了我军众多英雄模范人物和先进集体。1979年，五十多岁的和谷岩作为解放军报社副社长，还率领二十多名记者奔赴云南前线采访，现场采写了通讯《人民，战士的母亲》。

和谷岩是一名战地记者，又是一名作家。他自身的经历真实地反映了一个风云激荡的革命时代。他是历史的参与者也是历史的记录者，无论自己有多大的成就，始终低调做人做事，把自己当成一名最平凡的战士，始终把一颗火热的心交给部队，交给国家。

徐光耀与《小兵张嘎》

高宏然

徐光耀

徐光耀，1925 年生，笔名越风，河北雄县人，著有长篇小说《平原烈火》，中篇小说《少小灾星》《四百生灵》，电影文学剧本《望日莲》《小兵张嘎》，短篇小说集《望日莲》《徐光耀小说选》，散文集《昨夜西风凋碧树》《忘不死的河》等。

徐光耀 1938 年参加八路军，同年加入中国共产党，历任一二〇师特务营战士，冀中军区警备旅政治部锄奸科干事、技术书记，解放军第二十兵团野战新华分社记者。1947 年毕业于华北联合大学文学系，1953 年又毕业于中央文学讲习所。1950 年出版长篇小说《平原烈火》。《徐光耀日记》收录其 1944 年至 1982 年间日记，贯穿中国抗日战争时期、解放战争时期、新中国成立直到改革开放等多个历史阶段，达千万字。

1961 年徐光耀创作的中篇小说《小兵张嘎》发表在《河北文艺》11、12 月的合刊号上；次年初，单行本由中国少年儿童出版社隆重推出。1963 年，他创作的同名电影摄制完成并在全国公映。《小兵张嘎》及同名电影一经问世，便轰动全国。今天，这部小说的总发行量已经达到千万册，电影《小兵张嘎》亦久映不衰。徐光耀创造的"嘎子"这一令人难忘的文学形象，感染和激励着中国的一代代读者和观众。

2021年12月21日，恰逢冬至，我电话采访了年近九十七岁的徐光耀老人。虽然年事已高，但他思维清晰，坚持写日记，写大字，看新闻联播。谈到刚刚闭幕的第十一次全国文代会，徐老说，总书记对文艺工作者提出的五点要求中，第一点就是"希望广大文艺工作者坚守人民立场，书写生生不息的人民史诗"，这句话让他很振奋，很感动。

"人民是真正的英雄，是创作的源头活水，文艺工作者到什么时候也不能忘记人民。"徐光耀深情地说，"我是幸存者，是先烈们用生命搭桥铺路，让我活了下来；是人民群众对子弟兵的鱼水深情，保护我一次次脱险。他们是我创作《小兵张嘎》的灵感源泉，我今天所有的荣光都是分享的他们的荣光……"

一

徐光耀1925年8月出生于河北雄县。四岁时，母亲去世。父亲在戏班子打杂，虽脾气暴躁，但正直仗义，深受传统戏曲中那些侠肝义胆、忠勇报国的英雄影响，经常给孩子们讲《岳母刺字》《三侠剑》《小五义》等故事。徐光耀十三岁那年，村里来了八路军。这些军人进了百姓的院子，抓起笤帚就扫地，拿起扁担就挑水，出来进去还唱着歌，让徐光耀感到格外新鲜。

当时，在徐光耀家中住着八路军的一个班，其中有一个叫王发启的战士，十七岁，是安平县郝村人。一来二去，两人就成了无话不说的好朋友。王发启让徐光耀看他的枪，还教他唱歌，给他讲部队的事。每天部队操练后没事了，他就和徐光耀一起去村边放驴，几乎形影不离，感情特别好。为了表达这份情义，徐光耀提出效仿桃园三结义结拜成兄弟，王发启说"好"，于是两人立下誓言：有福同享，有难同当。当然，严格来说，部队是不允许结拜的，据徐光耀后来回忆，王发启之所以答应他，一是真喜欢他，再有可能是为了和百姓搞好关系。那天徐父也很高兴，专门为他们包了饺子。

可是三天后，部队就开拔了。去哪儿？走多久？还回不回来？没人知道。八路军走的那天，徐光耀去送王发启，他跟着队伍追出老远，一边跑，一边流泪。生平第一次，他感到自己的魂儿没了，被八路军带走了。

回家后，徐光耀就对父亲说："我要当八路。"父亲不同意，担心他太小。他就哭，连哭了好几天。后来姐姐说："在这兵荒马乱的年头，待在家里也是当亡国奴。八路军看起来很正气，跟了去闯荡闯荡，就是真出了岔子，为抗日，为精忠报国，名声也是香的。"那晚，父亲一夜未眠。第二天，他亲自把儿子送到位于岔岗镇的一二〇师三五九旅报名参了军，徐光耀终于如愿以偿，成了一名八路军战士。

"后来您又见过王发启吗？"我问。

"我一直找他，找了很多年，直到前些年才找到，可能是年纪太大了，他已经不记得我了，当时我特别难过，特别失落。其实现在我的记忆力也不行了，有些事刚说了就忘，但过去的事，尤其是抗战期间的事，我都记得特别清楚，那是我一生最重要的情结。"说到此，徐光耀有些动容。

"在您的文章中，多次提到一位无极的房东大娘，也是您生命中的重要人物吧？"我问。

"是的，那是1938年冬天，我刚参军不久。"

徐光耀回忆说，当时敌人对冀中进行了五路围攻，部队不停地转移，他与家人断绝了联系。在无极县七汲村驻扎时，患了重感冒。那天，别人都出早操去了，只有他一人在炕上。这时，房东大娘走了进来，用手摸他的额头，滚烫，大娘就急了，非让徐光耀上她那屋去，那屋有热炕，窗户也糊得严实。见徐光耀不去，大娘竟哽咽了，这么小的孩子就出来打仗，又生了病，没人照顾怎么行。说着，拿来两床棉被盖在他身上，抱来柴火给他烧炕，打来热水让他泡脚，还煮了山药粥端到他面前，她们全家人得知后也都过来嘘寒问暖……此情此景，令徐光耀感动得落下泪来。大娘看他哭了，以为他病中想家，更加心疼，一边安慰他，一边陪着他落泪。

"那个画面，我一辈子也忘不了。"徐光耀动情地说。

采访中，徐光耀还讲了一件令他感动和难忘的事。在1942年日军"五一大扫荡"期间，冀中根据地被切割成两千六百多个碎块，用老百姓的话说，是叫敌人"剁了饺子馅儿"了，形势非常严峻。一次，徐光耀执行任务来到深泽、定县（现定州市）交界的北冶庄头村，住在村民宋葆真家里。不料鬼子和伪军突然冲进院子，把他和村里的青年押到广场上，拿着刺刀挨个逼问八路军的下落。

"人群中只有我一个外地人，老乡们肯定知道我的身份，但没有一个人出卖我。为了不让敌人怀疑，房东宋葆真故意当着鬼子的面喊我'老二'，让我躲过一劫。那年我十七岁，类似这样的故事还有很多，若不是老乡冒死掩护，我可能早就不在人世了。每当回忆起他们，我都忍不住泪流满面。"

抗战中的军民鱼水情给徐光耀留下了极为深刻的印象，而他的一生，都在用清白做人的实践、用质朴真诚的文字去书写这份大爱深情。

二

铁凝有过这样的评价："作为一位作家，徐光耀是令人敬慕的。他的文学之根始终扎在生活的厚土中，因有深厚生活的丰富滋养，有取之不尽用之不竭的写作源泉，他的作品读来特别有滋有味。他所亲历的抗日战争、解放战争、抗美援朝战争让他的笔墨与中华民族争取独立与自由的光辉历程紧紧联系在一起。"

徐光耀参加过一百多场战斗，他是出生入死的战士，也曾有过怦然心动的青春。今天的年轻人可能不会想到，战火硝烟中的爱情是怎样的感人和震撼，浪漫而悲壮。

"她在部队文工团，就在我们商量结婚的时候，突然接到命令，她们文工团去了朝鲜战场。"

随着徐光耀的讲述，一段激情燃烧的岁月浮现在眼前。

未婚妻申云走后，一连两个月都没有音信。徐光耀知道前线战事很紧，每天都死很多人，非常担心她的安危。那天他翻看唐诗，偶然看到那句"可怜无定河边骨，犹是春闺梦里人"，心里猛地一惊：我的"梦里人"在哪儿，是否平安？

徐光耀焦急等待了三个月后，"梦里人"终于来信了，还夹带着两片朝鲜红叶。1952年，在访问苏联回来后不久，徐光耀奉命来到朝鲜战场采访。可是，当他赶到朝鲜东线的兵团政治部时，却听到一个令他心惊的消息：文工团刚遭受了一颗大炮弹袭击，近百人都被炸飞了！

当时他整个人都傻了。兵团派了辆吉普车，连夜把他送到军部，在那里他了解了事件的经过。当时文工团正在演出，申云刚演完一个节目要下台时，战士们拍手叫着"再来一个"，队长就说，那就再演一个吧，于是申云回到猫耳洞拿鼓。到洞口刚一猫腰，就听身后一声巨响，一颗炸弹在舞台上爆炸了……

那天晚上，徐光耀终于见到了日思夜想的爱人。因为刚刚发生了惨烈的一幕，他们的心情都很沉重，她跟他讲自己的战友，一个个地讲：队长是个特别聪明的小伙子，炮弹来的时候，他正在报幕："下一个节目——"还没说完，人就没了，连尸首都找不到。还有正调弦的、化妆的、整理道具的……有一个外号叫小老虎的姑娘，才十七岁，从弹坑里爬出来时，人完完整整的，只说眼疼。两天后她被送回国医治，一个眼球被摘除了……

那晚分别后，徐光耀下了团，在三八线的坑道里住了七个月。回国时，很多人送他，她却不好意思上前，只远远地和他招了招手。

七十年多过去了，当年的画面依然历历在目。在徐光耀的《昨夜西风凋碧树》这部书中，有一篇《春潮带雨》，讲述的就是这段经历，文章最后这样写道："我们豪迈、奋发过，也纯净、天真过，无论如何悠长辽远，那毕竟是鼓励我们前进的源泉，是极其辉煌的岁月……"

三

《小兵张嘎》是徐光耀的代表作。因为徐光耀当年也是小八路，很多人以为嘎子的原型是他自己，但徐光耀说，我不是嘎子，小时候，人们都叫我傻子。

"四岁那年，我妈去世了，我还啥事不懂，也不知道哭，大家就说，真是个傻子，后来就'傻子、傻子'地叫开了。正因为我性格呆板，所以我特别羡慕那些天性活泼、嘎里嘎气的孩子。后来开始写作，我也格外注意观察那些淘气又聪明的嘎孩子。抗日战争时期，也确实有很多像嘎子这样的少年，机灵又勇敢，每当我听说他们的故事，就记录下来，这些都为以后创作嘎子这个人物打下了基础。"徐光耀说。

采访前，我在网络上搜了一下嘎子的原型，一下子出来几十条，有说是安新的，有说是安平的，有说是深县（现深州市）的，有说是保定的，还有说是赵县的，各有依据。针对这种现象，徐光耀认为，这说明嘎子的形象深入人心，大家都很喜欢，愿意和自己家乡的人和事联系上。但他明确地说，嘎子没有具体的原型，而是集中了众多抗日军民的形象而创作出的艺术人物，但他身上发生的各种嘎事，都是有来头的，比如"树上藏枪"，是他听说深县有一个叫李志强的，怕没收他缴获的手枪，就藏在了树上；"堵烟筒"是他和雄县一家合作社社长李民聊天时，李民说他小时候特别淘，大年三十晚上人们煮饺子时，他爬到屋顶挨家把烟筒都堵上了；"摔跤、咬人"等情节是他从一本书上看来的。这些嘎人嘎事在他脑子里存着，也在本上记着，用的时候随时就取出来了。

《小兵张嘎》出版已经六十多年，至今读起来依然鲜活生动，有极强的感染力。嘎子是几代中国人心中的经典形象，也改变了徐光耀的人生，他曾多次说过，"嘎子救过我的命"。

1957年，因为在调查"丁玲案件"中写了一封实事求是的信，徐光耀被定性为"右派"分子。

"我干过六年锄奸工作，专门审查敌人的，现在我被说成是党和人民的敌人，成了被审查的对象，内心承受不了，几乎到了崩溃的边缘。这时，当年的战友、老乡、华北联大文学系的同学以及很多个嘎里嘎气的小八路浮现在眼前，我决定开始创作《小兵张嘎》。"

徐光耀说，创作的思路一打开，就一发不可收了，这些抗战烽火中的人物给予他信心和力量，烦恼和痛苦也随之烟消云散。《小兵张嘎》1962年出版，1963年被搬上银幕，好评如潮。后来，他的"右派"身份也得到改正，恢复了党籍、军籍和职务。

谈到创作体会，他说，假如没有在抗日战争中的那些亲身经历，没有对军民鱼水情的深切体会，没有多年来对嘎人嘎事的观察和积累，他是不可能创作出《小兵张嘎》的。还有就是勤奋，他说刚参加八路军的时候，他连家书都不会写，后来主动帮着连队的文书干活儿，跟着人家练写字、写简报。有一次，他得到一本四角号码字典，如获至宝，行军路上用红绸子包裹着拴在腰间，一有空儿就看、就学，那字典在他腰里拴了六年。还有他几十年来一直坚持写日记，一直到今天还在写。

徐光耀饱含深情地说："我今天的一切都是党和人民给的。我的老师孙犁曾说，一部文学作品，能生存五十年，是不容易的。《小兵张嘎》已经面世六十一年了，印数超过一千万册，至今还受到大众的认可和喜爱，被改编成各种艺术形式，这是我一生最幸福的事。"

在采访即将结束的时候，徐光耀对爱好写作的年轻人提出两点建议：一是要有生活，必须跟人民打成一片，正如总书记在文代会上强调的，"文艺创作方法有一百条、一千条，但最根本的方法是扎根人民"；二是要坚持学习，增强理论基础和文学修养，同时管好自己，努力做一个有学养、品德高的创作者。针对当下文艺圈的各种乱象，徐老语重心长地说："我一辈子搞文学创作，深深体会到如果一个人品德不好，没有爱国情怀和社会良心，就不会有出息，更不会成为受人民欢迎和热爱的艺术家。"

后记：

这是我第二次采访徐光耀。其实最近老人家身体不是太好，一直住院，很少接受采访了。然而在电话里，我一报上名字，他马上就想了起来。采访徐老前，我重新逐字逐句认真阅读了《小兵张嘎》《昨夜西风凋碧树》等徐光耀的代表作，并做了详细的采访提纲。徐老是享誉全国的文学大家，但没有一点儿名人架子，亲切随和。采访中，当他讲到1942年"五一大扫荡"时的艰难残酷，讲到他目睹战友壮烈牺牲的画面，语气凝重悲怆。后来，我问到《小兵张嘎》中"玉英"的原型是否就是纪实散文《忘不死的河》中的"缨子"时，他的目光瞬间变得柔和深邃，肯定地说，是。我紧接着又"斗胆"问了一句："这算是您的初恋吧？"老人家闻听笑了，点点头说："算是吧！你提的这个问题，过去只有铁凝问过我！女人的心思啊，就是细腻……"我也笑了，同时深深地感动，为老人家的率真坦诚。挂电话前，我说等写完这篇专访文章后，请他审阅指正。老人家说："我不用看了，你写得错不了，因为你采访得特别细致，对我的作品非常熟悉，一看就是做了充分准备，下了功夫的。"面对老人家的认可和鼓励，我既荣幸又惶恐，同时更坚定了讲好中国故事、永远为人民而歌的信念。

第二辑 战地舞台

崔嵬：身上有硝烟的"大兵"

于 玲

崔嵬

崔嵬（1912—1979 年），原名崔景文，山东诸城人，中共党员，著名导演、编剧、演员。

1938 年，崔嵬应邀赴延安筹办鲁迅艺术学院，同年 7 月加入中国共产党。1939 年 9 月底，他到达晋察冀抗日根据地，历任华北联合大学文艺学院戏剧系主任、晋察冀边区文联委员、晋察冀中共北方分局文化工作委员会委员、冀中军区火线剧社社长、冀中区文协副主任、华北大学文艺学院创作研究室主任等职。石家庄解放后跟随部队入城，在市委领导下接管文艺部门。在晋察冀工作期间，于 1940 年创作了三幕话剧《矿工队》，编写快板剧《坚壁要彻底》；1941 年，创作话剧《黄鼠狼给鸡拜年》、多幕话剧《灯蛾记》；1944 年，编写现代京戏《老英雄》、京戏《岳飞之死》；1945 年，导演话剧《李国瑞》。

1959 年，执导个人首部电影《青春之歌》；1960 年，与陈怀皑联合执导戏曲电影《杨门女将》，获得第一届电影百花奖最佳戏曲片奖；1962 年，凭借剧情电影《红旗谱》获得第一届电影百花奖最佳男演员奖；1963 年，执导电影《小兵张嘎》，获得第二届中国少年儿童文艺创作一等奖。

说起崔嵬，人们总会不由自主地想到山。实际上，崔嵬本人，也是大高个子，给人的第一印象，像山一样耸立着。

一

崔嵬本名崔景文，1912年生于山东诸城县王家巴村一户普通农家。

崔景文是个与众不同的男孩。那时候，村里的娱乐活动少之又少，唱道情、说评书的流浪艺人走到村里时，孩子们便迎来了节日。他们竖着耳朵仔细听艺人们说唱的新鲜故事，而艺人们为了糊口吃饭，每次都会留下个包袱悬念。故事在精彩处戛然而止，别人顶多遗憾一下就算了，而崔景文不甘心，他小小的脑瓜里开始给那些故事编"续集"。他沉迷于此，干活儿的时候在想故事，吃饭的时候也在想故事，就连睡觉的时候也想着那些故事，以至于梦话里都是他构思的故事情节。慢慢地，他摸清了故事的规律，竟然把故事情节猜得八九不离十。少年时期对故事的执着热爱，为他成年后从事编剧、导演埋下了一颗种子。

1922年，一场大旱导致小景文家地里的庄稼绝收，父亲不得已卖了土地，一家人逃荒到青岛投奔叔父。在青岛，父亲找了个勤杂工的差事，母亲摆起了香烟摊，三个孩子则跑到铁路边捡煤核。生活如此清苦，父亲依旧用攒下的一点钱送小景文进了四方小学读书。识字后的小景文，对知识更加渴求，他抓住一切机会阅读，就连街头的废报纸都不放过。那个从小爱听故事的男孩终于有机会接触到另一个更为广阔的世界。

仅上了三年学，家中便无力支撑学费，于是，崔景文退学并进入青岛大英烟草公司，成为一名童工。在那里，他见识到资本家无休止压榨工人的丑恶行径。一天，工友陆平因为闹肚子痛苦不已，分神去找厕所牌的当儿，两根手指被机器轧断。见朋友有难，崔景文立刻跑过去，一把抱住晕过去的陆平。就在这时，工头竟然抽出鞭子狠狠地抽在崔景文的背上。这一鞭子永远都留在崔景文的脑海里，多年后演遍全国的《放下你的鞭子》中，那响亮的鞭子声，回音久久不散。

1927年初，父亲辗转找到跟崔景文长姐婆家颇有交往的作家王统照。在王先生的关照下，崔景文考进青岛礼贤中学并减免了许多费用。王先生很喜欢勤奋好学的崔景文，还邀请他进自己的书房阅读。王先生的书房以及礼贤中学的图书馆为崔景文打开了新世界的大门，他一头扎进书的海洋，如饥似渴地吸吮知识的甘露。大量阅读古今中外优秀文学作品，为他后期的戏剧创作做了良好的知识储备。

同年，蒋介石发动四一二反革命政变，大批共产党人和进步人士惨遭迫害。年轻的崔景文拿起笔来，在文章里宣泄着他的愤懑和忧愁。1928年，他以"疯子"为笔名发表了《琴影》《光荣》等作品。在这些作品中，他开始探索、寻找，到底怎么样才能将劳苦大众从黑暗中解救出来。那些国民党的军队、军警、校董等，让他无比反感，他的心不由自主地向共产党人贴近。

1929年，因逃避学校组织的国民党纪念周会，拒绝唱国民党党歌，崔景文被学校开除。国民政府还通令所有市内公私中学均不得接纳崔景文就读。

到了冬天，山东省实验剧院招生，培养戏剧人才，不要学费还管吃住，崔景文得到消息后赶紧报了名。尽管从未接触过戏剧，但他出色的文笔和丰富的学识打动了院长赵太侔，最终成功入选。在这里，崔景文接受了正规而系统的戏剧知识学习，他被分到编剧组，也经常在京剧组里跑龙套，且对话剧艺术产生了浓厚的兴趣，兼收并蓄，成为一位戏剧"全才"。

至1930年，因局势动荡，实验剧院宣布解散。青年崔景文，则继续朝着心中的文化圣殿走去，这次他来到了国立青岛大学（山东大学前身）。在这里，他结识了进步青年黄敬，并在黄敬的帮助下进入中文系旁听。九一八事变后，身为中共青岛地下党文委书记的黄敬以极大的热情投入学生运动中。他率领学生罢课，向政府请愿，奉命在青岛组织左翼戏剧联盟并成立海鸥剧社，崔景文被吸收为戏剧社成员。这一时期，他们排演了大批进步戏剧。作为剧社的骨干，崔景文展现了他在戏剧编、导、演方面的才华，由此迈上了职业戏剧创作的道路。也是在这一年，他正式将名字改为崔嵬，意为"有石头的土山"。这个名字着实符合他这个山东大汉的形象，更符合他的性格——如山坚毅，如石顽强。

二

1933年初，崔嵬收到好友陆平从上海寄给他的一份杂志，上面刊登了由上海左联作家陈鲤庭执笔的舞台剧本《放下你的鞭子》。剧本讲述了一户农民失去土地后，被迫流亡异乡。穷困的父亲不得已把女儿眉娘卖给一个卖艺老人，从此眉娘便跟着老人到处流浪。一次卖艺时，眉娘因过度饥饿晕倒在地，老人怕得罪观众，于是抽出鞭子甩向眉娘，想把她打醒。最后，一位围观的青年看不下去，挺身而出，大喊一声：放下你的鞭子。

读完剧本，崔嵬的心被深深触动。打动他的不仅仅是这个故事，因为一直以来，他心里都有个想法——把舞台搬出剧院，让演出走到街巷中，走进百姓中，而这个剧太适合这种表现形式了！

说干就干，崔嵬立刻找到剧社的杜建地商量排演事宜。因刊登剧本的杂志在传阅过程中丢失，崔嵬就凭借记忆中的故事大纲，对剧本进行再度创作。他把剧本改名为《饥饿线上》，把剧中主角的关系改为父女。为生活疲于奔命的父女俩，失去了赖以为生的土地后，被迫选择街头卖艺。女儿饿晕后，父亲拿起鞭子，抽在女儿身上该是多么的心痛，可他还有别的选择吗？如此一来，戏剧冲突显然更加激烈。

1933年初，为了到农村宣传抗日，崔嵬所在的海鸥剧社决定到青岛的边远渔村演出。他新改编的《饥饿线上》终于登上了这个没有舞台的舞台，在街头演出时大获成功。受剧情鼓舞，渔民们被欺压已久而逐渐麻木的心被唤醒，他们同演员一起喊出了反抗的口号。

同年，因为叛徒出卖，黄敬被捕，崔嵬也上了抓捕名单，于是他匆匆离开青岛，前往北平，化名崔浚考入私立民国大学体育专修科。为保证安全，他不得不短暂地放弃文学和戏剧，低调度日。尽管修的是体育，但他最爱做的还是去图书馆阅读。大量的阅读很快又激起了他创作的欲望，他不仅写进步文章，还去学校辅导排演进步戏剧。崔嵬的行动再次引起当局注意，1935年8月，他逃过特务盯梢，离开北平，乘火车南下上海。

到达上海后，上海左翼戏剧联盟给予崔嵬热情关照。年底，剧联整合崔嵬、丁里等一批编导演人才，成立了戏剧生活社。大家深入工厂、学校，排演出一批启发工人觉悟、激发反帝斗争热情的剧目。这时，崔嵬把《饥饿线上》与实事相结合，进一步做出调整。剧中那对卖艺父女由河南逃荒难民改为沦陷后的东北流亡艺人，并且恢复了原来的名字《放下你的鞭子》。新版《放下你的鞭子》一经演出便受到了热烈好评。

1936年11月，国民党绥远省主席兼三十五军军长傅作义率部在绥远取得百灵庙大捷。上海地下党以上海救国会的名义，迅速组织妇女儿童绥东前线慰问团北上慰问，崔嵬被指定为随团戏剧指导。1937年1月，慰问团在归绥公共会堂举行大型慰问演出，崔嵬亲自上阵，在《放下你的鞭子》中扮演父亲张老头。当剧情到结尾高潮处，剧中女子唱起："中国的人民有四万万，快快起来赶走日本兵……"台下观看演出的官兵被深深感染，齐刷刷地高喊抗日杀敌的口号。两个月后，崔嵬又随北平学联的前线慰问团再赴绥远，参加傅作义将军为百灵庙之战阵亡将士举办的追悼会，他又一次表演了《放下你的鞭子》。

1937年4月5日，数千名北平学生会聚香山。这是一场有组织的宣传活动，《放下你的鞭子》成为当天的压轴节目。主演崔嵬和张瑞芳换上临时从一对真正流浪艺人身上脱下来的衣服，并租借下他们卖艺的锣鼓行头，投入演出。围观的观众里三层外三层，连远处的树上都有人观看。观众们一开始没瞧出破绽来，以为这是一场普通的街头卖艺表演，直到最后大家一起振臂高呼，齐声高喊抗日爱国口号，人们才醒过神来，刚才看到的是一场生动的爱国宣传剧。从城市到农村、从工厂到学校、从后方到前线，《放下你的鞭子》迅速传播，带着它的使命走遍大江南北，激发起群众最炽烈的爱国热情。

1937年8月，日军进攻上海。上海大批进步文艺工作者相继成立了十三支救亡演剧队。崔嵬、丁里、贺绿汀等人被编入上海救亡演剧一队，活跃在街头、广场、学校、工厂，开展宣传演出。随后，他们从上海出发，到南京、武汉、开封、西安等地宣传抗日救亡。1938年初，全国抗战的烈火已经燃烧起来，演剧一队的使命就此告一段落，崔嵬和丁里没有再回国统区，他们应延安中宣部的邀请筹办鲁迅艺术学院。4月10日，鲁迅艺术学院正式成立，崔嵬终于见到了仰慕已久的毛泽东主席。同主席握手时，崔嵬激动得热泪盈眶。作为筹建人，崔嵬留在鲁艺成为戏剧系教师。在教学中，崔嵬借鉴《放下你的鞭子》的街头剧形式，编排串联了几个独幕剧，带领学员走上延安城的街头。这样的演出，自然而然把观众变成了剧中的演员，使观众身临其境，感同身受。

同年7月，崔嵬加入了中国共产党。

1942年底，崔嵬奉命调入直属冀中军区政治部的火线剧社任社长。担任社长的崔嵬有了更多的责任，他不仅要抓业务，还要保障全员的安全。1943年冬季，根据地为期三个月的反"扫荡"时，崔嵬率领的火线剧社和汪洋担任社长的抗敌剧社，在马兰峪的小水沟，遭到敌人合击。正是夜深时刻，剧社的同志们还在梦乡中，敌人突然发动了偷袭。崔嵬听到枪声赶紧吹起了哨子，命令大家撤离。他临危不乱，一边指挥十几名战士利用地形优势拼死抵挡敌军火力，一边带领同志们从提前侦察好的一条小路撤退。这些文艺兵都没有实战经验，撤退时免不了紧张。但看到崔嵬镇定的样子，就有了主心骨。那天，崔嵬是最后一个撤退的，火线剧社无人伤亡。

除了《放下你的鞭子》，崔嵬还创作了《保卫卢沟桥》《保卫上海》《张家店》《顺民》等者多优秀剧作。他给演员们讲戏的时候，一直强调艺术来源于生活，鼓励大家多体验生活，更是以此严格要求自己。崔嵬当过农民，进过工厂，演啥就是啥，可唯独没有拿着枪与敌人在战场上正面交战过，这样怎么能演好战士呢？于是，他打申请要求上战场，部队没有批准。后来，崔嵬再次向组织申请参战，终于获准加入九分区突击队，并两次参加战斗。战场上与敌人斗智斗勇的经历，激发了崔嵬的创作灵感，他想要创作一部独特而又耐人寻味的战斗戏。多年后，他的心愿在电影《小兵张嘎》中实现了，而嘎子的原型之一就是来自九分区的战斗英雄——燕嘎子。

在崔嵬心里，只有从硝烟中闯过的战士，才是一名真正的战士。而著名演员、剧作家黄宗江先生也是这样评价崔嵬的：好一个大兵！他身上有硝烟！

三

1953年，崔嵬被任命为中南行政委员会文化局局长，主管中南区六省二市文化工作。身居要职，他心里依然燃烧着一团艺术之火。所以当他接到主演电影《宋景诗》的邀请时便一口答应，来到山东农村体验生活，为拍摄电影做准备。

再次亲身参与到艺术创作过程，让崔嵬终于明白自己内心对艺术的渴望。他义无反顾辞去官职，成为一名普通的文艺工作者。其时，离开中南调往北京的过程中，组织上仍然考虑让他担任领导职务，但他坚决拒绝，选择成为北京电影制片厂的一名演员。此后几年，他边导边演，台前幕后两开花，结出了丰硕的艺术之果。《青春之歌》《小兵张嘎》等在全国热映，成为影响几代人的经典影片。

1962年5月，崔嵬凭借《红旗谱》中朱老忠一角摘得首届电影百花奖最佳男演员奖。没有奖金也没有奖杯，颁给崔嵬的是著名作家老舍先生的题词：贞如翠竹名于学，静似苍松矫若龙。崔嵬认为，这是对自己最好的奖赏，也是他最真实的写照。

胡丹沸：艺术之根深扎冀中大地

乔晓鹏

胡丹沸

胡丹沸（1913—?），湖北武汉人，中共党员，剧作家。

1939 年 7 月由延安鲁迅艺术学院专修科戏剧系调华北联合大学文学院工作，不久即组建华北联大文艺工作团，成为该团团员。1942 年 10 月任戏剧队长兼创作组长，从事编导工作。同年 12 月调冀中军区政治部火线剧社任创作组副组长。1942 年开始发表作品，话剧剧本《叫全世界都知道吧！》《黎明前的战斗》《把眼光放远一点》均获 1942 年晋察冀边区鲁迅文学奖。《把眼光放远一点》以轻松的喜剧形式反映了农民群众对抗日战争的信心和意志，被誉为"杰出的抗战喜剧"。1942 年 12 月 31 日在冀中军区军民联欢大会上，《把眼光放远一点》由冀中火线剧社首演成功之后，剧本广泛流传。此外，胡丹沸还在 1943 年创作了独幕话剧《人民的爱》，1946 年创作了独幕话剧《多待了半天》《罪人》，均由火线剧社演出，后两个剧本分别由天下出版社和冀中新华书店出版，是胡丹沸对独幕剧创作的新探索。

1937年8月，淞沪会战爆发，日本侵略者迅速占领了上海，并溯长江而上，制造了惨绝人寰的南京大屠杀。南京沦陷后，日军进一步逼进华中地区，九省通衢的武汉成为全国抗战中心，救亡宣传团体纷纷涌现。在张光年（笔名光未然）、周德佑等人的领导下，活跃在江汉地区的"拓荒剧团"吸收了上海、北平等地的流亡学生，以及武汉当地抗战人士，组成"中华全国戏剧界抗敌协会话剧移动第七队"，通过话剧、音乐等艺术形式深入鄂中、鄂北农村地区宣传抗日思想，展开政治动员。

1938年6月，为了更好地推动抗日宣传工作，移动第七队改编为"国民政府军事委员会政治部抗战演剧队第三队"，即抗演三队。曾任银行职员的胡丹沸，因编剧才华成为抗演三队戏剧组长。抗演三队主要队员有胡丹沸、胡宗温、田冲、邹析零等二十八人。该队建立了中共地下支部，张光年任支部书记。

同年9月，胡丹沸随抗演三队从武汉出发，沿平汉铁路北上，最终到达西安，在西安演出了《宣传》《大兴馆》《沦亡之后》等话剧。11月，胡丹沸又随队离西安北行，经洛川、宜川，渡过黄河转入晋察冀敌后战场。来到华北这片火热土地，青年胡丹沸更加坚定了文艺报国的理想，逐渐成长为一名优秀的文艺战士。

早在1938年2月，冀中人民自卫军政治部为加强抗战宣传工作，在宣传队的基础上组建了火线剧团。剧团成立后，立刻深入冀中的献县、安平、饶阳、任丘等地配合主战场宣传党的抗日政策，先后创作并演出了多部话剧。10月，火线剧团力量逐渐壮大，改编为火线剧社，在冀中地区随队宣传抗战思想。1942年11月，火线剧社进行了整编，崔嵬和胡苏分别担任社长、副社长，胡丹沸也调到了火线剧社，深入冀中大地，不断挖掘收集素材。正是在此时，他创作了广受好评的《把眼光放远一点》等剧作。

1942年5月，日军纠集日伪军五万余人，在空中力量的配合下，出动坦克、装甲车上百辆，由其华北驻屯军司令冈村宁次亲自指挥，对冀中军民发动了空前残酷、无比野蛮的"大扫荡"。胡丹沸深入冀中腹地，同农民吃住在一起，生产战斗在一起，亲身经历了惨烈的反"扫荡"斗争，也深刻意识到农民群众中进步与落后思想的斗争不断尖锐化。在敌强我弱的形势下，部分群众表现出保守、观望、消极的态度。胡丹沸心中燃烧着一团火焰，期望唤醒保守者顽强抗战的信心，开始着手酝酿创作话剧《把眼光放远一点》。

这部独幕剧以兄弟两家人对待各自参加八路军的儿子不同的态度为矛盾焦点展开，老大坚决支持儿子抗战到底，老二则唆使儿子逃回家当"良民"。经不住艰苦战斗的考验，老二儿子开小差逃回了家。为了动员老二儿子归队继续抗日，老大家与老二家展开了"唇枪舌战"。剧作真实地展现了敌后广大农民的坚毅和智慧，批评了部分人目光短浅、犹豫动摇的心态。作品语言上，胡丹沸直接采撷冀中方言俗语，简短轻快、平白晓畅，通过人物的简洁对话直接勾勒出迥异的性格，做到了话剧艺术的表现形式和真实的抗战生活无缝衔接。崔嵬亲自担任导演。

《把眼光放远一点》上演后好评如潮，荣获晋察冀边区鲁迅文学奖。1943年，西北战地服务团回延安时，把此剧带回延安演出，受到中央领导的赞许。从晋察冀边区到延安，从部队到地方，《把眼光放远一点》多次搬上舞台，有效地鼓舞了军民抗战的士气。新中国成立后，胡丹沸在《关于〈把眼光放远一点〉的写作》一文中深情回忆了创作这部话剧的初衷。他写道："在那时的尖锐斗争中，使我最深切地感受到的是我国北方农民的气质，特别是冀中一带，他们是那样的慷慨激昂。由于他们在对日本帝国主义的斗争中，阶级觉悟空前提高了，因此，愈益渴求着党的领导。但又因为长期受封建统治影响，使他们同时存在着妥协性。"胡丹沸的《把眼光放远一点》如同一把匕首，直指那些民族危亡中妥协投降的保守分子，剔除他们的"软骨病"，唤起了民众抗日的决心。

作为冀中军区政治部火线剧社剧作组组长，1945年、1946年，胡丹沸在饶阳、任丘、霸州等地以切身观察的真实故事，创作了话剧《多待了半天》《罪人》《巩固后方》等。这些话剧真切反映了抗日战争后期和解放战争初期冀中大地上火热的斗争生活，受压迫的劳苦大众抵抗日本侵略者，反抗国民党反动派，在斗争中守护家园，在斗争中取得胜利。这些话剧取材于现实，鲜活生动，仿佛是从土地里生长出来的，饱含战斗的热情。正如他在《我怎样下乡体验生活》一文中所说："怎样体验生活？怎样提高自己？这是个大题目，是用整个生命以求之的问题，至老死也在追求的问题。这股热气，搞写作的都是具有的。当然，没有这个革命热情，也就不会爱人民，也就写不出东西来哪！"

关于胡丹沸的事迹，公开资料记载不多，但从他的话剧作品中，我们能真切感受到这位文艺战士始终秉持扎根人民、热爱人民的创作理念，书写着冀中大地的故事，坚守着共产党人最真挚的初心。

忆军中才子丁里

刘翠娟

丁 里

丁里（1916—1994年），山东济南人，原名贾克威，笔名卓尔、米山、牧野、蓝静之，中共党员，剧作家、导演。

1937年加入上海救亡演剧队第一队奔赴前方，成为这支演剧队的主演之一。1939年随华北联合大学到敌后抗日根据地晋察冀边区，先后任华北联大文艺学院美术系主任、华北联大文工团团长。创作话剧《冀东暴动》《两亲家》、歌剧《钢铁与泥土》，导演《巡按》《钦差大臣》等。1942年担任晋察冀军区政治部抗敌剧社社长，创作话剧《英雄儿女》《子弟兵与老百姓》《打特务》等，导演的剧目有《前线》《俄罗斯人》《李国瑞》《不要杀他》《李大娘送子归队》等。丁里创作的歌剧《钢铁与泥土》，以较为成功的艺术实践为民族新歌剧的建设做出贡献；话剧《子弟兵与老百姓》被誉为"解放区戏剧创作中很有代表性的一部作品"。解放战争时期，丁里仍然率领抗敌剧社活动在晋察冀解放区，创作了话剧《大清河》《精心计划》等，创作歌词《人民解放军进行曲》（罗浪作曲），火遍大江南北。

新中国成立后，丁里相继导演了话剧《冲破黎明前的黑暗》（1954年获导演一等奖）、音乐舞蹈史诗《东方红》（任总导演），创作了大型歌剧《李各庄》、舞剧《蝶恋花》等多部作品。

　　浓厚的夜色中，有百般思绪悄悄探出，将荆蓝团团缠绕，让她翻来覆去难以成眠。天空破晓，晨曦将至，她紧蹙的眉头渐渐舒展。

　　荆蓝站起来，坐到书桌前，打开台灯。她摩挲着书桌上的一个小册子，思绪万千。这是一本油印的小册子，蓝色的油墨和斑驳的边角显示着岁月的痕迹。封面上的字迹渐渐清晰明朗：子弟兵和老百姓。这是一本话剧剧本，作者正是她日思夜想的丈夫丁里。

　　往事一幕幕浮现，荆蓝陷入深深的回忆中，心潮澎湃。《子弟兵和老百姓》这部话剧承载着她和丈夫的美好回忆，他们的爱情就从这部剧开始，这是真正属于她的珍贵记忆。可是，荆蓝认为丁里的艺术成果不只属于她一个人，深思熟虑后，她纵有千般不舍，还是决定把剧本捐赠给中国人民抗日战争纪念馆。

　　丁里，原名贾克威。1935年，丁里经崔嵬介绍加入了左翼戏剧家联盟。1937年，上海抗战爆发，丁里报名参加了上海救亡演剧队第一队。1938年，丁里、崔嵬等人一同宣誓加入中国共产党。同年，他和崔嵬到达延安参与鲁艺的筹建，担任美术教师并兼授戏剧系表演课。1939年，他随华北联合大学到敌后抗日根据地晋察冀边区，先任华北联大文艺学院美术系主任，随即改任华北联大文工团团长。

　　他灿烂辉煌的人生掀开了新的篇章。

一

　　人头攒动，万人空巷。《民主青年进行曲》在北京轰动一时。

　　舞台上，纷纷扬扬的"法币"（当时使用的一种纸币）撒了一地，剧情要求快速把全部"钞票"捡起来。可是，饰演工人的丁里眼睛深度近视，在舞台上又不能戴眼镜，他几乎什么也看不清，他蹲在地上焦急万分地捡地上散落一地的"钞票"，捡的速度非常慢，额头上的汗珠冒出来，大大的眼睛眯成了两条线。他很着急，但越着急就越紧张，越紧张就越捡得慢。在场的工作人员都替他担心，但也束手无策。

　　表演结束，丁里闷闷不乐。

　　黎明前的黑夜，沉甸甸的，从窗外灌进来，昏沉沉地压在床铺上。丁里辗转反侧，脑海里一直浮现舞台上手足无措的场景。一夜悄无声息匆匆而过，阳光洒进来一片金黄，和太阳一起出现的是丁里的笑颜。他灵光乍现，一下子就有了主意。

　　很快，又一场演出，演到丁里捡"钱"的情节，大家都屏住了呼吸，暗暗为丁里捏了一把汗。但出乎意料的是，丁里仅仅用了十多秒钟便把"钞票"全部捡起来了。这令大家包括舞台工作人员都大惑不解。大幕落下以后，大家跑过去追着丁里问个究竟。丁里满脸堆笑，为大家解了密。原来，每张"钞票"的左上角都有一条黑丝线穿着。当"钞票"撒在地上以后，虽然散落得很广，但是丁里只要摸到其中的一张，用手一拉丝线，便会把全部"钞票"都拉过来。大家不由对机智的丁里竖起了大拇指。

就因为这次偶然的机会，丁里对道具产生了莫大的兴趣。

为了创作道具，他经常把自己关进房间里，通宵达旦，废寝忘食。他不断思考、反复推敲，查阅大量资料，筹备和制作道具，边琢磨边动手。有一次，居然以假乱真把一张崭新的报纸做成《雷雨》里所有演员都看不破的旧版《益世报》。大家对此赞不绝口。

二

在抗日战争时期，丁里的名字已经为众人所熟知。他不但是个出色的美术家，而且还能导、能演、能唱，才华横溢、百巧百能。

针对国内和国际紧张而复杂的战争局势，丁里到达上海，以扎实的美术功底为各报纸、杂志及时绘制时事漫画。他创作的漫画，除了一部分反映城市底层人民悲惨生活的写生作品外，大都是反映我国人民强烈的抗日心声之作。丁里的漫画或讽刺幽默，或揭露控诉，或振臂高呼，给关心民族命运的广大读者以鼓舞和清醒的认识，在当时产生了很大影响。

丁里多才多艺，在漫画史上占有一席之地，更在导演、编剧以及表演等方面大放异彩。1941年9月，日军抽调七万余人的兵力，对晋察冀边区抗日根据地腹地——阜平、平山反复进行"梳篦清剿"，实行野蛮的"三光"政策，制造了众多惨案。在这些惨案中，老人、青年、妇女和儿童面对敌人的屠刀毫不畏惧，"不知道！"三个字是他们响亮而坚定的回答。日寇烧杀的残酷现实，边区人民和身边同志宁死不屈、英勇抗敌的动人事迹，对丁里产生了强烈的触动。他要用剧作作为武器投入战斗，他要在舞台上歌颂人民，揭露和鞭挞敌人。

唐河边的小山村，汽灯在夜风中散发着微光。丁里戴着高度近视眼镜，夜以继日地创作《钢铁与泥土》剧本。音乐工作者陈地、张非等在另一间屋子里，等丁里每写出一场，他们就分头把唱段和场面音乐创作出来，再由一些同志刻板油印，仅仅用了一个星期的紧张排练，就在反"扫荡"胜利大会上演出了。

这个剧歌颂了抗日军民在反"扫荡"战斗中的钢铁意志和崇高的民族气节，暴露了敌人残暴而虚弱的本质，揭露了民族败类、汉奸的丑恶嘴脸。演出引起广大军民的强烈共鸣，该剧获得晋察冀边区鲁迅文艺奖戏剧类甲等一类奖。不少军地戏剧团社先后上演，受到热烈欢迎。

丁里不断从生活中汲取创作的源泉，他编导的《钢铁与泥土》《英雄儿女》《子弟兵和老百姓》等，成为轰动解放区的名作，对鼓舞军民抗战起了积极作用，对发展边区新文艺树立了典范。

三

谦谦君子，温润如玉，内心却有一腔爱国热忱，忧国忧民，壮怀激烈。丁里在话剧舞台上记录民情冷暖，关注人的生存状态和精神世界。

在1943年秋冬的反"扫荡"战斗中，抗敌剧社有八位文艺战士在战斗中牺牲，剧社全体战友强忍悲痛，创作演出了大型话剧《子弟兵和老百姓》。这部话剧以北岳山区军民同仇敌忾反"扫荡"的故事为现实基础，以子弟兵和老百姓的军民鱼水情为线索，串联了三个场面。演出是在阜平县沙河岸边的一个土台子上，台上演员投入地表演着每一个情节，台下一万多军民，随着剧情的展开，回味着他们刚刚亲身经历过的一幕幕人民子弟兵与老百姓亲如一家的动人场面。

《子弟兵和老百姓》三幕五场话剧，是丁里到抗敌剧社以后所写的第一个大型话剧，也是丁里戏剧创作的代表作，同时也是解放区戏剧创作中很有代表性的一部作品。这部剧作在1944年春节举行的边区群英会上首次演出就反响强烈，后来成为抗敌剧社久演不衰的保留剧目。中华人民共和国成立后在北京演出时，被誉为"敌后军民坚持抗战、英勇无畏的胜利赞歌"。

正是这部剧，让丁里遇到了一生挚爱——荆蓝。1945年，此剧在张家口巡演时，荆蓝感动得泪流满面。两年后，丁里和荆蓝结婚。在之后的岁月里，荆蓝以坚韧和才情，给予了丁里坚定的支持。

解放战争时期，丁里继续率抗敌剧社在晋察冀解放区活动，在战斗间隙进行演出。他仿佛有用不完的力气，有无穷无尽的激情与活力。

1949年，三大战役已取得决定性胜利，在大好形势鼓舞下，抗敌剧社进驻刚刚获得解放的天津市。丁里重新编排剧本，文戏与武戏并重。三幕戏，一幕是军民生产，欢歌笑语的田园曲；一幕是日寇暴行，阴森恐怖的大屠杀；一幕是全歼敌人，刺刀相向的全武行。丁里的戏，就这样写出了军民同仇敌忾的反"扫荡"斗争史，奏响了共产党领导的敌后军民坚持抗战英勇无畏的胜利赞歌。工人们看后欢腾跳跃，做出"真绝了！真解气！真过瘾！"的"三真"评语；一位戏剧同行似有所悟地说："原来戏还有这样演的，这才是真正的戏剧。"

1953年，丁里导演话剧《冲破黎明前的黑暗》。该剧经过他精心处理，浑厚有力，生动而深刻地体现了军民团结抗战的主题。1954年，这部话剧获得全国话剧汇演编剧一等奖、导演一等奖。

<h2 style="text-align:center">四</h2>

丁里的作品很多，但是他在战争年代创作的多部戏剧作品，大都未能保存下来，留下的唯一一部反映敌后抗战的话剧《子弟兵和老百姓》，作为当年的代表性作品，竟是别的同志偶然保存下来的。至于他在抗日战争前后发表在上海等各地报刊上的小说、散文和漫画作品，由于年代久远，更是无从查找。

丁里对出版自己的作品一直是不积极的。他觉得当年的作品多属于急就章，因而不够满意。他生前出版的《丁里剧作选》，还是在同志们的催促下完成的，其中收录的大都是他新中国成立以后的作品。

庆祝新中国成立十五周年时，周恩来总理指示要创作一部表现我党我军光辉战斗历程的大型歌舞，并指定丁里做总导演。丁里与各有关负责同志一起，带领众多艺术家奋战四个月，创编演出了大型音乐舞蹈史诗《东方红》，获得巨大成功。

丁里晚年，总还想做点事，同业后辈不少人在成长中得到他的帮助指点。

1994年，丁里永远地闭上了双眼。妻子荆蓝悲痛万分，但是她没有在痛苦的深渊中沉沦。她呕心沥血，全力以赴地投入搜寻、梳理丁里各类作品的工作中，先后编辑出版了《丁里漫画集》《丁里艺术集》《丁里艺术集续编》等著作。

风乍起：导演凌子风的故事

穆 兰

凌子风

凌子风（1917—1999年），原名凌风，曾用名凌项强，出生于北京，导演、编剧、演员。

1940年，凌子风担任冀中军区火线剧社副社长。1944年，担任延安鲁迅艺术学校教员。1945年，担任华北联大艺术学院教员。1947年后先后担任过石家庄市委宣传部联络员、石家庄电影戏剧音乐工作委员会主任、石家庄电影院总经理等职。

凌子风在晋察冀戏剧运动中的杰出贡献，主要表现在导演艺术方面。他在西北战地服务团任导演以及在冀中火线剧社任副社长时，根据斗争形势需要，创作了获得热烈反响的剧本。如1942年创作的独幕话剧《哈娜寇》便是一个代表，获晋察冀边区鲁迅文学奖。他的另一个独幕话剧《我们向你致敬》，创作于同年，获"军民誓约运动征文"甲等奖。

1949年，与翟强联合执导个人首部电影《中华女儿》，获得第五届卡罗维发利国际电影节"争取自由斗争奖"、文化部优秀影片二等奖；1950年，执导电影《光荣人家》；1951年，执导改编自长诗《王贵与李香香》的电影《陕北牧歌》；1960年，将《红旗谱》搬上银幕，再现了20世纪20年代后期北方农村波澜壮阔的革命斗争。

1982年至1992年，先后执导《李四光》《骆驼祥子》《边城》《春桃》《狂》等多部电影。1995年，在纪念中国电影诞生九十周年时，获中国电影世纪奖的最佳导演奖。

凌子风，本名凌风，从抗日战争到解放战争，是一位一直活跃在文艺宣传一线的艺术家。他执导的电影从《中华女儿》到《赵一曼》，从《边城》到《骆驼祥子》，一部部成为经典流传。他的儿子凌飞说他是一阵风，曾经"呼啸着来过"，吹开阴霾，袒露心扉地扑向他挚爱着的土地，又将火热的生命融进了红旗漫卷的风中。

一

凌子风的祖父去世后，全家人的生活拮据起来。日子虽然艰苦，但对于七八岁的凌子风来说，乐趣似乎又增添了许多。

那时，祖母买来许多搁泥模子，找来黄胶泥加入水和面粉，备成泥料，塞入模子再搁出来晾干，各种供孩子们玩耍的小玩意儿就做出来了。弥勒佛、兔儿爷、娃娃，一个模子搁前脸儿，一个模子搁后身儿，然后再把前后粘合在一起，成为一个完整的泥人。

慢慢地，凌子风学会了不用模子，凭一双手捏小人儿、小鸟儿。搁泥人虽是孩提时代的玩耍，却让凌子风有了从美学角度感知生活的能力。1933年，他考入了北平美术学院绘画系，后又转入雕塑系。三十岁到延安鲁艺教书，在延安大生产中通过捏泥人表现劳动人民的生活，还动手做出了那枚经典的、人人佩戴的毛主席像章原版。

八九岁时，凌子风还痴迷上了京剧。北京旧刑部街靠西单牌楼不远，有个"哈尔飞戏团"，每天有人唱京剧。他最喜欢武丑戏和花脸戏，像《时迁偷鸡》《雁翎甲》。

从学校毕业后，凌子风去了济南，姐夫李苦禅介绍他到山东省立剧院当美工师，工资三十元。这时，他看到报上登了南京国立戏剧专科学校招生的启事，激动不已，终于等到了干戏剧的机会。

1935年，考入南京国立戏剧专科学校舞美系的凌子风"混得风生水起"。考入国立剧专舞美系时，他已是身无分文，支付不起学校每月包饭的四元钱，所以没饭吃。他的同宿舍同学辛子萍、李增援、胡子、黄若海、俞世龙，知道他没钱吃饭，一块儿给他出主意。学校食堂是包饭，四人一桌，每天的几十桌里总有不来的人，大伙让他可以找不够四人的桌来吃，就算是替未到者吃饭。凌子风按这个办法吃了好久，因为他风趣幽默人缘好，时常被不够四人的同学抢着拉去凑桌。不久，替吃饭的事被包饭的老板发现了，对方告之：不包饭不能在这里吃。凌子风回答："我是替别人吃的，他没来。""先生，什么都有替的，就没听说过替吃饭的。"老板说。从那天起，饭堂门口竟然有专人站起岗来，凌子风"替人吃饭"的日子就这样结束了。

穷途末路，贵人出现。学校总务主任石蕴华为凌子风搞了一场募捐，募捐到五元钱，给他包了一个月的饭。石蕴华问凌子风："你会不会刻钢版蜡纸？""会。"就这样，凌子风被学校安排了一份刻印讲义的工作，每天晚上刻钢版并印刷出来，每月能挣四元钱，虽然经常要干到半夜，但饭钱有了保障。

二

1937年，凌子风剧专毕业。七七事变后，许多中国青年的赤子之心被激发。战况越来越紧，上海失守，一些大学要迁往内地，剧专余上沅校长想要留凌子风在剧专做教员，但他一心想去延安，参加抗日。

从南京去延安的路上，是一道道国民党的封锁线，走到武汉，凌子风的钱花光了，这时已是1938年初。于是他来到武汉电影制片厂谋生，因为那有许多熟人和剧专的同学。王若林看过凌子风舞美设计的作品和他演的角色，想跟凌子风订五年合同，可是凌子风只想挣点儿钱就继续向延安走，讲了半天，最后订下半年合同。武汉电影厂出品的电影《保卫我们的土地》《热血忠魂》《八百壮士》中，都有凌子风的角色。

几个月后，国民党注意到了凌子风等人在武汉的活动，演戏、画画、办壁报，一整套都是延安的内容。国民党想抓他们，电影厂老板给了他们每人两个月的薪金，让他们赶紧走。

1938年10月，凌子风、张仃、高阳、蓝马、艾青、田间、冼群等人组织起"抗日艺术队"，队里很多都是搞戏剧的，一路宣传抗日。当然，为了应对国民党的抓捕，要策划好谁先走谁后走，以免目标太大太显眼。

三

1938年底，从西安到榆林的路上，黄沙漫卷，一辆大卡车颠簸着驶向陕北清涧。车上的人风尘满面，是拍摄电影《塞上风云》的剧组人员，凌子风也在其中。

路对面，行驶过来一辆车，拉着要从延安转移到晋察冀的西北战地服务团。冼群一眼就认出了凌子风。"延安被日本飞机轰炸了，大家正在疏散，你来参加我们西北战地服务团吧，去晋察冀敌后抗日根据地。"听了冼群的话，凌子风觉得这比拍一部《塞上风云》更有意义，他跳下剧组的车参加了西北战地服务团。西战团和贺龙的一二〇师一起行军，过平汉路、同蒲路，前往晋察冀。

当晚就到了清涧县，西战团搞了一台群众晚会，凌子风演小话剧《放下你的鞭子》。没有服装，队里就跟老百姓临时借了一件，凌子风化完妆把自己的衣服一脱，就穿上了借来的衣服，结果上面都是虱子。大家说："你真不错，也不嫌脏，真是艺术家。"凌子风回："演戏就是宁穿破，不穿错！"一场戏演下来，满堂彩，凌子风自己也挺高兴。

西战团到达晋察冀军区驻地时是 1939 年元旦。到达之后，即刻为正要召开的北方分局党代会开始了紧张的宣传工作，连续组织五场晚会演出。演出—行军，行军—演出，西战团保证了村村有剧团，处处有歌声和街头诗，随时随地在演出。《黄河大合唱》由周巍峙指挥，凌子风朗诵，自己的乐队伴奏，演唱得很有气势，透着朝气蓬勃、顽强不息的那股劲头。西北战地服务团的第一任团长是丁玲，到河北后换成了周巍峙。凌子风一直做编导方面的领导工作，一有空就写戏。

一天，凌子风买了一斤豆腐，晚上和李特开夜车写剧本，二人饿得不行了，就烧灶，用白水把豆腐煮熟了加点盐，一人一大碗，连吃带喝汤。吃光了豆腐，一鼓作气地完成了剧本，天还没亮。等天一亮，立刻排戏。晚饭后，戏就在村口野台子上演出了。一块豆腐诞生了一出戏，是艰苦时期的幸福。

四

1940 年 11 月，冀中军区成立三周年，凌子风被冀中军区司令吕正操请到冀中军区火线剧社讲课。那是一堂化妆课，刚讲了一会儿鬼子就来"扫荡"。凌子风只能跟着冀中军区走，暂时和西北战地服务团失去了联系。到了饶阳、武强一带，凌子风要回去，吕正操说："你就不要回去了，就到我这儿来吧，我马上下个文件，让你当火线剧社副社长。"凌子风说："那可不行，我是来讲课的，我要和组织上说明才行。"可吕正操司令认准了凌子风，结果就这样把他"扣"下了。

吕正操喜欢唱戏，过去唱过京剧，也有文艺情结。一天夜里，警卫员来找凌子风，说司令想找他聊聊。这一聊，两人从托尔斯泰的《战争与和平》《安娜·卡列尼娜》，聊到曹禺的《雷雨》《日出》，又从京剧说到河北梆子。

"咱们剧社能不能演《日出》？"

"我给《日出》设计过布景，也演过角色，能！"

"但这群孩子都是生长在乡下的农民，北京来的学生也都年轻，能行吗？"

"我有办法。"

……

就这样，在日寇频繁"扫荡"的河北平原上，凌子风开始筹备复排四幕大剧《日出》。陈白露、潘四爷、翠喜、小东西、黑三儿，一个个角色在脑子里鲜活起来，再想想剧社的演员们，一个个分配下去。但是在晋察冀的战争环境中排《日出》，的确有困难。西装可以裁做，但陈白露的高跟鞋怎么办？天天随时准备行军，剧社只有布鞋、草鞋，上哪儿去找高跟鞋？孩子们见都没见过。陈白露是交际花，没高跟鞋不行，凌子风决定自己动手做。

演员都是农民出身，没见过大都市的灯红酒绿，只能靠凌子风一点点地讲，一点点地教。一遍不行，就练十遍，磨也要磨得日头出来。火线剧社的《日出》演出开幕前，晋中军区政委程子华讲话："《日出》在我们根据地演出，是一件大事情，我们开辟新文化运动，文化建设是件大事情。导演凌子风是有功的，我们应该感谢他！"

因为换景很慢，要演一场拆一场布景，再搭下一场布景，换场过程中台下组织部队唱歌，还有拉拉队弄点儿小节目。一出《日出》演了整整一夜，真的演到了日出时分。

这样的戏，战士和老百姓都没见过，虽然有许多地方看不懂，但仍觉得新鲜。火线剧社的《日出》火了，到处被请去演，有时演着演着，"嘭！嘭！"敌人打炮了。即便这种情况下，《日出》仍演了十一场，走遍了晋察冀。

五

经过《日出》一戏的演出，凌子风意识到在农村演戏又要动员人手，又要搭台子、竖旗子、立杆子，一出剧演起来很不方便。于是，他想创造一种适于农村演出的新戏剧。回想起曾在武汉演过的街头剧《放下你的鞭子》，凌子风产生了新的想法。《放下你的鞭子》在马路上就能演，非常方便，到了农村，在田间地头、打麦场、庄院里，是不是也能演？利用一切真房、真门、真景，既省掉了搭台，也不用画幕布、布景，还可以打破观众与舞台之间的距离，身临其境。导演也可以突破舞台的限制，令艺术的真实感更强。

凌子风创造出了别开生面的"田庄剧"。

晚上演戏没汽灯，就用吃饭的碗放油，烧棉花，火呼呼往上冒，又亮又真实。田庄剧《石头》，写一个叫石头的农民，发现日本兵到他家要奸污他的媳妇，拿起斧子砍杀了日本兵，然后带着媳妇找共产党参加八路军的故事。凌子风找到一家有两间平房、大小正好的院子，把这里当成剧场，摆了许多板凳给观众，中间空出一半场地演出。农民们没看过戏，院子里也没戏台，但老百姓看《石头》这出田庄剧就如同看自己身边发生的真事，沉浸感极强。《石头》演出大获成功。

凌子风的田庄剧作品还有《慰劳》《哈娜蔻》。《哈娜蔻》获得晋察冀边区鲁迅文学奖。

凌子风就像一阵呼啸的风。1949年中华人民共和国成立后，他与翟强联合执导的个人首部电影《中华女儿》，获得第五届卡罗维发利国际电影节"争取自由斗争奖"。1960年，他将描写农民革命斗争的电影《红旗谱》搬上银幕……

"风在吼，马在叫，黄河在咆哮，黄河在咆哮！"凌子风钟爱的《黄河大合唱》中，黄河，壶口瀑布，翻腾得好似千军万马。风乍起，激荡起滔天的黄河水，在阳光的漫射下呈现出美丽的红色，奔涌向前……

新中国第一位工人剧作家魏连珍

王 律

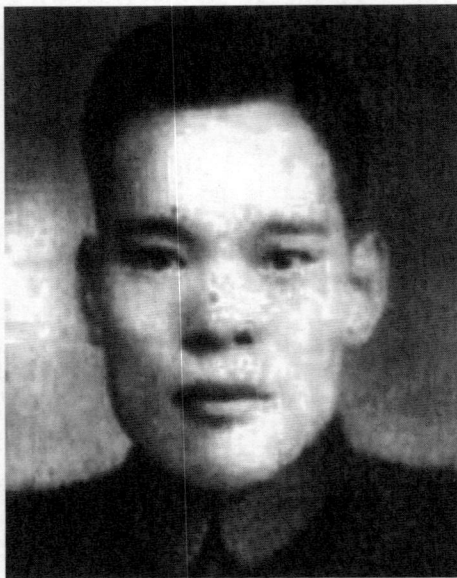

魏连珍

魏连珍（1919—?），河北获鹿（今石家庄鹿泉区）人，工人剧作家。

1942年成为技术工人，1949年被选为石家庄市人民代表，1951年被选为河北省政协代表。主要作品有：多幕话剧《解放乐》（1947年）、《归来》（1948年）、《不是蝉》（1950年），独幕剧《不是梦》（1956年）等。其中影响最大的是三幕九景话剧《不是蝉》，1950年获河北省文艺评奖委员会颁发第一期文艺创作奖金甲等奖，上海新华书店华东总分店还为其出版发行了单行本。

在新中国成立初期的戏剧舞台上，《不是蝉》作为第一部由工人自己创作、自己首演、以新中国成立后工人生活为表现内容的大型话剧，一经演出便受到了广大观众的热烈欢迎。该剧最先由工人自己演出，后又由石家庄市文工团演出。《人民日报》发表了《不是蝉》的座谈摘要；丁玲的评论《跨到新时代来》盛赞该剧开创了话剧反映工人生活的先河；《人民画报》创刊号发表了《不是蝉》的剧照；中央人民广播电台播送了《不是蝉》全剧录音。1950年，该剧在全国大中城市演出一百五十多场。

三幕九景话剧《不是蝉》，讲述了1949年五六月间石家庄工人生产竞赛的故事。在竞赛中，工人以劳动模范为核心，推动并团结群众，用种种方法对落后思想进行教育，终于克服困难，胜利完成了任务。《不是蝉》用"蝉"来象征不爱劳动的人，劳动人民"不是蝉"，也不应做蝉，而是实实在在的创造者，这就是《不是蝉》的寓意。

《不是蝉》曾先后在石家庄、北京、太原、上海等地上演，普遍受到欢迎，并获1950年河北省文艺评奖委员会颁发第一期文艺创作奖金甲等奖。文化部还举行了专题座谈会，欧阳予倩等出席会议，充分肯定了剧作的思想和艺术价值。剧作者魏连珍以自己的努力，在中国当代文学史上拉开了工人创作优秀剧本的第一幕。同时，他的剧作还开了河北当代文学中城市文学的先河。

魏连珍生前曾接受笔者的采访，留下了颇为宝贵的口述回忆，成为今天研究挖掘红色经典剧《不是蝉》的可靠资料。

一

1999年，当我问起82岁高龄的魏连珍先生创作《不是蝉》的初衷时，他回答说："我写这个剧本只是为了提高生产，干部工友们看了戏，能对生产有好处，并没有想到后来能够轰动。"

当时魏连珍所在的石家庄铁路车辆段正在开展"红五月"劳动竞赛，工人们积极抢修铁路，改装车辆，支援全国的解放战争。但也有少数工友对劳动竞赛一时不理解，甚至说怪话发牢骚。正是这样的现实生活，为魏连珍创作《不是蝉》提供了丰富的素材。全剧以后进工人马顺保的转变为线索，描写了铁路工人轰轰烈烈的劳动竞赛场面，把生产斗争和人物活动紧密结合起来，生气勃勃，很有吸引力。

《不是蝉》的剧情中，马顺保存在着落后思想，人们给他起了个外号"麻蜘蛛"（蝉）。生产竞赛时，他认为"八路军的手腕我算知道，反正是累死人不偿命"，于是采用装病的办法逃避工作。后在老工人、劳动模范白师傅以及段长、工会主席等人的耐心说服教育下，马顺保转变了，在抢装一百四十辆低边车的劳动中，解决了关键生产问题，受到厂里表扬。剧本表现出了工人阶级在火热的生产中以主人翁思想，为创造新生活而焕发出的积极性与创造性。

魏连珍在写作《不是蝉》剧本过程中坚持了四点：一是什么人要说什么话，二是动作要活泼，三是内容要有意义，四是要合乎实际。这些朴素而又深刻的想法使该剧获得了成功。《不是蝉》全剧笔调轻松活泼，语言生动流畅，但也存在缺点，比如生活情节烦琐零碎，人物的转变写得不够具体等。魏连珍回忆，那时自己的文化程度低，只上过几年小学，在写作中遇到不会写的字，就想办法用注音字母来代替，甚至画个图形来表达意思；当时纸张奇缺，就到处搜集废烟盒，在烟纸上写剧本，写完一幕，就用细绳把烟盒纸串起来。克服了许多难以想象的困难，最终完成了《不是蝉》的创作。

《不是蝉》完成后，为了能赶上1949年10月1日献礼演出，魏连珍和工友们一边创作，一边排练，一边修改。初期排练，演员都是本段职工，在排演时，需要哪个演员就叫他来，排演完他的那段戏，就又回到车间的岗位上。为了不影响生产，只利用星期日搞了一次全剧集中排演，几天之后，《不是蝉》就在车辆段会议室里进行了首次演出。

半个世纪过去，魏连珍还清楚地记得那天的情景：台下坐满了工人和家属，大人小孩都看得十分入神，平常看节目时的吵闹声一点都没有。演出结束时，观众报以最热烈、真诚的掌声，让他觉得这部创作了二十多天的戏没白写。

二

1949年10月，《不是蝉》参加石家庄铁路分局国庆文艺汇演后，又被推荐到石家庄市参加汇演。当时的文教局长任桂林和洪涛同志看中了这个剧本，他们对剧本提了不少意见，力图使剧本更有戏，更完整。经过修改之后，石家庄市文工团决定排演，执行导演郑哀伶，主演贺守文、张子亭、张晓梅等。服装、道具都是车辆段的，打铁的锤子和砧子也都是真家伙。排练不到一个月，在石家庄正式上演，接着在河北省文代会上演出，受到众口称赞。后又去太原演出，载誉而归。

1950年春节过后，文工团在井陉矿区演出，突然接到铁道部滕代远部长去北京演出的邀请。北京首场演出结束后，滕部长上台祝贺说："你们的戏演得很好。明天晚上我给你们请几个朋友来看戏。"第二场演出结束后，周扬、周巍峙、田汉、洪深、欧阳予倩、曹禺、老舍、丁玲、赵树理等在京文艺界名家纷纷走上台为演员鼓掌。周扬高兴地说："戏很好，很成功，就是布景土气点，让青年艺术剧院为你们做一套新景。"1950年五一劳动节，《不是蝉》在青年艺术剧院公演，受到热烈欢迎，连演几十场，场场爆满。后来，文工团搬到可容纳五六千人的中山公园音乐堂，又连演六场，才结束了在北京的演出。

离开北京前，铁道部又把文工团改编成"铁路文工队"，由闻立鹤（闻一多之子）担任队长，由京南下，到济南、青岛、徐州、蚌埠、淮南去慰问铁路沿线职工。无论走到哪里，职工们都兴致勃勃地看到终场。

《不是蝉》在上海巡回演出时，站队购票的人排成长龙，剧场座无虚席，笑声、掌声此起彼伏。全市报纸、刊物热情宣传。上海文艺界的知名人士夏衍、熊佛西、陈白尘、于伶、白杨、上官云珠、吴茵、秦怡、黄宗英等和文工团座谈了话剧《不是蝉》。著名电影演员白杨说："你们的戏演得真好，我排队买票看了三次。"文工团在上海连演两个月，直到国庆节才返回石家庄。

《不是蝉》的上演获得了很大成功。《人民日报》分两期登载了《不是蝉》座谈会的纪要，著名作家丁玲在《文艺报》发表专论《跨到新时代来》，以《不是蝉》为例阐明进城以后应用戏剧表现工人生活。1950年9月，上海华东新华书店出版了剧本，中央人民广播电台还录制了唱片向全国广播，《人民画报》创刊号刊登了演出剧照。

三

自从文工团到大江南北演出后，魏连珍每天都收到许多来信，有的赞扬剧本写得好，有的鼓励他今后写出更多更好的剧本。从1950年到1951年，全国各大城市的文工团纷纷上演《不是蝉》。当时甚至流传过这么一句话：农民戏看《白毛女》，工人戏看《不是蝉》。

正是出身贫农家庭，十一岁因家贫曾当短工、徒工，十五岁到石门玻璃店做小工，后又考上石家庄检车段当工人的经历，为魏连珍写下一个又一个剧本提供了创作源泉。他的第一个剧本《翻身乐》，把农村中的各种人物，剥削者与被剥削者的关系，生动地写进剧本。后又创作出六幕剧《归来》，揭露日本侵略者与国民党反动派对人民的压迫，生动体现了只有共产党才能救中国，工人只有回到自己的政党——中国共产党的怀抱里，才能拥有光明幸福前途的主旨。

1949年，魏连珍被选为石家庄市人大代表，1950年调任石家庄铁路分局工会宣传干事，1951年被选为河北省政协代表，并参加省、市文代会，1952年调往北京铁路文工团创作组并任组长，1954年到中国作家协会文学讲习所学习，并加入中国作家协会，1956年创作发表独幕剧剧本《不是梦》，1959年任安徽省合肥市铁路俱乐部主任，1960年被选为安徽省文联理事，1963年调任济南铁路文化宫任指导员。

1952年上海春明出版社出版的《新名词辞典》"人物之部"对魏连珍这样介绍概括："工人作家，1919年生……解放后成为检车段里优秀的模范工人。他在共产党的领导下，提高了政治认识，开始学写剧本。《不是蝉》是他学写的第三个剧本，也是使他正式步上文坛的成功之作。"

胡可夫妇与"子弟兵的母亲"戎冠秀

王贞

胡可

胡可（1921—2019年），满族，山东青州人，中共党员，军旅剧作家。

1937年8月入伍，1939年5月加入中国共产党。1937年12月到达敌后抗日根据地晋察冀边区，随后不久，便被分配到晋察冀军区政治部宣传队，即抗敌剧社。在抗日战争和解放战争期间，胡可先后创作了多幕儿童剧《清明节》、多幕话剧《戎冠秀》、独幕话剧《枪》及《喜相逢》等。《清明节》是反映儿童斗争题材的剧作，对边区的少年儿童富有启发和教育意义，获得晋察冀军区政治部首次创作运动甲等奖。1944年4月，胡可根据"子弟兵的母亲"戎冠秀的模范事迹，写成了多幕话剧《戎冠秀》，成为同类题材中较优秀的作品。1948年夏，胡可同胡海珠、胡朋等一起集体创作了多幕话剧《生铁炼成钢》，1949年以此剧为素材重新创作了四幕话剧《战斗里成长》，这是胡可在公开刊物上发表的第一个剧本，并于1956年全国话剧第一次会演时荣获一等奖。《战斗里成长》是反映胡可思想和艺术水平的代表作，成为晋察冀戏剧创作中的扛鼎之作。

之后，胡可又创作了《英雄的阵地》（1951）、《战线南移》（1953）、《槐树庄》（1959）等反映部队和农村生活的剧本。出版《胡可剧作选》《胡可论剧》等著述，以及散文集《走过销烟》《老兵记忆》等。

胡可，我国优秀的军旅剧作家，1921年2月28日出生于山东省益都县（今山东省青州市）。抗战期间，在晋察冀军区政治部抗敌剧社从事文艺宣传工作。在抗日战争和解放战争期间，他先后创作了多幕儿童剧《清明节》、多幕话剧《戎冠秀》、独幕话剧《枪》及《喜相逢》等。新中国成立前后，他又创作了《战斗里成长》《英雄的阵地》《战线南移》《槐树庄》等反映部队和农村生活的剧本，成为我军颇有影响的剧作家，曾任解放军艺术学院院长、中国戏剧家协会副主席等。

胡可与平山和戎冠秀的故事，就在抗战期间开始了……

一

1944年，晋察冀边区召开第一届群英大会，戎冠秀荣获"拥军模范——子弟兵的母亲"光荣称号。

在群英大会上，戎冠秀讲述了她抢救八路军伤员的故事。当时，胡可就坐在台下，他是晋察冀军区抗敌剧社的编剧，戎冠秀的发言跟说家常一样，让他感触非常多。

群英会闭幕后，晋察冀军区决定将戎冠秀的光荣事迹搬上舞台，剧本的编写创作任务就交给了年仅二十三岁的年轻后生胡可，而胡朋成为女主角戎冠秀的扮演者。

为了熟悉戎冠秀，胡可、胡朋陪同戎冠秀一起回到平山县下盘松村。在这里体验生活时，胡朋跟戎冠秀生活在一起，同吃同住同劳动；胡可住在另外一个老乡家里，早上到戎冠秀家里吃饭。戎妈妈把他们当作亲生儿女看待，吃饭时，把好吃的都留给他们。

胡可、胡朋在同戎冠秀朝夕相处中，曾谈到过很多问题，从妇女解放、男女平等到抗敌斗争，话题甚为广泛。就这样，他们不仅了解了戎妈妈的过去、家庭和儿女，还一起走村串巷找老乡们谈话，了解村子里的情况。偶尔，他俩也会走到村子小河旁散步，聊一聊各自的采访感受和文艺创作思想。

胡可白天访问，晚上就在一盏小油灯下，趴在炕桌上写剧本。不久，话剧《戎冠秀》在晋察冀边区上演。胡朋扮演主人公戎冠秀，她的一举一动，都带着戎妈妈的影子。处变不惊的神态、果断豪爽的性格、默默奉献的精神，逐渐在胡朋的表演中打下了烙印。

二

在和戎妈妈相处的日子里，胡可与胡朋的爱情也开始萌芽了。

其实，在这之前，他俩之间的爱慕之心早就有了。1939年，胡朋来到抗敌剧社就和胡可一起工作、一起学习，一起行军、一起执行任务，共同在舞台上演出。同生死共患难的战地生活，使他们产生了深厚的感情，对彼此的性格脾气秉性也颇为熟稔。

胡朋出生于1916年，比胡可大五岁。但胡可第一次见到胡朋，就很喜欢和信任这位大姐姐。"当时她戏演得好，名声比我大，但不知道她心里是否有我，我也不能主动表示，怕碰钉子啊！"当年，胡可眼中的胡朋是"事事带头"的人，工作抢先，脾气急且倔，似乎应该找一个比他更强的人做伴侣。

然而，在戎妈妈家的朝夕相处，让胡可与胡朋慢慢地走到了一起。在下盘松村的日子里，他们有了更多相互了解的机会。终于，两个人之间的那层"窗户纸"捅破了。一年以后的1945年春天，胡可与胡朋结婚了，成为相携六十载的"爱人和同志"。有人说，他们两个人的婚姻是戎冠秀保的媒，没有戎冠秀，就没有他们这一对恩爱的夫妻。

新中国成立后，胡朋在很多部电影中扮演善良、坚强的农村妇女和革命母亲，是银幕上深受观众喜爱的"老太太"。电影《烈火中永生》中的双枪老太婆更成为一个经典形象。

三

胡可，历任中国人民解放军华北军区政治部文化部创作员、中国人民解放军石家庄军分区副政治委员、北京军区政治部宣传部副部长、中国人民解放军总政治部文化部副部长、中国人民解放军艺术学院院长、中国戏剧家协会副主席等职，曾被选为第一届全国人民代表大会代表和中国人民政治协商会议第五届全国委员会委员。

胡朋1916年出生于山东省烟台市莱阳县，原名初韫诚。1937年，她便开始在上海参加救亡演剧活动；1943年，参演话剧《子弟兵和老百姓》；1950年，出演个人首部电影《钢铁战士》，并凭借该片获得中国文化部1949—1955年优秀影片个人一等奖；1953年，出演电影《智取华山》；1957年，主演话剧《槐树庄》，并凭借该剧在全军第二次文艺会演中获得优秀演员奖；1959年，主演电影《回民支队》；1965年，在电影《烈火中永生》中饰演双枪老太婆；1980年，出演电影《山重水复》。1991年，胡朋获得第三届中国电影表演艺术学会"特别荣誉奖"；1995年，胡朋被广播电影电视部评为1905—1995"中华影星"。而胡朋的代表作品《槐树庄》便是由胡可创作的。2004年12月，胡朋因病去世，享年八十八岁。

杨润身和电影《白毛女》

智全海　杜振国

杨润身

杨润身（1923—2020 年），河北平山人，中共党员，作家、编剧。

1937 年参加八路军，在战火中接受了洗礼，第二年加入中国共产党。历任晋察冀军区四分区八大队宣传队员、民中剧团指导员、四分区前卫报社指导员、温塘区区委宣传委员、华北群众剧社创作组组长。1944 年开始发表作品，1945 年获晋察冀边区优秀剧作一等奖。在晋察冀边区，杨润身以百倍的热情投入工作，他时常登台演出，先后创作并导演了《炕头会》《围困堡垒》《交公粮》等街头剧和舞台剧四十余部，鼓舞了群众的斗志，在群众中产生了极大影响，被边区政府授予"乡村文艺旗帜"的称号。几年后，杨润身调任区委宣传委员，此后又到著名作家丁玲主持的中央文学研究所学习了三年。这段宝贵的创作经历和生活积累，为他日后参与创作电影《白毛女》打下了坚实的基础。

1949 年参与电影《白毛女》编剧工作，1956 年获文化部优秀编剧一等奖。这之后，又一鼓作气写出了电影剧本《探亲记》《姜喜喜》等。

1951 年 3 月，电影《白毛女》正式公映。

平山县有座五龙山，五龙山下有个村子叫北马冢，北马冢有个杨木匠。1923年夏天午后，杨木匠在自家小院里来回踱步。忽然，土坯屋里传出一阵嘹亮的婴儿的啼哭声。门帘挑开，接生婆双手托着刚刚出世的婴儿往杨木匠面前一递："木匠兄弟，恭喜，又添个小子。"杨木匠把烟袋往腰间一别，接过婴儿，就像接过一个北瓜头，随手丢进了一旁的泔水瓮里。这一幕，刚好被杨木匠的母亲看到，母亲喊了一声："你这是闹么儿哩！"抢过去一把将婴儿捞了出来。

婴儿被奶奶救活了，他就是后来的天津市作协副主席、著名作家、电影《白毛女》编剧之一杨润身。

一

杨润身长到七八岁，个子高挑，面容白皙，浓眉大眼，是一个人见人爱的英俊少年。他好像天生对文艺有着特殊的喜爱。北马冢村是远近闻名的文艺村，村里有个唱丝弦的小剧团，有武社火。耍社火时几个人擂的大抬鼓最使杨润身痴迷。有时候追着看擂鼓，把吃饭都忘了，常常让爹拖回家，拿荆条一顿打。但是，一听到"咚咚"的鼓声，就又忘了荆条抽在身上的疼痛，趁爹不注意，转眼就溜了出去。爹拿他没办法，渐渐也就放任了。时间一长，杨润身不再满足于看人家擂鼓，自己跟着练了起来。大人们看他如此痴迷，就有意教他一些简单的鼓点。回到家里，杨润身找到一根木棒，在自家院门的门板上敲打练习。天长日久，门板上竟被他打出几个坑来。

杨润身自小和奶奶最亲近，这倒不是因为奶奶救了他的小命，而是奶奶会讲故事。冬天，钻进奶奶热乎乎的被窝，听着村南五龙山上野狼一声一声的嚎叫，就缠着奶奶讲大灰狼的故事。夏天，躺在房顶上，仰望满天星斗，奶奶挥动着蒲扇，给他讲王母娘娘、牛郎织女的故事。丰富多彩的民间故事，或许就是杨润身在孩提时代的文学启蒙。

杨润身听的最多的，则是"白毛仙姑"的故事。

"每到三更半夜，月亮明明暗暗，山风呜呜吹过，一个白色的物件飘飘忽忽从山里走出来……"

杨润身吓得钻进被窝，半天才又探出头来问奶奶："白毛仙姑是鬼吗？"

"不是鬼，是人，是个俊闺女。"

杨润身又问："她怎么住在山洞里呢？"

"那闺女家租种财主家的地，还不上财主家的债，财主就逼着她爹拿闺女抵债，大年初一把人抢走了……"

"后来呢?"

"后来,闺女她爹喝卤水死了。那闺女在财主家当牛做马,有一天跑到了深山野洞里。"

"她的头发怎么就变白了呢?"

"长年累月吃不上盐,在山洞里见不上光,心里头苦,头发就白了。"

每次奶奶讲完白毛仙姑的故事,杨润身总是久久难以入睡。有一次,他问奶奶:"她爹为啥不把债还清了?"

奶奶叹口气:"唉,还不起呀。"

"为啥还不起?不好好干活儿吗?"

"傻孩子,你知道你爹为啥把你丢到泔水瓮里吗?养不起呀!那年,你爹为了把几亩沙地变成水浇地,借了财主家三百六十吊钱,打了一眼井。一年下来,全年收的粮食还利息都不够,他怕养不活你呀。"

"那就是说,俺爹跟白毛仙姑的爹是一样的?"

"天下的受苦人都一样。"

"那什么时候能改一改?"

"改不了,这是命。睡吧,睡吧。"

暗夜里,一双大眼睛忽闪着,不肯入睡。不知为什么,萦绕在脑海里的白毛仙姑变成了他前几天刚刚跳井自尽的嫂子。

那是一个晴天的晌午,嫂子正在院里石碾上晒玉米,听到不满周岁的儿子醒了,赶紧跑到屋里哄孩子。恰在此时,哥哥从地里干活儿回家,一眼看到两只鸡正跳上碾盘吃玉米。哥哥火冒三丈,进屋对准嫂子脸上就是狠狠三巴掌,一边打一边骂:"欠东家的债你叫我怎么还?这日子还怎么过?"

嫂子一句话没说,抱上不满周岁的儿子就向外跑去。

井边,哥哥抱着嫂子和孩子的尸体,哭哑了嗓子,双颊被自己粗糙的大手抽成了酱色。

多年以后,杨润身常常讲起这件往事。讲完了,总要设问一句:"什么是'旧社会把人逼成鬼'?——这就是!"

二

1937年冬天,村里来了八路军,有一个班的战士住进了他家。只有十四岁的杨润身穿着母亲的一件大花袄,跟着队伍走了,成为晋察冀第四军分区八大队一名宣传队员。

1938 年 3 月的一天，鬼子"扫荡"，杨润身因为严重的伤寒昏迷不醒，不能撤退，人们以为他已经牺牲，就用玉米秸秆掩盖在地里。后来被人发现才捡回一条命。

事后指导员找他谈话："差点就死了，怕吗？"

"不怕！"

"你还愿意当八路吗？"

杨润身一拍胸脯："就是死，也要当八路，跟着共产党干革命。"

指导员点点头，给了他一本油印的小册子《党员须知》。不久，杨润身加入了中国共产党。

1940 年，日寇对抗日根据地进行毁灭性的报复性"扫荡"，晋察冀边区像其他根据地一样，遭受严重损失。一个时期以来，平山县东回舍、西回舍等几个村里的民兵，经常驻守在柴庄村，与柴庄村的民兵联合起来向鬼子出击。鬼子向根据地疯狂蚕食，在南边离柴庄村三里多远的五龙山上修筑了炮台，又在东边离柴庄村四里地的扇子坡上修筑了堡垒。用不了半个小时，鬼子就可以扑进村里。鬼子把柴庄村看成眼中钉，加紧"扫荡"。村里只要冒出炊烟，鬼子就要朝村里开枪开炮，村里老百姓不得不转移到西部一些村里住下来。柴庄村变成了名副其实的"无人区"。

1942 年，区委决定派杨润身到柴庄村担任小学教师兼校长，尽快将那里的文化教育事业恢复起来。

杨润身来到柴庄村，通过做工作，村民陆续返回村里。杨润身和村里干部群众克服困难，不仅恢复了小学校，还成立了村剧团，对敌人展开宣传攻势。

剧团成立后，首要的问题是编什么、演什么。那时候上边来个剧本不容易，搞到剧本也往往无条件排演，因此只能靠自编自演。1944 年夏收过后，八路军一个连与柴庄村等村的民兵对西回舍扇子坡上的鬼子堡垒进行围困，堡垒的鬼子成了兔子的尾巴。杨润身参与此次围困堡垒行动。鬼子还未逃走，他就连夜写出了《围困堡垒》一剧，反映鬼子的罪恶、民兵的勇敢、群众抗日的热情。

杨润身在柴庄剧团期间，创作并排演了《炕头会》《围困堡垒》《一碗饭》《柿子不让舅舅吃》《山大王》《开渠》等街头剧、舞台剧，多达四十余部。这些作品大都取材于真实的抗战故事，是发生在老百姓身边的真人真事，剧团因此获得了区、县奖励。晋察冀第四军分区各单位联合决定，授予柴庄村剧团"乡村文艺旗帜"称号，并奖给剧团一面红旗和一块幕布。

县委通知杨润身赴阜平县参加周扬同志主持召开的会议。杨润身在会上介绍了柴庄村剧团的情况，由此，杨润身与柴庄村剧团声名鹊起，引起了周扬等领导和康濯等名家的关注，为日后杨润身被举荐参与电影《白毛女》编剧埋下了伏笔。

会后，周扬派康濯到柴庄村蹲点。康濯帮助剧团排演歌剧《白毛女》，使剧团影响力得到了提高。《晋察冀日报》发表文章，表扬了柴庄村剧团。康濯又给《晋察冀日报》写了长篇文章，颂扬柴庄村剧团的活动。

1948年，杨润身调到温塘区参与土地改革工作。那时党中央已经到了西柏坡，华北局、华北文联也住在平山。初秋的一天，康濯来看他，说："你到群众剧社工作吧，到那里好好学习创作。"

杨润身扛着行李卷到了北白楼村，加入了群众剧社，很快写出了小歌剧《老鸹买驴》，发表在《华北文艺》。不久，平津战役打响，杨润身随群众剧社进入天津，从此走上了专业创作生涯。

三

1949年北平和平解放后，电影局局长袁牧之等决定把歌剧《白毛女》拍成电影，把延安产生的新文艺作品推广到全国。王滨和水华担任编剧和导演。在组建主创团队时，康濯想起了当年柴庄剧团那个土生土长的年轻作家杨润身。他知道，杨润身对平山农村的风土人情非常熟悉，可以帮助电影增强生活化和地方特色。他向当时的文化部领导周扬举荐，杨润身作为编剧之一，参与到电影《白毛女》的创作中。1950年，新中国最早的故事片《白毛女》开始拍摄，1951年3月正式公映。国内首轮上映时，观众达到600多万，创造了当时中外影片的最高票房纪录。1951年中秋节当天，影片在全国25个城市、155家影院同时放映，一天观众就达47.8万人。在国内引起轰动的同时，影片很快走向世界，在30多个国家和地区上映。1951年7月获第六届卡罗维发利国际电影节特别荣誉奖，1956年获文化部优秀影片一等奖。法国媒体这样评价："《白毛女》是第一部在巴黎公开上映的现代题材中国电影，它让法国观众看到了一部非常伟大的、抒情而美丽的、足可名列世界十大名片之列的东方作品。"

一次，在接受河北电视台节目采访时，杨润身说，作为电影《白毛女》的编剧之一，自己主要做了四件事。

一是将杨白劳躲债改为主动还债。歌剧《白毛女》中，出场就是穆仁智到杨家逼债。杨白劳躲债七天，除夕天黑才偷偷回家。刚回家就被找上门的穆仁智拉去还债。在改编电影时，杨润身对这一情节提出了不同意见。他建议将杨白劳躲债改为主动还债，因为在他的印象里，贫苦乡亲们都很朴实善良，人穷志不短，欠了债不会有意去躲。他的父亲就是，哪怕怀里只有一文钱，也要主动先去还债。同时建议将黄家连本带利逼债改为只收利息，因为那个时代的习俗本来如此。这两条建议非同小可，剧组觉得有道理，但没人敢做主。最后请示中宣部，中宣部最终同意照此修改。

　　二是加强了喜儿和大春的爱情戏。电影开头就明确交待，两家已经定亲，喜儿、大春相亲相爱，即将喜结连理。在歌剧的基础上，电影增加了大量表现爱情的戏份。但在片尾，大春参加了八路军，重返杨各庄后，主创团队围绕喜儿、大春是否结婚的问题，产生了很大争议。不少人认为，大春已经成为革命干部，而喜儿曾经被黄世仁玷污过，两个人不再般配，不能结合。杨润身坚持认为，不让喜儿、大春结婚，太不近人情。有情人终成眷属，才对得住二人的青梅竹马、生死抗争和忠贞不渝。最终，影片中采纳了他的意见，喜儿、大春幸福地生活在了一起。

　　三是删除"小白毛"。在早前的歌剧版本中，喜儿在山洞里生下"小白毛"，母子相依为命，最后喜儿带着"小白毛"被参加了八路军的大春从山洞里救出来。从1945年4月《白毛女》诞生，到1949年华北联大文工团进入北京演出，一直都有这个"小白毛"的影子。在改编电影剧本时，杨润身提出必须将"小白毛"删除。他的理由很朴素，也很简单，就是觉得不舒服，像"吃了苍蝇"一样不舒服。最终，影片中呈现的是，喜儿逃进深山，生下了一个死婴，"小白毛"的戏被巧妙删除。

　　四是增强作品的地域特色。比如反映杨白劳还债艰难，用了一句生活化的语言"骨头里熬油"。为了体现"骨头里熬油"之艰难，让喜儿和大春在山里面打柴，大春用绳子吊在悬崖间打柴，飞来飞去，拼死拼活挣钱还债。杨白劳饮卤水自尽一场，歌剧里是杨白劳两眼含泪，望着熟睡的喜儿唱道："喜儿喜儿你睡着了，你爹有罪你不知道……"杨润身建议把此处的演唱改为形体表演，实现艺术与生活真实的高度统一。王滨、水华、杨润身三人轮番上阵，分别扮演杨白劳和喜儿。杨润身回忆当时创作的场景："我扮演杨白劳，另一个编剧扮演喜儿，看着他我说不出话，泪就流下来了；当编剧兼导演的水华扮演杨白劳时，他不大一会儿也流泪了，眼泪汪汪的。他说："老杨哥起来吧，没说的，这地方只能由演员来表演，没有比表演更好的表现方式了。"他们真切体会到，电影艺术要"语言少、对话少，注重形象的塑造"，这样才能更加真实地表现人物的情感。另外，影片中喜儿憧憬着与大春成亲，在家里对镜盘头的细节，是杨润身把姑姑待嫁的情景嫁接过来的。大春上树给喜儿摘水果、杨白劳弯腰割谷子的动作、老五叔跳井自尽等等，都来自杨润身的生活经验。贺敬之曾经不止一次说："当年拍电影《白毛女》，请杨润身同志参与编剧，是找对人了。"

新曲艺先驱者王尊三

罗　扬

王尊三

王尊三（1892—1968年），河北唐县人，原名王九如，艺名王金才。抗战时期在晋察冀根据地组织群众参加抗日救亡运动，编演新鼓词，发挥了曲艺的战斗作用。

1919年，王尊三一个人身背三弦、肩挎书鼓到长城以北，走上了卖艺为生的道路。抗战爆发后，他积极投入救亡工作。1938年8月，到晋察冀边区编写鼓词。平型关大战刚结束，他就编演了《大战平型关》的鼓词，同时还编写了《台儿庄大捷》。1939年7月加入中国共产党。1942年，王尊三在延安文艺座谈会精神鼓舞下，创作和演出了《晋察冀小姑娘》《亲骨肉》《大战神仙山》《英雄女儿王桂香》《皖南事变》《王若飞》等新鼓词。抗日战争胜利后创作《两本账》《何大妈》

《白毛女》等鼓词。1946年，被张家口市政府授予"社教模范工作者"光荣称号。1947年，他将李季的诗歌《王贵与李香香》和赵树理的小说《小二黑结婚》改编成鼓词。

1949年7月，王尊三作为华北民间艺人代表，出席了在北平（北京）召开的全国第一次文代会，当选为中国文联全国委员会委员。1988年，中国曲艺出版社出版《王尊三曲艺选》；同年，唐县人民政府为王尊三立碑，以示纪念。

一

王尊三原是一位著名的西河大鼓演员，1892年生于河北省唐县一户农民家庭，读过几年私塾，从小喜欢大鼓、说书。他心灵手巧，有一副好嗓子，弹一手好三弦，从师后又能勤学苦练，注意发挥自己的特长，很快成为一位说唱西河大鼓的好手，名闻四乡。

从青年时代起，他就背起大鼓、三弦，远离家乡，说唱卖艺，走遍了黄河南北和长城内外的城镇、乡村。在黑暗的旧中国，虎狼当道，民不聊生，作为一个流浪艺人，王尊三饱尝了风霜饥寒之苦，受尽了反动政府、恶霸地主以及地痞流氓的压迫、剥削与欺侮。他看到人民的疾苦、民族的灾难，恨透了旧社会，恨透了帝国主义，深深地同情千千万万的劳苦大众。无论走到哪里，他都特别卖力地说唱那些农民英雄故事和杨家将故事，他觉得，这样的书自己说着"解气"，群众听了也觉得"对劲"。实际上，他已经自发地把说书当作一种战斗武器来使用了。

1937年，抗战全面爆发的时候，他正在外地说书。有一天，忽然遇到一位老乡，老乡告诉他：毛主席、朱总司令领导的八路军到了冀中，家乡解放了！他早先就听人们传说毛主席、朱总司令领导的共产党和红军能够救中国、救穷人，盼望能早日见到他们。现在这一天终于来到了。他激动得流下眼泪，立即打起铺盖卷，背着三弦、大鼓，回到自己久别的家乡，积极参加了抗日救亡工作。他先后被推选为村抗日自卫会主任、县文救会副主任。在党的领导下，他同八路军战士和抗日工作人员一起，冒着敌人的炮火，动员群众、组织群众，开展抗日救亡活动，表现出很高的政治思想觉悟和爱国热情，工作得极为出色。不久，他光荣地加入了中国共产党。

王尊三是我国新曲艺的先驱者。他在江湖卖艺多年，深知广大人民群众是多么地喜爱曲艺，而好的曲艺又具有多么大的吸引人、感动人的力量。参加革命后，他学习了革命的道理，看到在抗日根据地流行的革命歌曲、戏剧等文艺节目对广大抗日军民的鼓舞和教育作用，心想，像说书、大鼓这样简便灵活、这样为广大群众所喜闻乐见的艺术形式，为什么不能编演些新书词为抗日斗争服务呢？于是，他努力编演新书词，用以歌颂共产党和八路军，歌颂抗日根据地的新人新事，揭露、打击日本侵略者和汉奸卖国贼，鼓舞抗日军民同心同德和敌人作斗争。无论工作多忙，他总是挤时间把他所见所闻的英雄人物和战斗故事编写出来、演唱出去。由于他政治热情高，熟悉根据地的斗争生活和群众语言，有真情实感，又能熟练地掌握和运用曲艺的表现形式和技巧，他所编演的新书词都能起到很好的鼓舞、战斗作用，许多地方和部队都请他去演唱，其所到之处无不受到广大抗日军民的热烈欢迎。

1938 年，他编演了一篇新鼓词，名叫《保卫大武汉》，演得威武雄壮、有声有色，大家见了他，都亲切地叫他"大武汉"，这就是绰号"大武汉"的由来。他的演唱感人至深，于此可见。以后，晋察冀边委会发现王尊三是编演新曲艺的能手，调他专业编演新曲艺，以充分发挥他的艺术专长，并委托他带头做好团结民间艺人和改进曲艺艺术的工作。这时候，他学习了毛主席《在延安文艺座谈会上的讲话》，明确了文艺工作在整个革命事业中的地位和作用，明确了文艺为人民大众、首先为工农兵服务的方向，更加激发了他的创作热情和积极性。他深入群众、深入敌后，继续创作和演出了大量的新鼓词，如《晋察冀的小姑娘》《亲骨肉》《英雄女儿王桂香》《皖南事变》等作品，真实而生动地反映了抗日军民的生活和斗争，反映了人民的思想感情和战斗意志，是对党和人民的赞歌，也是对日本侵略者和国民党反动派的无情揭露和血泪控诉。

为了把党和毛主席的声音传送给敌后的人民，鼓舞他们的斗争勇气和信心，王尊三常常冒着生命危险，黑夜到敌人炮楼附近的村庄、山沟去给群众说唱新书。鼓点敲响了不行，就用毛巾蒙起鼓面，使声音小些。有一次惊动了敌人，炮楼上响起枪声，他料定敌人不敢贸然下来，非常沉着地照样把书说完，周围的听众都深深为他这种坚定、勇敢的精神所感动。

二

王尊三十分重视团结、改造民间艺人和改造说书艺术的工作。他走到哪里，就把哪里的曲艺艺人组织起来，帮助他们提高思想觉悟，鼓励他们按照毛主席指引的文艺方向，努力编写新曲艺，为争取抗日战争、解放战争的胜利贡献自己的力量。王尊三工作过的一些地区，新曲艺活动能够很快地活跃起来，是与他的辛勤工作分不开的。

1949 年以后，王尊三先后担任中国曲艺改进会筹备委员会主任委员、中国曲艺研究会主席、中国曲艺工作者协会常务理事、中国文联全国委员会委员、中国人民政治协商会议全国委员会委员等职务。尽管战争年代艰苦生活的折磨和在长期工作中过分劳累损害了他的健康，但他还是保持着革命战争时期那样一种热情、那样一股干劲、那样一种拼命精神。

王尊三的革命责任心很强，他把自己的全部精力都放在发展党的曲艺事业上。他常说，全国曲艺艺人成千上万，如果能把他们都好好组织起来，帮助他们走毛主席指引的道路，为人民服务、为社会主义服务，这该是多么重要；人民喜欢曲艺，党重视曲艺，毛主席、周总理关心曲艺，我们一定要努力把曲艺工作搞好。1953 年，全国第二次文代会召开前夕，有一位文化部门的负责人提出取消全国性的曲艺团体，王尊三听后非常生气，他说，重视还是轻视曲艺工作，这是关系到党的文艺事业的大事，是关系到群众文化生活的大事，对这样的事情，我们不能不据理力争；绝不是因为自己干这一行就说这一行重要。他和赵树理、王亚平等同志商议后，立即致信党中央领导同志，提出意见和要求，使问题得到解决。为了建立全国性的曲艺团体，把曲艺事业推向前进，他总是不辞劳苦、不知疲倦地工作。在中国曲艺改进会筹备委员会工作阶段和中国曲艺研究会成立初期，要开展工作，缺少干部和办公的地方，困难得很。他四处奔走、呼吁，真不知耗费了多少心血！同志们劝他注意休息，除非到病情实在不允许他再工作的时候，他总是不肯离开工作岗位。他常说："许多好同志都为革命牺牲了，我们活着的，就要多做工作；不这样，就对不起他们。"他永远把革命工作放在第一位，关心党的文艺事业胜于关心自己。新中国成立后，他所处的地位变了，生活条件变了，但他还和战争年代那样，不居功自傲、不摆架子、不搞特殊化，始终保持着一个革命者应有的艰苦朴素的作风。他关心同志，虚心倾听群众的呼声、意见和要求，直到生命垂危的时刻，他还在关切地询问一些同志的工作和生活。从他身上，我们看到了一个共产党人的崇高品质和优良作风。

三

王尊三对新曲艺创作抱有极大的热情。他认为创作更多的反映现代题材的优秀作品，是发展社会主义新曲艺的关键。除了带病坚持工作，他还挤时间创作了近百篇新曲艺作品，如鼓词《志愿军英雄马玉祥》《解放平壤》《两情愿》《大生产》《新拴娃娃》等，都广泛地被传唱，很受群众欢迎。王尊三也很重视改编工作，他认为，将一些优秀的文学作品改编为曲艺，是迅速改变曲艺演出面貌、扩大新曲艺阵地的一个重要的有效的方法。他先后改编了《白毛女》《王贵与李香香》《小二黑结婚》《新儿女英雄传》《活人塘》等近十部中长篇作品，以适应演唱新曲艺的需要。他改编的作品，大都经过比较严格的选择。他说，改编那些思想内容好、故事性强、人物性格鲜明、已经在群众中有影响的作品，群众欢迎，收效大；如果原著的思想性和艺术性比较低，改编起来就很困难。在着手改编之前，他对原著的主题、人物、情节、结构等，都认真进行分析研究，然后再根据演唱的要求，重新加以调整，努力做到既忠于原著，把原著的精华都保留下来，又有所删减、有所增益、有所创造，使之具有说唱艺术的特色。他还很注意处理好说和唱的关系，什么地方该说、什么地方该唱，都力求安排得合理、恰当，使说白部分尽量做到交代清楚、有表现力，唱词尽量写得精练、生动，有感情、有韵味，好唱好听，能感染听众。

王尊三对传统曲艺的收集、整理工作也很重视。他根据毛主席关于正确对待文化遗产的指示，亲自整理出不少传统唱词，如《穆桂英指路》《美猴王》《认亲戚》《游西湖》等，都是有代表性的优秀作品。他认为，传统曲艺大都是劳动人民的创造，我们没有理由轻视它、抛弃它，但一定要分清哪些是民族性的精华、哪些是封建性的糟粕，好好地加以扬弃；即使是基础很好的传统曲艺作品，也要认真整理、加工、提高，使之呈现出新的面貌，以满足群众文化生活的需要，并作为创造新曲艺的借鉴。

无论是搞创作，还是改编、整理工作，王尊三都认真对待，尽心尽力地去做。他戴着老花眼镜，手执小羊毫笔，总是不停息地伏案写作，常常废寝忘食。每当写出一篇或一部作品之后，他又总是像小学生那样虚心倾听周围一些同志或群众的反映，反复修改。他这种不知疲倦的工作精神和谦虚态度，给人们留下了深刻的印象。

王尊三同志离开我们五十多年了。他全心全意、勤勤恳恳地为党和人民的革命事业奋斗了一辈子，他的革命精神，他对党的曲艺工作的贡献，是不会磨灭的。

人民艺人靳文然

李 良

靳文然

靳文然（1912—1964 年），原名靳成彬，字质儒，河北滦南人。乐亭大鼓艺人，靳派（"西路"）唱腔创始人。

1933 年开始独立演出，长期与名弦师贺连起合作，人称"金玉合璧"。1944 年，到滦县抗日游击区进行抗日救亡宣传。次年与高荣远搭档，演唱抗日作品《火烧钟家滩》《与民复仇》及自己创作的《骂蒋鹏飞》等曲段。1947 冬，到唐山演出《满汉斗》《破宿州》《三省庄》《捉拿花蝴蝶》等中篇书目。新中国成立后，创作、改编并演出《听窗根》《事故小传》《喜丰收》《探母》《林海雪原》《百炼成钢》等书目。1950 年，创作并演唱配合政府公债发行的曲段《胜利公债》，时任唐山市长李一夫为此赠条幅："人民艺人靳文然，你用文艺的形式将政策清楚地交代给群众，这是你的成功，也是你今后的方向。"

靳文然曾任唐山市曲艺实验队队长、唐山市曲艺说唱团团长、中国曲艺家协会理事、河北省曲艺家协会筹委会副主任等职。

乐亭大鼓起源于清朝初期的河北乐亭县，当时，乐亭城内人们在闲暇时，经常弹唱一种名为"清平歌"的小调来自娱自乐。后来又用三弦配奏清平歌，这样相对旧曲的唱腔有了较大的改动，于是被称为"乐亭腔"。之后，艺人们又在伴奏上增添了鼓、板，而且在演唱形式上改"唱而不说"为"唱而兼说"，乐亭腔进而形成乐亭大鼓。提到乐亭大鼓，有一个无法绕过的艺术大家，那就是靳文然。

靳文然，河北滦南人，原名靳成彬，是乐亭大鼓靳派创始人。他的演唱艺术至今仍被曲艺界所称道。

和很多早期的民间艺人相比，靳文然的早年生活并不算非常贫困，家中还有四亩薄田用以度日。后来他的父亲又经营鞋铺。靳文然只读了两年私塾，就回家帮助父亲料理鞋铺的生意。他的父亲非常喜欢曲艺，与乐亭大鼓艺人丁佩城、戚永武等交情深厚，而丁佩城、戚永武等人在滦南一带演出也是经常住在靳家。这样，靳文然受到曲艺氛围的影响，也逐渐喜欢上了乐亭大鼓，时不时跟着两位艺人学上两段。

好景不长，靳家鞋铺因经营不善无法维持，面临破产，而靳文然上学不多，眼看着没了"饭辙"。走投无路之下，靳文然决定下海学艺，拜乐亭大鼓艺人丁韵清和戚永武为师，专门学习演唱乐亭大鼓。三年期满，靳文然学业有成，很快在滦南一带崭露头角。同时，丁韵清还将自己的琴师贺连起介绍给了靳文然。贺连起是当时著名的琴师，曾有"王宝合、贺连起，滦县两把金交椅"（指弦师技艺）之说。靳文然与贺连起搭档以后，不断探索唱腔以及板式运用，改革了很多旧式的唱腔，为以后靳派唱腔的产生打下了坚实基础。

为了使自己的演唱艺术得到更大提高，靳文然走出滦南，来到了乐亭大鼓的发源地乐亭县，拜访求教于乐亭大鼓名宿齐祯。齐祯被人尊称为齐老尊，是乐亭大鼓艺人温荣的大徒弟，而这个温荣，正是当年恭王府献唱的乐亭大鼓艺人之一。齐祯深得温荣的真传，在演唱技巧和表演方式上，可以说炉火纯青。齐祯对靳文然的表演给予指点，使其演唱艺术进一步提高，并传授给他《拷红》《捉拿花蝴蝶》等书目。

乐亭大鼓的唱腔非常丰富，要求字正、腔圆、韵足、味浓，在讲述故事的时候，也要做到气氛真实、色彩鲜明、气口得当。另外，对于鼓板的配合要求也非常严格。

靳文然吸取了各位前辈的经验，同时还不断借鉴姊妹艺术的精华，丰富自己的舞台表演。他注重人物性格的刻画，根据不同的人物、场景，来调整自己的唱腔，使得人物的性格更加丰富饱满、个性突出。同时，他还从乐亭皮影等姊妹艺术中汲取了一些音乐元素，扩展了大鼓的唱腔。他还发挥板腔灵活多变的特点，促进了乐亭大鼓曲调从曲牌联套体向板式变化体过渡。

经过不断改革、创新，靳文然的乐亭大鼓表演起来节奏轻盈明快，行腔流畅，韵味醇厚，优美动听。他凭借着深厚的表演功力，可以轻松驾驭不同风格、不同题材的曲目，豪壮处如瀑布直泻，壮人肝胆；委婉处如涓涓细流，沁人心脾；凄切处声情动人，催人泪下；含蓄处深蕴哲理，耐人寻味；风趣处亦庄亦谑，令人解颐。很多曲目成了他的代表作，如《拷红》《双锁山》《樊金定骂城》《貂蝉进帐》《长坂坡》《蓝桥会》《天水关》《黛玉葬花》等。

为了广泛传播乐亭大鼓这门艺术，靳文然不断扩大自己的演出范围。1944 年，他来到滦县抗日游击区演出，并在这里遇见了乐亭大鼓名家高荣远。高荣远很早便接触了革命思想，先后创作了《火烧钟家滩》《与民复仇》等曲段。靳文然与高荣远合作，也演唱了自编的《骂蒋鹏飞》等宣传抗日锄奸的新曲段。在解放区的演唱经历中，靳文然对革命文艺在人民群众中的作用认识更加深刻。

随后，靳文然回到唐山，在茶馆里表演《满汉斗》等新书及一批传统书段，受到了广大听众的认可。当时署名长风的作者在《唐山日报》上以《烛影摇红 珠落玉盘》为题发表文章，说他的演唱"于声音里有着意境""有声有色，音韵并茂，绝非等闲的靡靡之音"。

1948 年，唐山解放，靳文然担任了唐山市曲艺实验队队长、唐山市曲艺团团长。为了发挥曲艺的宣传作用，他多次组织曲艺团来到农村，深入部队、工厂，为基层群众表演节目，宣传革命思想。在此期间，他还创作了一系列的新节目，如在 1950 年国家开始发行胜利公债时，创作和演出了《胜利公债》。另外，还有反映基层群众生活的曲目《探母》《运粮路上叙家常》《粪状元》《听窗根》等。当时的唐山市长李一夫为此亲笔题赠条幅："人民艺人靳文然，你用文艺的形式将政策清楚地交代给群众，这是你的成功，也是你今后的方向。"

靳文然所创立的靳派唱腔，成为乐亭大鼓的主要流派，传播甚广。靳文然不断培养新人，努力为乐亭大鼓的发展做出新贡献。靳派传人有贾幼然、高小然、刘少然、高瑞峰、萧云霞、赵凤兰等。这些人的成长无不倾注了靳文然的心血。20 世纪 80 年代以来，他演唱的一些唱段被制成录音带，至今畅销不衰，为后人留下了宝贵的资料，可谓"故人已去，音韵长存"。

阜平村庄戏，烽火中的利剑

张曙红

开春了，柳絮里的村戏陆陆续续回来了，一台挨着一台，一村连着一村。鲜艳的扮相、舞动的衣袖，成了初春最亮的颜色。"咿咿呀呀"的唱腔在村落上空、巷子深处飘扬，呼唤着人们带上小凳子从四面八方赶来，正襟危坐，等待那一通急促的鼓点突然击穿还眠在冬天里的自己。

因为村庄戏，春天就实实在在地落到了人们的心坎上。

这是冀西，山地阜平。

村庄戏是阜平乡土文化里的一道大餐。不论梆子、老调，不论豫剧、坠子，都有着一群一村的人去追逐。阜平是全国脱贫攻坚动员令发出的地方，如今这里已经实现了脱贫，正走在乡村振兴的路上。

然而，向前推推时间，回到烽火岁月，村庄戏却是一把又一把投向敌人的利剑。

一

作为全国第一个敌后抗日根据地的开创地，阜平的红色历史是厚重的、丰满的，其中的晋察冀文化史更有着许多不可磨灭的印记。走进这山地，你会想起《晋察冀日报》《晋察冀画报》、抗敌剧社、西北战地服务团；会想起邓拓、沙飞、孙犁、丁玲，想起汪洋、张非、田华和《白毛女》。

在这片贫瘠的热土上，在血与火的淬炼中，阜平人民用小米、红枣、鲜血和生命呵护着文艺机关和文艺战士，营造了文化发展所必需的环境，使各个文艺组织团体得以在这里生根发芽，成长为晋察冀边区乃至新中国的文化艺术之花。

战火纷飞中，阜平人民唱歌，演戏，搞冬运，办民校，武装自己，对敌斗争。其中，歌咏运动是边区人民最先接触到的文化媒介，是晋察冀文化运动的火把。阜平就像干柴迎火，歌咏运动蓬勃而起，广泛展开。阜平的一位老乡曾经告诉作曲家张非这样一句话：

"八路军来了，谁也会唱歌子啦！"

来边区考察的著名教育家、民主运动战士李公朴，为边区轰轰烈烈的歌咏运动而深感震动。他看到阜平城南农民歌咏队的指挥，不是艺术家，而是该村打烧饼的一个小商人。这些歌咏队不但能够简单地合唱，而且能够轮唱，二声部甚至四声部。田野、村庄、会场，总能听到响亮雄壮的歌声，彼此挑战，彼此竞赛。

中国文坛巨擘周而复在1943年秋，作为八路军总政治部派遣到前方文艺小组的一名组长，赴晋察冀根据地参加战斗生活，进行文学创作。他在《晋察冀行》一书中，也生动描绘了边区文化的璀璨和繁荣，指出晋察冀文化运动已在歌咏的基础上发生了变化，村剧团已经成为文化的"活动和领导中心"了："边区的乡村文艺是很活跃的，荒凉而又寂寞的山谷，如今变成了充满歌声的乐园了。平时，差不多每一个青年农夫农妇都会唱三个以上的新歌子。在边区黄昏时分，走在路上，可以看到三五成群从田地里回来的农民男女，捎着锄头，唱着新歌子，有的还在指挥，扣拍子，一路'嘻嘻哈哈'地走回去。过年，过节，过纪念日，更是活跃的日子，全村全县全边区便卷入文化娱乐活动的热潮里去了。演戏，唱歌，扭秧歌，打霸王鞭……这时候，大半以村剧团为活动和领导的中心。"

的确如此，铺天盖地发展的村剧团已经擎起晋察冀边区抗战文化的半壁江山。

1939年，单是北岳区，就有一千多个村剧团。后来，为了提高质量，改编缩减，留下的也有七百多个。1940年6月，阜平县健全了区文救机构，开展乡村文化竞赛和社救工作，全县村剧团达到一百七十一个。

在歌咏运动拉开抗战文化序幕后，戏剧逐渐成为组织群众、宣传政策、鼓舞士气、凝聚力量最重要的、最普遍的，也是最有力的文化艺术形式之一。一场场演出就像一把把利剑，刺向敌人的心脏，文艺已经成为"战胜敌人必不可少的一支军队"。

二

阜平广安镇是一个商业发达的中心集市。广泛开展的群众锄奸工作中，在广安，周而复曾为我们留下一个珍贵的镜头。

一个集日，村里的小学教员、村干部和村剧团配合，演出了一个以锄奸为内容的街头剧。情节非常简单：一个新来的小学教员化装成汉奸，在一个卖零食的小贩那儿吃东西。吃完之后，拿不出钱来，掌柜的要求付钱，他不肯付，马上有人上去盘查。盘查之下，发现这个人是汉奸。此时，全集骚动，群情激奋，连小贩和赶集的群众都真以为他是汉奸，所有人都卷入剧中，分不清谁是演员和观众了。逼真的演出使群众锄奸的警惕性空前提高。

不用场景，没有道具，不受人数限制，却能收到很好的效果。这样的演出情形到处可见。

1942年12月27日，天气寒冷，阜平县城的街上只有稀稀落落的叫卖声。一间土坯房里却热火朝天，一群人正在热烈发言。会议是阜平文宣部主办的。参加会议的有教联、区中心剧团、区联络员及部分乡村艺人。他们正在就新年文艺工作进行座谈讨论，激动的时候，有人甚至站了起来。最后，他们达成一致，下来要做好"六件事"：选举中心剧团一至三个；发动创作运动；使阜平到处听到歌声；各剧团的活跃要与冬学联系；新年中举行团拜，并向抗属拜年；利用旧形式，新旧剧互相配合。

他们又非常诚恳地开展批评和自我批评，检讨了过去村剧团的风头主义、英雄主义、互相轻视的宗派主义和铺张浪费等不良倾向。全体与会同志都表示一定要克服这些缺点，改变作风，扩大乡村文化战线。

这是一个缩影，一个富有朝气、极具战斗力的晋察冀抗战文化阵地的缩影。他们编剧演戏，通过生动形象的演出，教育引导着群众，在民族解放大潮中奋勇前行。

扩军中，响着剧团高亢的鼓点。阜平县组织宣传队，深入乡村，采取演讲、歌舞、戏剧等形式，进行宣传发动，掀起参军热潮。一台台精彩纷呈、鼓舞人心的大戏随处可见，在山坳、在林间，人头攒动，亢奋的唱腔直上云霄。时机成熟，在戏场马上设立报名台，进行热烈的报名登记。唱的戏大多是剧团自己创作的。阜平十区"七月节"大会上，区干部编写演出的参军话剧《三朵光荣花》、平房村剧团秧歌剧《动员丈夫上前线》，一时脍炙人口。八年抗战，阜平走出了一支支"阜平营"，不足九万人口，却有两万人参军参战，五千人英勇牺牲。在扩军剧目中，有一出小歌剧《弄巧成拙》，剧情大致是说，老汉老婆为了让两个儿子长根、连元能为他们养老送终，不想让他们参军打仗。老婆设巧计用给大儿子长根定亲、给二儿子提亲留住哥儿俩。不想未过门的儿媳思想进步，劝说未婚夫先参军打鬼子，把鬼子赶出中国后再结婚。结果，两个青年奔赴前线，老汉老婆设计不成，"弄巧成拙"。剧本对白生动，一气呵成，情节曲折，感染力强。

大生产运动里，有着剧团完美的"扮相"。1944年5月19日，《晋察冀日报》以《文艺为大生产服务，广安村剧团搞得好》为题，报道了阜平广安村剧团在服务大生产运动中的事迹："多年以来，广安村剧团一直能坚持工作，在年节、三八、四四不断演出。现在，他们响应上级号召，抓紧庙会、集市进行大生产宣传，准备了半月，在四月二十五日庙会上，演出了十不弦《群英会》、霸王鞭《儿童生产，五不运动》、河南坠子《胡顺义生产计划》、街头剧《春耕剧》，晚上演出话剧《活是英雄死好汉》《陕甘宁怎么样》，共约五小时，观众有千人以上。"1944年12月，晋察冀边区召开第二届群英会，最有戏剧性的是英雄上台演"英雄"。由城厢村、高街村剧团联合演出《胡顺义》《高街做鞋组》《两家乐》等节目，边区"劳动英雄"代表胡顺义、陈富全亲自上台，自己演自己，颇得英雄和观众好评，为群众树了榜样。

改造懒汉，翻动着剧团的台步。当时，全边区提出"没有一个懒汉"的大生产口号，通过帮助、批评的形式，促使他们加入互助组、合作社，使之能自食其力，实现生活质量的提高，改造了一大批懒汉、懒婆、地痞、巫婆、神汉。村剧团以此为内容，编剧演出，教育群众。1944年，城厢剧团在"七月节"大会上演出的秧歌《懒汉回头》，受到大家赞赏。平石头村剧团的《劝卷子》更是拯救了一个家庭。卷子是个抽大烟、不干活儿的懒汉，家里本来是好光景，有土地、骡、牛、羊等财产，却被他抽得倾家荡产。十冬腊月，老婆孩子连棉衣也穿不上。演出后，卷子全家深受感动，老婆孩子啼哭威胁他；卷子也羞得躲在家里，一天不敢出来。最终，悔过自新。

在阜平，还活跃着许许多多"文可登台，武可战斗"的游击队剧团。他们拿起枪来，保卫家乡；放下武器，演戏武装群众。阜平八区的桑元坪就有这样一个剧团。这里靠近敌占区，敌人经常抓夫，抢粮，修炮楼，老百姓成天藏在崖堂里不敢出来。游击组守在山头，用地雷把敌人封锁住。为迷惑敌人，他们扎了个草人，草人手里拿着手榴弹，站在大道上，下面埋了雷，敌人看见就打枪，费了不少子弹，人却不倒下。敌人上火了，上山拔了草人，引爆了地雷。老百姓在山上看得清清楚楚，都笑了，对游击组说："编个剧，怎么做的怎么编。"鬼子听见村里敲锣打鼓的，知道又演戏了，急得在炮楼上直蹦乱跳，就往村里打炮。老百姓知道鬼子不敢下来，该演还演。敌人在此待了两年多，老百姓历经了千辛万苦，可是听见锣鼓一敲，游击组演戏，心里就亮堂堂的，浑身有劲儿了。

生旦净丑、唱念做打。村戏朴素，却因其独有的艺术魅力，在抗战文化前沿独占鳌头。那一串串毽子翻，那眼花缭乱的耍花枪，还有那抑扬顿挫、句句铿锵的唱腔，在减租减息、拥军优抗、男女平等、民主选举等抗战工作中大展风采。

三

1947年冬，大雪后的阜平红土山村，一间低矮的民房，挂着一条雪白的门帘，偶尔飘动翻飞。丁玲坐在炕上，破题开写文学巨著《太阳照在桑干河上》。

在红土山，丁玲完成小说的一半文字，创作很辛苦。那时，驻在村里的机关都搬走了，只剩下丁玲和萧三两家，有些清冷。在给儿子的信中，她说春节也过得很寂寞，唯一一次娱乐是到几里地外的家北村，在冀晋行署礼堂看了一场《三打祝家庄》。

家北村，连同对面的庙台、史家寨，曾是晋察冀边区党政军机关驻地，漫山遍野都是机关的窑洞。抗敌剧社、冀晋剧社和冲锋剧社等都住在这里。除了丁玲看过的《三打祝家庄》，自然还有许多戏，像《兄妹开荒》《李自成》《花木兰》等，天天都有戏看。丁玲看过这里的戏，她的家人还排过戏，演过戏。为欢度春节，丈夫陈明给勤务员张来福和正在阜平育才小学读书的女儿蒋祖慧，排演了陕北秧歌剧《姐妹顶嘴》《夫妻识字》，在史家寨集上演出，很叫好。

戏剧成为晋察冀边区不可或缺的生活内容。

阜平乃至晋察冀边区戏剧创作史上的顶峰，应该是《穷人乐》一剧的诞生。

1942年5月，毛泽东发表《在延安文艺座谈会上的讲话》，明确指出"革命文艺根本方向是为人民服务，首先是为工农兵服务"。这一号召提出后，最先表现出成绩来的就是戏剧，当年就有新式秧歌出场。戏剧作品从思想内容到艺术形式，都发生了广泛而深刻的变革。延安和陕甘宁边区的新秧歌运动开始得最早，成就和影响也最大，带动了整个解放区的群众性戏剧活动。《穷人乐》就是在这样的背景下产生的。

1945年1月，在家北村召开的晋察冀边区第二届群英会上，阜平高街村《穷人乐》一剧打了头炮，进行慰问演出。四天连演，盛况空前。演出后，中共中央晋察冀分局、边区政府等党政军民机关领导设宴招待了剧组全体演员。程子华等首长亲自陪餐，还在家北村边区礼堂附近的新华园澡堂请他们洗了澡。会餐时，程子华代政委给予嘉勉："高街村剧团把《穷人乐》演活了，这种方法可以推广到部队、乡村、机关、学校、工厂里去，这样大家就都可以演起戏来了。"

看戏的英雄们完全被高街村的群众演员所吸引，一会儿难过落泪，一会儿开怀大笑，他们感到这个戏是在演自己的事。一时间，《穷人乐》成了大家会下热议的话题。专业剧团的同志们也说："我们不敢演戏了！"阜平县南下干部李逢尊回忆说，第一场"加租加佃、卖儿卖女"演的就是他们家的事。当时，他也在现场观看。史家寨、庙台等村的山冈上都架着机枪，舞台上"地雷"爆炸后，担任警戒的战士差点扣动扳机；而入了戏的战士因为沉浸在对剧中地主的仇恨中，竟向演员开了枪，所幸没有伤到人。可见，《穷人乐》一剧编演是相当成功的。

1945年2月，中共中央晋察冀分局发布《关于阜平高街村剧团创作的〈穷人乐〉的决定》，肯定"这是我们执行毛主席所指示的'文艺为工农兵服务'的新成就"，"实为我们发展群众文艺运动的新方向和新方法"。1945年2月25日，《晋察冀日报》发表题为《沿着〈穷人乐〉的方向，发展群众文艺运动》的社论，号召全边区向高街村剧团学习。

《穷人乐》一剧之所以成功，除了其紧扣时代脉搏的主题外，自编自导自演的"群众制造"是个最重要的原因。在《穷人乐》的编演过程中，在台词、动作、舞蹈等方面有着许多的"群众制造"。比如动作，在排战斗与生产结合一场时，他们自动在台上转场，只拿一把镰做收割，用动作表示"扎麦个儿"；扛到场里，一个人铡麦穗，两个人"蠕麦个儿"；一个人摊开，三个人把臂膀互相拐起来，就在台上拉起碾子了；用动作表示"扬场"等，动作既准确，场面又美观。再如舞蹈，"打蝗虫"本来不好表演，但是大家表演得既到位又好看。全体演员分为三组，台正面一个组，背对观众蹲下，用鞋底打；另外两个组用树枝从两边轰，轰到正当中，一齐打死。动作用锣鼓配合，使节拍一致，马上就有了一种舞蹈的感觉；越打越急，锣鼓也越打越快越响，人往一堆儿集中，终于消灭了蝗虫。最后大家唱着歌下台，场面很有力量。

《穷人乐》融合着话剧、活报、快板、歌唱和舞蹈等艺术形式，把艺术描写的对象及编剧、导演、演员等高度统一在群众身上，或者说统一在群众集体的创造中。不少演员，如边区有名的先进典型陈福全、周福德、李盛兰等，就是真人上台，自己编，自己导，自己演自己。

所以，抗敌剧社社长丁里说："《穷人乐》并不是在'编戏'，而是在表现着群众自己的生活、自己干过的事。《穷人乐》的演员并不是在'背诵台词'，而是在说着自己心里的和曾经说过的话。《穷人乐》并不是在'作戏'，而是在生活着。"

《穷人乐》的成功，不仅为发展群众艺术运动指明了方向，而且在《穷人乐》的推动下，晋察冀边区在欢庆抗战胜利和土改翻身运动中，群众文艺空前活跃，各地村剧团自编自演了大量庆祝翻身解放、支援前线的戏剧，涌现出了一大批实践和发展《穷人乐》方向的模范村剧团。

第三辑　音乐鼓角

张寒晖与《松花江上》

寇建斌

张寒晖

张寒晖（1902—1946年），河北定州人，学名张兰璞，字含辉。1925年11月加入中国共产党，1926年5月5日成立了中国北方第一个红色剧社——五五剧社，创办了《戏剧》周刊并出任主编。1928年考入北京艺术学院戏剧系从事进步戏剧创作和演出。1930年参加革命工作，历任定县（今河北省定州市）"左联"负责人、中共定县县委负责人等职。1930年夏，他进入定县教育馆工作，向农民宣传反帝反封建思想。九一八事变后，创作了第一首歌曲《可恨小日本》，继又创作了抗战歌曲《告我青年》。1932年，他应邀到西安教育馆从事教育、戏剧演出及报刊编辑等工作。1933年夏回到定县，参加了平教会的工作，他以平教会职员身份为掩护，担负起了党交给他的各项重要工作。1936年创作了著名的抗日歌曲《松花江上》，激励无数爱国志士投身抗日救国。1941年8月，他撤往陕甘宁边区根据地。1942年5月来到革命圣地延安，创作《军民大生产》《去当兵》等七十多首抗战歌曲，被陕甘宁边区人民称为"人民艺术家"。

或许有人会对张寒晖这个名字感到陌生。然而，对《松花江上》这首歌，恐怕大多数人都耳熟能详。

　　我的家在东北松花江上，那里有森林、煤矿，还有那满山遍野的大豆高粱。我的家在东北松花江上，那里有我的同胞，还有那衰老的爹娘。九一八，九一八，从那个悲惨的时候，九一八，九一八，从那悲惨的时候，脱离了我的家乡，抛弃那无尽的宝藏……

这首饱含血泪和悲愤的歌，诞生已有半个多世纪。它在东北沦丧，日寇大举入侵，中华民族面临生死存亡的紧要关头，唤醒了民族之魂，点燃了遍地抗日烽火，至今仍激扬着中华儿女强烈的爱国主义热情。对于这首歌，我们不会忘记，对于英年早逝长眠于西北高原上的词曲作者、人民音乐家张寒晖，我们也不应忘记。

一

早春，积了一冬的冰雪刚刚融化，老榆树的枝条开始舒展泛青，庄稼汉子们放下舔干净的饭碗，圪蹴在向阳的街头，眯着眼晒暖。村子仿佛仍在冬眠着，一片死气沉沉。

这时，从张家颓败的青砖门楼里走出一老一少。令人大为惊讶的是两人头上竟然毫发不存，不仅辫子没了，而且剃得锃光瓦亮。人们站起身，瞪大眼睛，疑心是哪里来化缘的和尚。谁料却是村长康清波和张家的二小子。大家大眼瞪小眼地盯着他俩，感到大惑不解。一位辈分高的老汉喝问："清波，你疯了，怎么刮成个罐子？"康清波哈哈大笑道："罐子好哇！"他一手摸着自己的光头，一手抚着身边男孩的光头，高声道："老罐子，小罐子，早晨省了梳辫子。"男孩子接口说："一个老，一个小，罐子就比辫子好，如今皇上已打倒，顽固的辫子长不了！"说罢，二人相视大笑。

这男孩就是张寒晖。

张寒晖，原名张兰璞、张含晖，1902 年 5 月 5 日出生于顺直省定州（今河北省定州市）西建阳村一个衰败的书香门第。祖父琴诗书画皆通，曾考取功名，却弃官不做，终生过着恬淡的田园生活。父亲以教书为生，酷爱民族音乐，是位进步的民主人士。定州本是我国著名的秧歌、吹歌之乡，而张寒晖又出生在这样一个具有一定艺术素养和进步思想的家庭，于是一颗艺术的种子在一块丰厚的艺术土壤上发芽了。当剪辫子的风潮来到这里时，具有开明民主精神的村长康清波来到张家，让张寒晖的父亲先给他剃了光头。寒晖的父亲刚要让康清波给自己剃，小寒晖抢先坐在了方凳上，把头伸到康清波跟前说："先给我剃吧！"康清波见他父亲含笑默许，真就给他剃了。

这件事在张寒晖幼小的心灵里留下了深刻的印象。五四运动爆发时，张寒晖正在县城省属第九中学读书。他思想活跃，追求进步，艺术兴趣十分广泛。他率领同学走上街头，宣传抵制日货，呼唤科学和民主，还自编自演，排练新剧，到县城集市上表演。

人们第一次看到这样新奇的表演，围得里三层外三层。演出完毕后，围观群众跟着学生振臂高呼口号。浩大的声势震动了县衙，县衙派人找到学校，要求校方严加惩戒。张寒晖作为领头者，在学满三年即将毕业之际，被开除了学籍。

同学们对他的遭遇很同情，通过一位同学的关系，张寒晖进入了保定师范附中，大家纷纷解囊，为他凑足了学费。值得庆幸的是，这是一所北方少见的民主进步学校。《新青年》《每周评论》等进步书刊在学生中公开流传。张寒晖在这里如鱼得水，开始学写白话诗，编新剧。在对革命逐步加深理解的同时，对艺术有了更明确的追求。

二

张寒晖中学毕业后，报考了北京戏剧专科学校。在剧专，他学的是表演。他对艺术的理解和感受力很强，经过专业学习和训练，艺术才华很快便显露出来。他演什么像什么，尤其擅长扮演老太太，形象逼真，惟妙惟肖，常常赢得阵阵掌声。一年后，剧专突然被解散，他又考入北京艺专。在这里，他很幸运地遇到了著名学者、音乐家赵元任教授。张寒晖广泛涉猎各艺术门类的同时，对民族音乐、河北梆子、河北民歌及昆曲进行了系统钻研，掌握了扎实的乐理知识和作曲理论，为以后的音乐活动奠定了坚实的基础。

同时，张寒晖积极投身政治斗争，向党组织靠拢，于1925年10月加入共产主义青年团，并很快转为中共党员。按照党的指示，他先后参加过工业专门学校工人俱乐部和北京青年俱乐部的工作，并成为北京青年俱乐部的领导者。三一八惨案时，他参加了天安门抗议集会游行，接受了血与火的洗礼。这期间，他还组织五五学社，出版《五五剧刊》，创作了《他们的爱情》等剧本。他的革命活动引起反动当局的注意，遭到宪警通缉和搜捕。在党组织的安排下，他潜回定州老家躲避。

1928年6月，张作霖在皇姑屯被炸身亡，北京归国民党政府管辖，改名北平。北京大学艺术学院恢复艺术系，张寒晖重返北平考入该系。他经常参加各种演出，积累了丰富的舞台经验。张寒晖毕业后，因学业优良，留校担任助教。在此期间，他深入钻研马列主义理论和艺术理论知识，创作了以反封建为主题的三幕话剧《黄绸衫》，还参演过《终身大事》《英雄与美人》《一片爱国心》等剧。因为反对校方的艺术至上主义，宣传马列主义艺术理论，为学校所不容，后解职回到本县。直到"左联"在北平成立，他才重回北平，加入"左联",帮助组织新兴剧社。

九一八事变后,张寒晖一团怒火心中烧,采用古老民歌《三国战将勇》曲谱,创作了歌曲《可恨的小日本》,又以《满江红》的曲调创作了歌曲《告我青年》,号召青年"激奋起,齐赴国难"。从此,他开始了用歌曲唤醒民众、投身抗战的革命艺术生涯。

三

1932年春,一封来自陕西省教育厅的信函伴着漫天飞舞的杨花柳絮飞到张寒晖手中。昔日艺术学院的学友和同志刘尚达回到陕西后,被杨虎城将军委任为陕西教育厅第四科科长兼民教馆馆长。他上任伊始,立刻邀请张寒晖赴陕共事,委任张寒晖为民教馆总务部部长。

在民教馆,张寒晖如鱼得水,充分发挥了自己卓越的组织才能和艺术才华。他首先放手整顿馆务,使这个死气沉沉、无所作为的文化机构变得生机勃勃,充满朝气。同时,办起民众剧社,亲自编导《不识字的母亲》等剧目,在西安多次演出,引起很大反响。在西安艺术界,张寒晖获得较高声誉,被公认为真正的艺术家。然而好景不长,随着杨虎城将军被蒋介石免职,他和刘尚达也被赶出民教馆。

1936年夏,东北军集结到陕西。为了加强对东北军的工作,张寒晖被调到中共北方局东北特科,在西安二中教书。西安二中有个课余剧团,张寒晖来后不久,按党组织指示,排演三幕话剧《鸟国》。剧本内容是弱国鸟国遭到强国兽国侵略,在鸟王的号召下,鸟国团结起来,一致抗战,打败了兽国。剧本寓意明确,就是抗议国民党反动当局不抵抗主义,激励全国人民奋起抗日。该剧有十多支插曲需要谱曲,周围又没有一位专业的民族作曲家,张寒晖不得已揽下此重任。他虽然有扎实的音乐功底,却没有正式作过曲,而剧团又没有任何乐器,要完成这十多支包括独唱、对唱、领唱、轮唱在内的曲子,对他来说难度颇大。张寒晖没有畏缩,他怀着一腔爱国热忱,投入了创作。没有乐器,便用嘴一遍一遍地哼唱,经过反复修改,终于完成了全部曲子。他悄悄唤来"鸟王"试唱,"鸟王"唱完,兴奋地跳了起来,连声叫好。张寒晖心里有了底,请来乐队,抓紧排练。

西安事变前二十天,《鸟国》在西安二中大操场进行了首场预演。校内外两千多名观众前来观看,演出气氛热烈,盛况空前。接着,又连续进行了几次正式演出。《鸟国》的演出轰动了整个西安,取得巨大成功,标志着张寒晖真正踏进了作曲艺术的殿堂。之后,张寒晖打开了艺术创作的闸门,一首首充满战斗激情的曲子接连而出,其中最著名的便是唱彻全国的《松花江上》。

四

在西安，张寒晖结交了很多东北流亡朋友，了解到无数日寇烧杀抢掠无恶不作的罪行。晚上，望着窗外黑沉沉的夜空，他的眼前掠过一幕又一幕悲惨的场景：兄妹俩被日本鬼子追到松花江边，走投无路，哥哥猛然把妹妹推入江中，自己还没来得及往下跳就被子弹射穿了胸膛，倒在血泊里；一对老夫妇眼瞅着独生儿子被鬼子捆去当劳工，无助地守着茅屋哭泣；抗联战士的头颅，一颗颗挂在城门上……松花江水波浪涛涛，卷走多少东北同胞的血和泪；长白山麓白雪皑皑，掩埋着多少东北同胞的尸骨。他彻夜难眠，蓦然想起自己在北平旅馆半夜听到的一个东北姑娘哭号。姑娘半夜被恶梦惊醒，想起失去的亲人，放声大哭："我的娘啊，我的娘啊，我还能见到您老吗?!"那悲切的哭声，如同老家定县一带妇女哭灵。一种特有的旋律像电光火花一样在他脑海里回旋激荡，他急忙铺纸提笔。

孤灯一盏，万籁俱寂，心中的波涛如松花江水汹涌澎湃。张寒晖在桌上击打着节拍，一遍一遍吟诵、哼唱，当曙光划破黑暗之际，抗战名曲《松花江上》诞生了!

《松花江上》可谓生逢其时，正值一二·九运动一周年。举行纪念活动时，张寒晖听到一位西安同学骂东北同学是"亡国奴"，十分痛心。他语重心长地对同学们说："东北三省是我们祖国的领土，日本鬼子侵占了东三省，对我们每个中国人都是耻辱……"他号召同学们团结起来，积极参加救亡运动。讲到最后，他说："我刚编了一支歌，现在唱给大家听听。"

> 我的家在东北松花江上，
> 那里有森林、煤矿，
> 还有那满山遍野的大豆高粱。
> ……

歌曲悲愤凄凉，如泣如诉，强烈地震撼着同学们的心灵。当唱到"爹娘啊! 爹娘啊!"时，同学们都哭了，一个个握紧拳头，恨不得立刻上战场杀敌。

这是《松花江上》首度公诸于世。

张寒晖的同乡孙志远在东北军从事地下工作，平素两人很要好，当他得知张寒晖新创作了一首抗日歌曲后，马上派驻东城门楼的东北军学兵连的王林来讨要。张寒晖把词曲给了王林，谦虚地说："这支歌刚编出来，还不成熟，你们一边唱一边改吧。"

王林把《松花江上》带回去后，第一学兵连立刻学唱起来，接着又传给了其他几个学兵连。不几天，这首歌很快传遍了西安，成了最流行的歌曲。西安事变前，西安爱国青年前往临潼请愿，队伍行至十里铺，张学良将军赶来，拦住大家。这时有人带头唱起《松花江上》，请愿队伍跟着齐声高唱起来。张学良凝神静听，内心如焚，他站到一块高地上，大声呼喊："同学们！我不是蒋某人的走狗，我没忘记东北三千万同胞处在水深火热之中！不过，今天你们去临潼请愿有危险，请你们先回去，我在一个星期内用事实给你们答复！"

西安事变后，学兵连改编为宣传队，分赴东北军各驻地。《松花江上》迅速传遍了整个东北军，激发了广大官兵强烈的抗日爱国热情。之后，王林把这首歌寄给了在北平从事地下工作的黄敬，署名"佚名"。从此，《松花江上》狂飙一样传遍了全国。

张寒晖创作了这首歌，却从不张扬，以致于很长时间人们都不知道作者是谁。一次，张寒晖参加西安师范举办的进步人士茶话会，有人唱起《松花江上》。大家都称赞这首歌好，问是谁写的，都说不知道。一位知情者激动地拉起张寒晖说："此人远在天边，近在眼前。"

西安事变和平解决后，蒋介石余怒未消，将张学良扣押，强迫东北军"东调"。东北军学兵连话剧队发展为一二一二剧团，已应邀担任剧团团长的张寒晖，被迫和他的剧团跟随队伍离开了西安。临行前，西安二中师生为他送行，大家围立在一座破庙前，拍照留念。张寒晖站在中间，身着戎装，神情肃然，清秀文雅中透出几分英武。在部队"东调"中，他顶着国民党顽固派的压力，带领剧团随处演出，宣传抗日。

不久，学兵连被遣散。张寒晖带着剧团勉强支撑到苏北淮阴，终遭遣散。他只得再回西安二中执教。

这期间，张寒晖对艺术的本质、文艺工作者的任务等问题有了更全面、更深刻的理解，逐步形成了为人民群众所喜闻乐见的艺术风格。先后创作了《游击乐》《去当兵》《夯歌》《干吗要悲伤》等歌曲和一些剧作，导演了多部爱国话剧。

五

1938年秋，在西安通济坊金城旅馆一间普通的客房里，我国现代音乐史上两颗熠熠闪光的巨星相会了。

著名音乐家冼星海不满国民党的黑暗统治，应延安鲁艺音乐系邀请，从武汉长途跋涉奔赴延安。他对张寒晖非常赏识，路过西安时，特意让人找来张寒晖。两人一见如故，谈音乐，谈救亡，谈祖国的前途命运，谈自己的理想抱负，惺惺相惜，相谈甚欢。张寒晖感觉遇上了知音，拿出率领平津流亡学生演出队和斧头剧团在陕南演出时新谱写的《夯歌》手稿，"我刚搞了个新歌，你给看看"。冼星海一边看，一边哼唱，眼里闪烁出喜悦的光芒，猛地擂了张寒晖一拳："好啊！好啊！难得的好歌！"

冼星海到达延安后，发表了《民歌研究》一文。文章将《夯歌》和《松花江上》相提并论，称道这两首歌"都是抗战中最进步的歌曲，都是研究民歌的成果"。

由于张寒晖在西安的革命活动受到国民党反动当局的严密监视和迫害，按照党的指示，1941年8月，他撤往陕甘宁边区根据地。第二年5月，来到革命圣地延安。

一脚踏上这块充满生机的热土，张寒晖感到自己的生命有了质的升华。他以满腔热忱投入开创崭新世纪的伟大斗争中去。党组织对这位人民音乐家十分器重，委任他为边区文协秘书长兼组织部长。他感到眼更明了，心更亮了，对弘扬民族优秀文化艺术、建设革命的大众音乐的信心更足了。

张寒晖的艺术创作呈井喷之势，在繁重的日常工作之余，创作出了大量讴歌革命斗争生活、歌颂边区人民的文艺作品。这些作品题材广阔，种类很多，有曲子戏、秧歌剧、革命歌曲。他采用陇东民歌曲调创作的《军民大生产》，热情豪放，气势磅礴，表现了解放区生机勃勃、兴旺发达的动人景象。新中国成立后，这支歌与《松花江上》一起，被收入周总理任总策划的大型革命舞蹈史诗《东方红》，成为中国革命历史进程中两个历史阶段的标志性曲目。

繁忙的工作和忘我的创作，使得张寒晖的身体大大透支，积劳成疾。1946年3月11日，这位忠诚的革命战士、杰出的人民音乐家病逝于延安，躺在了那块他无限热恋的黄土地上……

党和人民为了纪念这位英年早逝的人民音乐家，在延安文化山为他举行了简朴而隆重的葬礼。他的墓前竖立着一块墓碑，碑上铭刻一行大字：人民艺术家——《松花江上》作者张寒晖同志之墓。后来，这块墓碑被进犯延安的国民党部队毁坏。但是，藏于人民心中的丰碑是谁也砸不掉的，人民将永远怀念这位优秀的人民音乐家。

安娥：从石门走出去的著名词作家

李莉雅

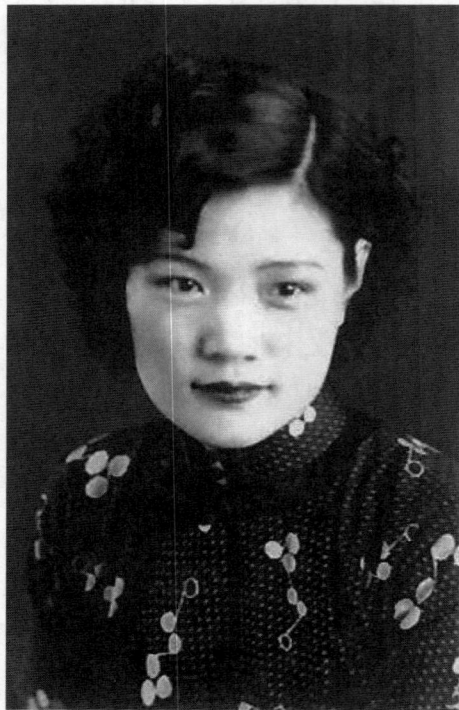

安　娥

安娥（1905—1976 年），河北获鹿人，本名张式沅，中国近代著名剧作家、作词家、诗人、记者、翻译家。早年肄业于北平美术专门学校。1925 年加入中国共产主义青年团和中国共产党，担任北平团的工作，后赴大连从事革命宣传和女工运动。1927 年到莫斯科中山大学学习。1929 年回国在上海中共中央机关工作。1933 年后参加上海进步文艺运动，曾任百代唱片公司歌曲部主任。1934 年为电影《渔光曲》写作主题歌歌词，流传甚广。后来创作的《卖报歌》和抗日歌曲《打回老家去》，也广为传唱。1936 年创作诗剧《高粱红了》，描写一支自发的农民抗日武装同强敌的殊死战斗。1937 年出版诗集《燕赵儿女》《台儿庄》等。抗战期间任战地记者辗转武汉、重庆、桂林、昆明，写有《战地之春》等歌剧剧本。抗战胜利后回上海，执教于市立实验戏剧学校。1949 年入京，曾任北京人民艺术剧院、中央实验歌剧院和中国剧协创作员，著有剧本、翻译、报告文学等作品。

《卖报歌》《打回老家去》《渔光曲》，这三首经典歌曲，想必大家不会陌生。这三首歌的词作者就是安娥，一位蜚声文坛的优秀诗人、作家、剧作家。

这位从石家庄走出的才女，二十四岁便投身中共特科的地下斗争。20世纪30年代活跃于上海左翼文化界，创作出了很多进步歌曲和救亡歌曲。后与《义勇军进行曲》词作者田汉结为红色伉俪，书写了一段红色传奇。

如今在河北省英烈纪念园的英烈墓区，静静地矗立着田汉、安娥的塑像，塑像中的安娥身穿旗袍，昂首向前。这里时常有人来凭吊纪念。

"妈妈，安娥是谁呀？"

"安娥是我们石家庄人，《卖报歌》的歌词就是她写的。"

"啦啦啦，啦啦啦，我是卖报的小行家……"雕塑前，一对母女的对话中充满着对这位出生在石家庄的红色女杰的敬仰。

的确，在很多人的记忆里，这首《卖报歌》占据了儿童时代记忆的一角。这首歌诞生近九十年间，被一代又一代清脆的童声唱起。

这首由安娥和聂耳合作的歌曲，来自一个真实的故事。

那是1933年秋天的一个傍晚，聂耳走到吕班路（今上海市重庆南路）口时，被一个边吆喝边卖报的小姑娘打动了。小姑娘走来走去，匆忙地卖着晚报，声音清脆、响亮、有顺序地叫卖着报名和价钱。聂耳走过去买了几份报，同时跟她聊了起来，知道她父亲有病，家庭生活困难。聂耳看着这个可怜的孩子，心里说不出的难受。他把这事转述给安娥，打算跟她合作一首歌曲，歌里的主角就是这卖报的孩子。

安娥把聂耳难以言说的心情写成歌词，把这些句子念给那个小姑娘听。小姑娘听了一遍像个小大人似的提着修改意见，说可不可以把报纸的价格也写在里面，这样我就可以一边唱一边卖了。于是，歌里就有了那句"七个铜板就买两份报"。安娥和聂耳强强联手，写成了中国第一首"广告歌"。这首歌被卖报的小姑娘唱红了，后来，她也顺路走进了演艺圈，参与拍摄了不少电影和话剧，成了上海滩有名的小童星。从前那个沿街卖报的"小毛头"还有了一个艺名——杨碧君。《卖报歌》曲调明快、流畅，歌词朗朗上口，一经诞生就迅速传唱至大江南北，并流传至今。

安娥，本名张式沅，1905年生于获鹿县范谈村（今属石家庄市长安区）。安娥在兄弟姊妹中排行第八，她的父亲张良弼是清末民初的一位教育家，曾留学日本，给了安娥文学上和思想上的启蒙。作为名门望族的大小姐，安娥有着幸福的童年。可是，在那个动荡的年代，新旧思潮的碰撞，鼓荡着她叛逆的心。1925年，安娥二十岁，几经痛苦抉择的她毅然与家庭决裂，先加入中国共产主义青年团，随即加入中国共产党，走上了革命道路。

1927年，安娥赴莫斯科中山大学学习，1929年回国，在上海中共中央特科从事情报工作，开始了她的红色革命之旅。她接受中共地下党派遣，前往担任中国国民党组织部调查科驻上海中央特派员杨登瀛的秘书，将重要情报直接呈交给陈赓。她的沉稳、机敏、不事张扬的性格颇能胜任诡谲多变的特工工作，使地下党的许多干部化险为夷。

当时，中共正积极争取田汉，安娥作为党对田汉的联系人之一，参与到各项艺术活动中去。她先后参加中国左翼作家联盟、左翼戏剧家联盟、苏联之友音乐组、大道剧社等进步组织，并在这些左翼文艺活动中逐渐展示出自己的艺术天分和创作才华，除发表小说外，开始涉足戏剧创作和表演。

1933年，安娥回到上海进入上海百代唱片公司歌曲部工作。此后的四年时间里，她为《女性的呐喊》《渔光曲》《卖报歌》《打回老家去》《路是我们开》《我们不怕流血》《抗敌歌》《战士哀歌》等进步歌曲和救亡歌曲创作歌词。其中一些优秀作品历经岁月的涤荡，至今仍在传唱。比如创作于1934年的《渔光曲》，既渗透着古典诗词的传统，又糅合了现代生活语言的质朴清新，鲜明地描绘了渔村的凄凉景象："云儿飘在海空，鱼儿藏在水中，早晨太阳里晒渔网，迎面吹过来大海风……鱼儿难捕租税重，捕鱼人儿世世穷。爷爷留下的破渔网，小心再靠它过一冬！"其实，这首歌来源于安娥的生活感受。1926年，她到大连从事地下工作，住在靠海的黑石礁。她时常到海边，见到渔民的悲惨遭遇，心中充满了同情。几年后，这些情景激发了安娥的灵感，进发在《渔光曲》中。

1936年，安娥创作《打回老家去》的歌词。简洁明朗、铿锵有力的歌词唱出了不屈的中国人民最强烈的呼声。在抗战年代，这首《打回老家去》唱遍中国的大江南北。安娥还曾与史沫特莱共赴鄂豫边区采访，歌颂新四军的英勇事迹；她还和邓颖超等当时的妇女领袖发起成立了战时儿童保育院，为抗战时期的妇女儿童事业贡献着自己的力量。

1948年，在党组织的安排下，安娥与丈夫田汉从上海辗转来到西柏坡，在平山县李家庄生活了一段时间。他们回到范谈村走访故居及乡邻，并探望儿时乳母。作为词作者、诗人、剧作家以及小说、报告文学的作者，安娥一生创作了一大批优秀作品，其中不少作品都表达着对家乡故土的热恋。诗集《燕赵儿女》就是她因家乡人民遭受日寇欺凌而发出的慷慨悲歌："我爱我破碎的家乡，我不爱你锦绣的天堂；燕赵的儿女们，生长在摩天的山上。"

安娥还以自己为原型创作了长篇小说《石家庄》。小说动笔于20世纪30年代末40年代初，现存约十几万字。小说中，安娥用饱蘸浓情的笔墨，描绘了一幅20世纪初期石家庄社会的风俗画，同时也是范谈村张氏家族一部文学化的实录。这部小说从诞生后由于种种原因未能公开发表，但安娥对此十分珍视，无论如何颠沛流离、出生入死，总是把它带在身边。

1976年8月18日，七十一岁的安娥病逝。临终前，她一再叮嘱儿子田大畏：把骨灰撒到河北的太行山上、滹沱河边。2008年，田大畏根据母亲的遗愿，将她的一半骨灰埋在太行山下滹沱河畔的石家庄。在经历了漂泊、动荡、激情与牺牲之后，安娥，这位富有才情的红色女杰终于魂归故里。安娥一直被家乡人民铭记，她的故事也一直在家乡传颂。

公木与歌曲《东方红》的缘

郑 标

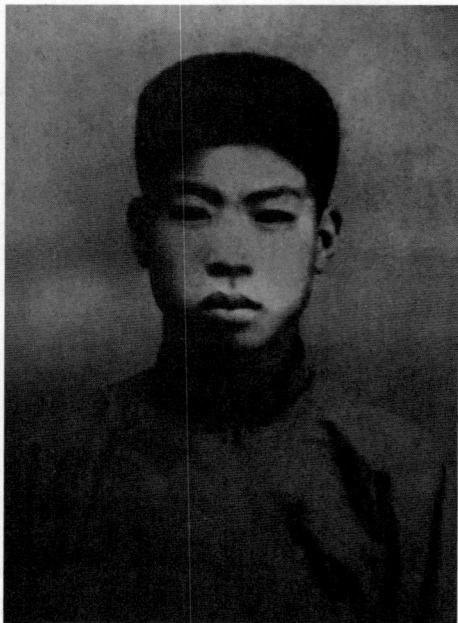

公 木

公木（1910—1998年），河北辛集人，原名张永年、张松甫，笔名公木等，著名诗人、词作家、教育家。先后入读直隶正定省立第七中学（今河北正定中学）、北平大学第一师范学院国文系。1933年写《鲁迅先生访问记》发表在左联机关刊物《文艺月刊》。学生时代积极投身抗日救亡活动，两次被捕。

1933年至1937年，公木先后在山东省立第四乡村师范和河北正定中学任教。七七事变后奔赴晋绥前线，1938年8月到延安抗日军政大学学习并加入中国共产党。1939年秋，与朝鲜籍音乐指导郑律成合作创作一部由八首歌曲组成的《八路军大合唱》，他负责创作《八路军进行曲》《快乐的八路军》《炮兵歌》《骑兵歌》《军民一家》等八首歌词。《八路军进行曲》首演于延安中央大礼堂，1949年列为共和国开国大典曲目，后命名为《中国人民解放军进行曲》。1945年执笔定稿作词《东方红》，1962年写《英雄赞歌》，后在吉林大学任教，创作了《吉林大学校歌》。1998年在长春病逝，安葬于辛集烈士陵园。

公木，乳名顺通，原名张永年，又名张松甫，后名张松如。笔名曾用过公木、木农、龚棘木、章涛、席外恩、四名、魂玉等，以公木行世。"公木"，为"松"字拆分而来。

一

1910年6月21日，公木出生于束鹿县（今辛集市）北孟家庄一个农民家庭。北孟家庄今属中里厢乡，位于辛集市最北端，出村北行数里，即为深泽县。父亲张存义，念过三年私塾。母亲李梅不识字，但性格刚强，对子女管教甚严。

七岁时，公木在外祖父资助下入私塾，读《三字经》《百家姓》。1919年，村里开办初级小学，公木成为新型学校的首批学子，除国文外，开始学习算术、体操等课程。

1922年春，公木升入与本村相邻的深泽县河疃村高级小学。校长曹席卿亲授语文、数学、史地、博物、修身、音乐、美术和体操课，并遣其两个分别毕业于保定第二师范和保定育德中学的儿子帮助教学。一次，曹校长要求学生必须使用"夫、然、故、虽"四个"枢字"和"焉、也、矣、乎、哉"五个"尾字"作文一篇。公木当堂作《雷殛强盗说》，全文加标点，共七十三字。笔伐强盗罪状，言简意赅，情真意切。曹师阅后，朱笔一挥：二百分。又在课堂反复宣读。此情节对公木影响甚巨，使其对文事初心暗许。

1924年夏，公木十四岁，高小毕业。先后赴正定投考直隶省立第七中学，赴保定投考省立六中和育德中学，均被录取。因在省立七中名列榜首，决定入读此校。

直隶省立七中为河北正定中学之前身，1902年创建，初名正定府中学堂，是直隶省最早建立的七所新式学堂之一，在石家庄地区开近代新式教育之先河。直隶七中亦为石家庄地区共产党组织发祥地。在公木入学之时，马克思主义已在校内自由传播。1924年12月，中共直隶省立第七中学支部委员会成立，是为石家庄地区、直隶省公立中等学校第一个早期中共支部，也是中国北方建立最早的中共基层组织之一。

公木入学后，在国文教师赵召德指导下，研习诗词格律，阅读《千家诗》《白香词谱》等，并精读胡适《词选》。赵召德成为其创作白话诗和古体诗词的引路人。

1925年，五卅惨案发生，全校师生罢课声援。公木和同学一起挥动小旗，示威游行，焚烧日货。

二

1928 年 6 月 20 日，北京改称北平，公木即在此期间赴北平投考大学。南京国民政府刚接管，国立大学暂不招生。无奈之下，公木先考入 1927 年刚刚建校的天主教会办的辅仁大学，不甚满意，两个月后又考入北平大学第一师范学院预科。北平大学第一师范学院即后来的北京师范大学。

1929 年 6 月 2 日，鲁迅到北师大演讲，地点为风雨操棚，公木在最前排聆听，给鲁迅留下深刻印象。

在此期间，公木开始创作一些小说和诗歌。

1930 年 1 月，公木加入中国共产主义青年团，随后在校内发起并参加了中国社会科学家联盟、左翼作家联盟北师大小组及华北左翼教师联盟等组织。这年 8 月，因反对军阀混战，公木等五十人一起被捕，羁押于北平警备司令部监狱。一个多月后，因政局变化获释。

1932 年 3 月，公木因参加抗日救亡集会，再次被捕。后由北师大学生会和抗救会联合担保，才重获自由。

公木曾拜访鲁迅并邀请鲁迅到北师大演讲，堪为公木学生时代的重大事件。

1932 年的 11 月 25 日，公木偶然得知鲁迅在京的消息，约同学王志之、潘炳皋去鲁迅寓所探访，受到鲁迅热情接待。其时，鲁迅定居上海，因母病 11 月 9 日至北平探视。

公木将此次会面过程写成《鲁迅先生访问记》，发表于 1933 年 6 月出版的北平左翼作家联盟机关刊物《文艺月刊》创刊号，署名张永年。其中写道："在交谈之际，我们感觉到这位面容清癯、发须斑白的老人，不但没有像某大教授所说的拒人千里之外的阴森气，而且简直是怪可接近的。"

访问结束时，公木等人请鲁迅赴北师大讲演，鲁迅先生慨然允诺。

讲演场所与三年前一样，为北师大最大的室内空间——风雨操棚。但听众实在太多，在鲁迅先生已登讲台之后，又临时决定移至露天操场。有人抬过一张八仙桌，放在操场中间作为讲台，鲁迅被热情的学生从听众的头上抬上方桌。在热烈的掌声和呼啸的北风中，面对数千听众，鲁迅发表了题为《再论第三种人》的讲演。

因频繁参与革命活动，公木被列入当局追捕名单。未及在北师大毕业，公木即开始辗转在山东、河北各处的执教生涯，其中亦包括在母校正定中学任教一年。后又回北师大复学，直至七七事变爆发。

三

1937 年 9 月，公木到达西安。

第一年，公木为了接近前线，主动要求到第二战区宣传抗日，编写若干活报剧、小唱本、歌词。1938 年 5 月，首次以"公木"为笔名，创作出了三百七十三行的叙事长诗《岢岚谣》，塑造了一位面对日本侵略者毫不畏惧的农民英雄形象。此为公木第一次创作长篇叙事诗，也是他第一次尝试用长诗为抗战呼号。

此诗曾被改编为话剧，在延安演出。后被郑律成谱曲，成为大合唱《岢岚谣》。2017 年 8 月 8 日下午，郑律成之女郑小提向山西省忻州市岢岚县博物馆捐赠了父亲郑律成谱曲的《岢岚谣》手稿。

1938 年 8 月，公木西渡黄河，入延安抗日军政大学。

为适应抗日战争需要，中国共产党于 1936 年 6 月 1 日在陕北瓦窑堡成立中国抗日红军大学。1937 年校址迁至延安，改名抗日军政大学。学员主要来源于从部队抽调的干部，并招收一些知识青年，学习政治、军事、历史、民运、统战等课程。

1938 年 10 月，公木成为中国共产党党员。抗大未毕业，他即被调至抗大文工团专职写歌词，不久又到抗大政治部宣传科任时事政策教育干事。在延安，他的创作才华得到了进一步的发挥，诗人火热的抗日激情得以淋漓尽致展现。

延安时期，公木外号"博士"，是陕北高原的"大秀才"。

1938 年底，郑律成调入抗大政治部宣传科任音乐指导，与公木同住一个窑洞。

诗人公木，时年二十八岁，已有《岢岚谣》问世。作曲家郑律成，二十四岁，所作《延安颂》《延水谣》已在陕甘宁边区传唱。共同的革命理想、共同的创作理念、共同的奋斗目标，使两位艺术青年在延安窑洞相聚，不仅升华了彼此的战斗友谊，也造就了一对天造地设的合作伙伴。

1939 年 4 月 13 日，由光未然作词、冼星海作曲的《黄河大合唱》，在延安首演。歌曲慷慨激昂，热情讴歌了中华儿女不屈不挠保卫祖国的必胜信念。受此影响，郑律成也想写一部大合唱。

经过商议，大合唱的名字最终确定为《八路军大合唱》。为了突出"八"字，决定用八支歌组成大合唱。半个月后，公木写出《八路军军歌》《八路军进行曲》《快乐的八路军》《骑兵歌》《炮兵歌》《军民一家》《冲锋歌》，再加上已有的《子夜岗兵颂》，歌词全部完成。从命题构思到谋篇造句，公木都依照郑律成的要求进行。郑律成设想《骑兵歌》中有马蹄嗒嗒前进的脚步声，《炮兵歌》有轰隆隆震天响的气势，《八路军进行曲》则要长短相间，寓整于散，韵律和谐，节奏响亮，中间还要并排安插上三四个字的短句。

延安比不得大城市，条件简陋，窑洞里没有钢琴，也没有风琴，郑律成作曲全靠打着拍子哼唱。9月初，《八路军大合唱》的全部编曲终告完成。

此作从多个侧面塑造了八路军将士的英雄形象，有着锐不可当的前进气势，堪称中国音乐史上一部表现人民军队战斗生活的优秀大合唱作品。

当年10月，《八路军大合唱》在延安中央大礼堂成功首演，引起轰动。演出由鲁迅艺术学院音乐系和抗大女生队共同完成，郑律成亲任指挥。

此后，《八路军大合唱》不仅在抗大学员中传唱，在各个抗日根据地也不胫而走，成为大受欢迎的名作。《八路军军政杂志》正式刊登了《八路军进行曲》和《八路军军歌》。为鼓励郑律成和公木继续合作，多写好歌，八路军总政治部宣传部部长肖向荣特意请他们在延安青年文化沟的食堂吃了顿红烧肉，这在物质生活极为困难的延安，属于相当高级别的奖赏了。

1941年8月，《八路军进行曲》获延安"五四青年节"资金委员会音乐类甲等奖。解放战争时期，《八路军进行曲》更名为《人民解放军进行曲》，歌词略有改动。1951年2月1日，中央人民政府人民革命军事委员会总参谋部颁发试行的《中国人民解放军内务条令（草案）》，将《人民解放军进行曲》改名为《人民解放军军歌》。1953年5月1日，中央人民政府人民革命军事委员会重新颁布的《中国人民解放军内务条令（草案）》，又将其改为《人民解放军进行曲》。1965年更名为《中国人民解放军进行曲》。1988年7月25日，中央军事委员会决定，将《中国人民解放军进行曲》定为中国人民解放军军歌。

作家魏巍挥毫赞曰："解放军之歌是不朽之作。"

四

1945年8月15日，日本宣布无条件投降，抗日战争胜利。公木接受新任务，参加由舒群、沙蒙为正副团长的东北文艺工作团，赴东北工作。全团六十多人以鲁艺师生为骨干，于1945年9月2日从延安出发，10月末到达沈阳。

此间，集体编词，公木执笔，刘炽编曲的《东方红》诞生。《东方红》取材于陕北佳县民歌。1944年2月，佳县移民队移民延安途中，编唱了《移民歌》，共九段歌词。第一段唱词为："东方红，太阳升，中国出了个毛泽东。他为人民谋生存，呼儿嗨呀，他是人民的大救星。"同年冬，公木同孟波、于蓝、唐荣枚、刘炽等到绥德地区采风时，曾采录到它，并编入由公木、何其芳主编的《陕北民歌选》一书。

到了东北，公木将《移民歌》的第一段中的"谋生存"改为"谋幸福"，其余三段均为公木执笔编写。第二段和第三段唱词为："毛主席，爱人民，他是我们的带路人，为了建设新中国，呼儿嗨呀，领导我们向前进。共产党，像太阳，照到哪里哪里亮。哪里有了共产党，呼儿嗨呀，哪里人民得解放。"

公木执笔的《东方红》原本还有第四段，因内容是歌颂东北民主联军，只在沈阳一带传唱过。在 1949 年出版的《大家唱》第二集发表《东方红》歌曲时，署名为张松如改词。

《东方红》后来成为广为传唱的歌曲，人们在提及《东方红》时，在词作者署名中，有李有源作词，李有源、公木作词，集体作词，陕北民歌等各种版本。公木对此并不在意。他认为，只要人们喜欢唱，一首歌曲就体现了它的价值，作者署名与否和如何署名并不重要。

1945 年冬，经中共东北局批准，在本溪创办东北公学。公木先任本溪市委宣传部副部长，后被任命为东北公学教育长。不久，东北公学改为东北大学。公木全身心投入学校建设与授课工作。

《中国人民志愿军战歌》诞生记

张 璐

周巍峙

　　周巍峙（1916—2014 年），江苏东台人，原名周良骥，音乐家，曾担任文化部代部长、中国文联主席。1934 年参加上海左翼歌咏活动，写出歌曲《前线进行曲》《上起刺刀来》。1937 年参加八路军，1938 年 11 月随西北战地服务团来到晋察冀边区。他作曲的《青纱帐起》《人要是没有自由》配合了边区人民反对国民党反动派的民主运动。《李勇要变成千百万》和《李勇已变成千百万》则是周巍峙为边区写的两首姊妹篇歌曲名篇，流传很广。1939 年，他首次指挥演出《黄河大合唱》；1947 年获华北联大文艺学院模范工作者奖。1950 年创作《打败美帝野心狼》，后定名为《中国人民志愿军战歌》。1964 年，组织大型音乐舞蹈史诗《东方红》的创作排练工作。1982 年，领导组织创作、演出大型音乐舞蹈史诗《中国革命之歌》。

雄赳赳，气昂昂，跨过鸭绿江，保和平，为祖国，就是保家乡！中国好儿女，齐心团结紧，抗美援朝。打败美帝野心狼！

七十多年前，这首麻扶摇作词、周巍峙作曲的《中国人民志愿军战歌》曾激励了无数中国人民志愿军将士奋勇杀敌、打击美帝侵略者。正是中国人民志愿军不畏强敌、不怕牺牲的英勇斗争，为新中国的和平与发展奠定了坚实的基础。

——

1950年6月25日，朝鲜战争爆发。1950年10月，朝鲜劳动党和朝鲜政府向中共中央和中国政府发出请求，急盼中国予以特别的援助，出兵朝鲜。中共中央作出抗美援朝，保家卫国的决策。毛泽东主席说，打得一拳开，免得百拳来，我们抗美援朝就是保家卫国。

《中国人民志愿军战歌》的词作者麻扶摇来自炮一师，该师于1950年3月初由湖南出发，班师东北，到北大荒垦荒戍边。因为朝鲜战争爆发，炮一师作为中国人民志愿军的一支预备炮兵部队，奉命第一批入朝参战，麻扶摇就是其中一员。面对侵略者的狂妄野心，炮一师的将士们义愤填膺，纷纷写下请战书，有的甚至用血书来表达求战决心与"抗美援朝，保家卫国"的坚定信念。

"战士们激昂的求战情绪时刻萦绕于我的脑际，使我食不甘味，寝不安席，总感到还应写点什么。在10月中旬连队誓师大会前的一个夜晚，我辗转反侧，浮想联翩，昔日'黄河之滨，集合着一群中华民族优秀的子孙'和'百万雄师过大江'的历史画卷浮现在眼前，使我的视角落在了'中华儿女'的群体形象上。"生前，麻扶摇曾在一篇回忆《中国人民志愿军战歌》诞生过程的文章《〈中人民志愿军战歌〉的诞生：先有诗后有歌》中如是写道。

当时的麻扶摇想，集结在鸭绿江畔的志愿军，不正是中华民族长期经历内忧外患逐渐培育起来的浩然正气，又在新中国人民身上得到升华的历史延续吗？于是"雄赳赳，气昂昂，横渡鸭绿江"的词句涌上他的心头，接着，他又写下了"保和平，卫祖国，就是保家乡"。写完后，他的思路更加开阔了，并对战争前途进行思考，比如下一步，装备极差的中国人民志愿军将与武装到牙齿的美军交战，战争将是十分残酷的，但是，战争的胜利归根结底不是由装备的优劣来决定的。我军广大指战员抱着"抗美援朝，保家卫国"的崇高理想，这种同仇敌忾、万众一心的精神力量完全可以转化为巨大的物质力量，能在相当大的程度上弥补我军武器装备的劣势，赢得战争的胜利。于是，麻扶摇又写下了："中华的好儿女，齐心团结紧，抗美援朝鲜，打败美帝野心狼！"

麻扶摇后来曾表示，当时在写这首作品的时候并未意识到自己是在创作，只是有一种不吐不快的激情。于是，在部队出征前的一天晚上，他趴在煤油灯下连夜写出这首出征诗：

> 雄赳赳，气昂昂，横渡鸭绿江。
> 保和平，卫祖国，
> 就是保家乡。
> 中华的好儿女，齐心团结紧，
> 抗美援朝鲜，打败美帝野心狼。

这就是后来定名为《中国人民志愿军战歌》的原歌词。当时，它以一首诗的形式诞生了。

<h2 style="text-align:center">二</h2>

连夜写完这首出征诗的第二天，在全国誓师大会上，麻扶摇代表全连进行宣誓的时候念的就是这首出征诗。大家一致认为，这首诗表达了全连指战员的共同心声。大会之后，团政治处编印的《群力报》和师政治部办的《骨干报》都先后在显著位置刊登了这首诗。当时，他们连一位粗通简谱的文化教员为它配了曲，并在全连教唱。10月23日部队入朝时，他所在的连就是唱着"雄赳赳，气昂昂"这首歌跨过鸭绿江的。

后来，麻扶摇惊奇地发现，后续入朝的一支支部队都唱着一首曲调乐观、雄壮而坚定有力的歌曲，歌词与他写的这首诗基本相同。当时由于战斗频繁、消息闭塞，他也不知道这首歌词、曲结合的原委。直到1953年，他才知道《中国人民志愿军战歌》形成的来龙去脉。

原来志愿军入朝前，新华社随军记者陈伯坚到麻扶摇所在部队进行采访时发现了这首诗，认为它主题思想明确，战斗性强，很适合当时形势所需。于是，就在第一次战役之后他写的一篇战地通讯《记中国人民志愿军部队几个战士的谈话》中，把这首诗放在文章的开头部分，并做了个别字的改动，把"横渡鸭绿江"改为"跨过鸭绿江"，"中华好儿女"改为"中国好儿女"。1950年11月26日，《人民日报》在第一版发表了这篇通讯，并把这首诗以大一号的字体排在标题下面，以突出的位置介绍给读者。就这样，这首诗又从朝鲜前线传回国内。

时任文化部艺术局副局长的著名音乐家周巍峙生前曾回忆说，当时，他看到《人民日报》刊登的这首诗以后，一下就被震撼了。诗的内容没有几句，但字字分量都很重，这让他感到非常激动，浑身热血沸腾，好像自己就是一位即将"雄赳赳，气昂昂，跨过鸭绿江"的中国人民志愿军战士。看着看着，他便产生了一种强烈的创作冲动。周巍峙表示，那时整个国家刚刚从战争中走出来，人们对战争的体验仍没有淡忘，对解放军的战斗生活很熟悉。党中央决策英明，决定抗美援朝，保家卫国。文艺工作者该做的，就是将文艺作为武器，把军民气势焕发出来、调动起来，凝聚起人心和力量。这一切为这首歌的创作提供了大的背景。

周巍峙仅用半小时就在一张草稿纸上为这首诗谱出了曲，他还接受了时任中国音协主席吕骥的建议，把"抗美援朝鲜"改为"抗美援朝"，把"打败美帝野心狼"改为"打败美国野心狼"，并用最后一句当题目，就是"打败美国野心狼"。由于当时不知道原作者是谁，署名就写成了：志愿军战士词。这首歌先后发表在1950年11月30日的《人民日报》和12月初的《时事手册》上，不久又定名为《中国人民志愿军战歌》。由于这首歌的曲调强烈地表现了抗美援朝英雄岁月的主旋律，充分体现了志愿军和全国人民的钢铁意志和坚强信念，它一经问世，便迅速在全军、全国广为传唱。

作为一个经历过战争年代的音乐家，周巍峙的创作生涯自始至终都和中华民族的解放紧密联系在一起。原文化部民族民间文艺发展中心主任李松曾为周巍峙的秘书，他在《雄赳赳气昂昂跨过鸭绿江——〈中国人民志愿军战歌〉曲作者周巍峙》一文中表示，1950年10月中国人民志愿军开赴朝鲜，11月底周巍峙以无比激动的心情创作的《中国人民志愿军战歌》是他歌曲创作的代表之作。后续的志愿军指战员迈着雄赳赳的步伐，高唱着这首战歌，"雄赳赳，气昂昂，跨过鸭绿江！"全中国以及朝鲜民主主义人民共和国都响遍了这雄壮的歌声，这首歌不仅在抗美援朝中起到了很大的作用，而且一直到现在，一听到那坚定有力的旋律，人们就会想起那段难忘的历史。

<h1 style="text-align:center">三</h1>

1951年4月1日，《人民日报》以《中国人民志愿军战歌》的歌名，再次向全国推荐。4月21日，中国人民抗美援朝总会通知规定，以国歌和《中国人民志愿军战歌》两首歌曲作为全国人民五一劳动节游行的基本歌曲。1953年，政务院文化部和全国文联共同开展对1949年至1953年间的群众歌曲评奖活动。经过由下而上的推荐，从四年间全国发表的万余首歌曲中，评选《中国人民志愿军战歌》为一等奖。麻扶摇在生前回忆道，为了给作者发奖，有关部门辗转查找，才在炮一师找到了他。这时他才在《解放军文艺》上首次披露，《中国人民志愿军战歌》歌词原是他写的一首出征诗。从那以后，所有刊物再发表这首歌曲时，词作者都改署为：麻扶摇。

　　"《中国人民志愿军战歌》这首歌曲简短有力，气宇轩昂。开始两乐句，一字一音，铿锵有力，使人联想到中国人民志愿军跨过鸭绿江、入朝作战的坚定步伐。接着两个乐句，节奏变得稍微舒展，抒发了中国人民志愿军从容不迫、无所畏惧的革命精神；末句'抗美援朝，打败美国野心狼'更精彩：'抗美援朝'四字用了四个持续音，强调了志愿军入朝作战的光荣使命；'打败美国野心狼'的'打'字用了全曲的最高音、最强音，将这个象征战斗精神的字眼凸显出来，顿时给人一种威风八面、正义凛然的艺术效果，表达出中国人民志愿军抗美援朝，保家卫国的坚定信心和英雄气概。全曲短小精悍，极富艺术魅力。"在上海音乐学院贺绿汀中国音乐高等研究院高级研究员李诗原看来，《中国人民志愿军战歌》像同时期的《我是一个兵》等许许多多的抗美援朝歌曲一样，极大鼓舞了中国人民志愿军的斗志，也激发了中国人民保卫和建设新中国的热情。它既是中国人民志愿军的文化形象标识，又是那个时代中国人民最坚定、最有力的声音，那就是"谁敢发动战争，我们坚决把它消灭干净"的誓言和"我们热爱和平，但也不怕战争"的思想主题。七十多年过去了，这支歌仍鼓舞着中国人民的斗志，成为新时代鼓舞全体中国人民实现中华民族伟大复兴中国梦的一股力量。

曹火星与《没有共产党就没有新中国》

董云霞

曹火星

曹火星（1924—1999 年），河北平山人，原名曹峙。著名作曲家，为表达抗战到底、不怕牺牲的决心，他把自己的名字改为"曹火星"。1938 年参加革命后一直在晋察冀边区群众剧社工作，此间曾入华北联大文艺学院音乐系学习作曲和指挥，创作了第一首歌曲《上战场》。1940 年至 1943 年，曹火星创作《选村长》《春天里喜洋洋》《春耕忙》《万年穷翻身》等一系列为人民群众所喜爱的歌曲。1943 年创作《没有共产党就没有新中国》。1949 年到天津，成为天津舞蹈事业的奠基者。1952 年后主要从事作曲和行政领导工作，作品有《我们的祖国到处是春天》《人民总理人民爱》《拥护共产党》《我愿》等，并为歌剧《懒汉》《南海长城》、舞剧《石义砍柴》《太行红旗》作曲。曹火星一生创作了一千六百多首歌曲，《没有共产党就没有新中国》是唱遍全国的名曲。

　　"没有共产党，就没有新中国……"每当我哼唱起这首歌曲时，总是热血澎湃、激情飞扬。这首歌的创作者，是人民音乐家曹火星。

一

　　曹火星，原名曹峙，1924年10月出生于平山县滹沱河畔西岗南村。小时候，曹峙性格文静，喜欢听村里人唱歌、吹笛、拉胡琴、敲锣鼓。村里来了唱戏的，他场场不落地去看。庙会期间，村里举办社火、高跷、秧歌等文化活动，他恨不得自己加入其中。曹峙的家庭重视教育，他五岁就入了小学。小学期间，学校有一台风琴，规定不让学生触摸。他很好奇，想研究它怎么会发出响声，就忍不住去摸，被老师看到后狠狠地剋了一顿。这反倒激发了他的学习兴趣。他从亲戚处借到一件筝琴，通过玩筝琴学会了识简谱，这给他走上音乐道路埋下了一颗苗壮的种子。

　　曹峙上学时功课很好。1937年，年仅十三岁的他被其时省府保定的两所中学录取。但由于抗日战争全面爆发，他不得不辍学回乡。这位满腔热血的少年，决定寻找一条出路。通过同学介绍，他当上了村青年救国会主任，在村里捐款捐物，做参军动员。1938年，农历大年中的一个深夜，曹峙悄悄离开熟睡中的父母，前往平山县抗日民主政府所在地洪子店，先到平山县农会工作，同年5月进入平山县青年救国会铁血剧社，正式走上了救亡图存的抗日道路。

　　1939年底，陕北公学、鲁迅艺术学院等四校合并成立的华北联合大学迁址到平山。这一年，党组织送铁血剧社队员们去华北联大文艺学院学习，曹峙进的是音乐系。当时在音乐系执教的卢肃老师（《团结就是力量》的曲作者），了解到曹峙在音乐上的爱好与特长后，鼓励他拿起手中的笔来写歌。卢肃说，以笔为武器，鼓舞大家奋勇杀敌，也是干革命工作。本来一直闹着上前线的曹峙，静下心来仔细琢磨，还真是这个理儿。于是，他潜下心来系统地学习指挥、乐理、作曲，短短一年中，创作出多首音乐作品，其中第一首歌曲叫《上战场》。

　　这时候，曹峙做出了一个决定，把自己的名字改为曹火星，取"星火燎原"之意。谈起改名的原因，他这样说："血是红色的，火也是红色的，我要做一颗闪亮的红星，做一名真正的无产阶级战士。"

　　从华北联大毕业后，曹火星继续投入抗日宣传工作。没有舞台，他们创作出活报剧，天做幕布，地为舞台，赶集的老乡就是群众演员。那时候，曹火星背上两颗手榴弹，报名去敌占区工作。他在敌占区发传单，被困在山中，险些牺牲。但他并不畏惧，不断积累着斗争经验。

1942年5月，毛泽东在延安文艺座谈会上发表讲话。讲话中说，"我们的文学艺术都是为人民大众的，首先是为工农兵的"。在讲话精神的鼓舞下，曹火星为人民创作的信心更加坚定了。

二

1943年3月，曹火星所在的铁血剧社更名为群众剧社。同年4月，曹火星加入中国共产党，十九岁的他担任了音乐组组长。

为粉碎日寇对抗日根据地的"扫荡"，剧社成员化整为零，曹火星和战友深入位于北平、张家口与五台山中间的平西抗日根据地房涞涿联合县，一面发动群众减租减息，一面开展抗日宣传活动。

鬼子"扫荡"包围了村子，老百姓却用生命掩护了八路军小分队，年轻的小二牛为救曹火星英勇献身。也正是那一年，在曹火星的老家平山，他的父亲、堂弟和全村一百三十多位青壮年在岗南惨案中被日军残酷地杀害。

秋天，曹火星在房山县堂上村参加减租减息运动。他和两名同志，翻山越岭，到达了美丽的云霞岭。和村干部接头后，他们马上投入工作，教群众唱歌，打霸王鞭，积极发动群众。当时，曹火星他们用民间小调填词作曲，创作了一组适宜打霸王鞭的歌曲，宣传党的减租减息政策，但总觉得歌的力量不够。

那一年8月，《解放日报》发表了《没有共产党，就没有中国》的社论，与国民党反动派进行针锋相对的斗争。曹火星和同志们反复学习。

深秋之夜，可曹火星没有一丝睡意。他盘腿坐在土炕上，思绪万千，灵感涌动。就着煤油灯微弱的灯光，一口气创作出了歌词。他拨亮灯花，马上谱曲。民间小调、戏曲小调在他头脑中涌来，眼前是群众打霸王鞭行进演唱的情景。对呀，曲子要流畅、明快，节奏要齐整！"没有共产党，就没有中国……他坚持抗战六年多，他改善了人民生活，他建设了敌后根据地，他实行了民主好处多……"

编写中，曹火星反复诵读哼唱，反复修改完善，天麻麻亮时，歌曲《没有共产党就没有中国》顺利诞生了。后来，在歌曲传唱过程中，随着抗日战争时间的推移，歌词中的"六年"被群众先后改成了"七年""八年"。1945年8月24日，新华广播电台首次播音就播放了这首歌曲。1950年，经毛泽东主席提议，在"中国"前面加入一个"新"字，于是，歌名就成了如今的不朽名篇——《没有共产党就没有新中国》。

三

熟悉天津的人都知道，天津人民艺术剧院门前的路叫做平山道。那不仅仅是因为剧院的前身是文艺平山团铁血剧社，也是为了纪念曹火星，这位从平山走出来的人民音乐家。

1949年1月15日，天津解放。剧社成员连夜赶往天津，曹火星被分配到天津军管会文艺处音乐科。

1951年，曹火星随中国青年文工团出国访问演出。一年多时间里，他们进行了三百多场紧张演出。他先后到过莫斯科、维也纳与东欧几十座名城，接触了大量西洋音乐。每到一地，曹火星都认真记笔记学习。回国时他没带回什么礼物，只有几十张照片和三大本写满学习心得的笔记本。

新中国舞剧事业起步较晚，曹火星出国访问后，就有了发展民族舞剧的心愿。1958年，他根据家乡的民间传说创作了大型民族舞剧《石义砍柴》，用丰富的民间舞蹈语汇、优美的民族音乐，表现了正义与邪恶的斗争，歌颂了我国劳动人民的美德，使人耳目一新。周恩来总理在天津观看了演出后十分高兴，给予充分肯定。接着，曹火星又创作出大型民族歌舞剧《太行红旗》。

1999年4月16日，把一生献给祖国和人民音乐事业的曹火星因病在天津逝世。

"一曲红歌响太行，不忘初心跟党走。"这是曹火星在1952年7月10日日记上写下的一句话。那是他在出国一年后即将回国的前夕写的，题目是加黑加粗的四个大字："回到祖国"。这也是他一生的写照。

曹火星的一生是革命的一生，是在艺术的道路上不懈追求、精益求精的一生。就在去世前几天，曹火星的一只眼睛已经失明，他在病床上借助放大镜，一字一句谱写出庆祝新中国成立五十周年的新作《啊，我叫中国！》。

如今，曹火星纪念馆就坐落在他出生的平山县西岗南村。纪念馆坐北朝南，背靠岗南水库大坝，仿佛在向慕名而至的海内外游客娓娓述说着《没有共产党就没有新中国》的故事，述说着曹火星一生的故事。

王昆：奋斗的歌者，歌坛的伯乐

郭文岭

王 昆

王昆（1925—2014 年），河北唐县人，歌唱家、歌剧表演艺术家、民族声乐教育家。1937年参加县妇救会，1938 年当选为唐县妇救会宣传部长，同年还兼任了一所抗日小学的音乐教员。1939 年 4 月参加西北战地服务团。1943 年加入中国共产党。1944 年，随西战团到延安并调入鲁艺工作团，学习、从事文艺宣传工作。1945 年 4 月 28 日晚，出演中国共产党领导下创作的第一部歌剧《白毛女》中的女主角喜儿。新中国成立后参演大型音乐舞蹈史诗《东方红》，演唱《农友歌》，毛泽东主席称赞她的表演"很有湖南妇女的革命气概"。1954 年，进入中央音乐学院进修。1954 年起任东方歌舞团艺委会主任、团长。20 世纪 80 年代后发现和培养了一大批青年歌唱家，享有"歌坛伯乐"的美称。在中国音乐史上留下了《南泥湾》《北风吹》等诸多经典。获国家第一个电影奖项金质奖章、首届金唱片奖。2019 年 9 月 25 日，入选"新中国最美奋斗者"。

"叫老乡，你快去把战场上，快去把兵当，莫等到日本鬼子来到咱家乡，老婆孩子遭了殃，你才去把兵当。"这是 1937 年王昆刚参加革命时经常唱的歌儿，名为《叫老乡》。当时，唐县很多青年就是听着这首歌加入抗日队伍的。

跟着受访者陈玉恩先生的讲述，我仿佛回到了那段太行烽火岁月。扎着羊角辫的小姑娘王昆，正站在街头空地上敞开歌喉高唱。她的周围，围满了老老少少的乡亲。王昆人小，胆儿大，歌唱得特别带劲。

一

那一年，王昆十二岁，她坚定地迈出家门参加到自卫队里，开会，唱歌，宣传抗战。到秋天的时候，八路军解放了唐县县城。王昆来到边区县政府所在地北店头，做妇女动员工作。转过一年，她当上县妇救会宣传部长，还兼任了一所抗日小学的音乐教员。

王昆出生于唐县南关。王家老宅与陈玉恩家相距不过二百米，是真正的乡亲。担任白求恩柯棣华纪念馆馆长几十年间，陈玉恩一直在搜集研究红色文化。王昆晚年常回故乡，她参观纪念馆，陈玉恩亲自担任讲解员，并借机进行过深入的采访。说起来，王昆祖上曾有一段比较殷实的生活。曾祖父开饭馆，叫"茂盛馆"，红红火火，闻名乡里。后因连年战乱，家道衰颓。王昆五岁那年，她父亲王德寿接手"茂盛馆"，已是风雨飘摇。好在，耕读之家的传统是牢靠的，叔伯们在外读书，连王昆等几个女娃也进入小学堂。在小学，她遇到了一个很好的音乐老师，跟老师学识谱，学唱歌。这为她以后的演唱生涯打下了很好的底子。

对王昆参加革命产生潜移默化影响的是她的三叔王鹤寿，化名"春江"，一位早年离开家乡参加革命的老共产党员。抗战爆发，王昆和她的姑姑、堂哥、叔伯姐妹都参加了自卫队，因为他们心里都藏着一个"春江"。

1939 年春天，王昆迎来人生中第一次重要转折。周巍峙率领西北战地服务团（以下简称西战团）来到唐县——晋察冀军区三分区所在地。有人跟周巍峙说，我们这里有一位远近闻名的"小歌手"，嗓子又脆又高又亮。太行山里藏着这么好的苗子？周巍峙有点动心。那一天，王昆走到台上，大大方方唱了一曲《松花江上》。周巍峙当即决定，吸收她进入西战团工作。

西战团，淬炼着王昆的意志品格。刚开始，瘦瘦小小的女孩走在行军队伍里，军上装咣咣当当的，一直盖住膝盖。走着，唱着，战火纷飞，出生入死。从 1939 年到 1944 年，五年时间王昆随队伍走遍了晋察冀边区村村落落，从少年歌手成长为坚强的青年文艺战士。她乐观向上，像一只不知疲倦的战地百灵，颇受战士和群众欢迎。

西战团出出息人，像诗人田间、音乐家劫夫，还有电影艺术家陈强、凌子风等，后来都成了文艺大家。王昆曾亲眼看到词作家方冰写下《歌唱二小放牛郎》的歌词；在平山县北庄村，她还直接参与了小歌剧《团结就是力量》的创排。

战地文艺的锻炼和熏陶，锻造了王昆的红色艺术情怀，也开阔了她的艺术视野，成为其成长之路的基石。1943年春，王昆加入中国共产党。战火，也培育了美丽的爱情之花。这年秋冬，她与周巍峙结为伉俪。

二

1944年春，西战团奉党中央命令调回延安。周巍峙进入延安鲁艺戏剧音乐系任助理员兼鲁艺文工团副团长，王昆则进入鲁艺学习声乐，并成为鲁艺文工团成员。

西战团从晋察冀回延安，带回了"白毛仙姑"的民间传奇：一个被地主迫害的农村少女，只身逃入深山，在缺少阳光和食盐的山洞一过数年，头发完全变白，偶被山民撞见，误以为"白毛仙姑"，最终被八路军搭救。为向即将召开的党的七大献礼，鲁艺师生决定以这个故事为基础，创作新型歌剧《白毛女》。

歌剧《白毛女》，是我们党领导下创排的第一部歌剧。创作班子里，都是鲁艺响当当的大家。第一稿，喜儿由林白演。到第二稿，林白怀孕，妊娠反应厉害无法排戏。谁来代替林白担纲女主角？喜儿在剧中唱段特别多，戏份很重。她能不能成功，直接关系作品的成败。这时候，周巍峙等专家一致举荐了王昆。这位不满二十岁的河北姑娘，作为喜儿的同乡，熟悉太行山的一草一木、风土人情，还从事过妇女工作，有丰富斗争、生活经历。最关键的一点，王昆嗓子好，工作起来有热情、有韧性。

演喜儿，王昆是不二人选！

1945年4月28日晚，延安中央党校礼堂座无虚席，《白毛女》在这里拉开大幕。"北风那个吹，雪花那个飘，雪花那个飘飘年来到……"王昆扮演的喜儿一登场，观众的心立刻被活泼、善良的农家女儿形象给抓住了，剧场鸦雀无声。从开场到结束，导演们都在前台或幕缝里观察观众的反映。第一幕下来，很成功，好多人都哭了，有人看见毛主席也在用手绢擦眼泪。

演出结束时，一千四百多人的礼堂内响起雷鸣般的掌声。王昆又高兴又激动，第一次担负这么重要的演出任务，一句唱腔，一个动作，一个眼神，都按导演排练时的要求演，她做到了。

整个剧演完，很多人都拥到小小的化妆间来看望演员。尤其"喜儿"，给观众的印象太深刻了。大家挤在门口、窗口指指点点。有人问：演喜儿的小姑娘是哪里来的？以前怎么没见过？另一个声音响亮地回答：这可是我们太行山来的小姑娘啊！

第二天，中央办公厅来人向鲁艺传达中央领导同志观感：主题很好，非常合时宜；情节真实，音乐有民族风格；黄世仁罪大恶极，应该枪毙。鲁艺马上修改剧本，结尾改判黄世仁死刑，立即执行。

紧接着《白毛女》在新市场演出，轰动了整个延安城。

有一天，王昆和周恩来、邓颖超夫妇散步。周恩来向王昆打问起演员们的生活，并问到《白毛女》创作和排练的情况。得知大家工作得很苦、很累，周恩来非常心疼。最后，他语重心长地对王昆说：你学过毛主席延安文艺座谈会讲话了吧？讲话的核心就是文艺为人民。你是唱歌的嘛！你要记住为人民歌唱。

"'为人民歌唱'，这几个字，激励了我一辈子。"耄耋之年的王昆，跟她的老乡陈玉恩聊起往事，依然很激动。从延安到各边区、解放区，如火如荼的土改运动中，《白毛女》成为控诉地主剥削阶级最有力的文艺力量。"1945年之后的二十多年间，王昆记不住自己又演了多少场《白毛女》，许多时候没有剧场，没有舞台，更没有灯光和麦克，但所有人都很投入。

20世纪50年代初，歌剧《白毛女》被拍成电影。在电影中，田华扮演喜儿，王昆为她配唱。太行山唐县姐妹花珠联璧合，为时代留下又一部经典。

1962年5月，为纪念毛泽东《在延安文艺座谈会上的讲话》发表二十周年，时任东方歌舞团艺委会主任兼独唱演员的王昆，又一次在北京演出歌剧《白毛女》，"父女守岁"剧照登上《戏剧报》封面。

参演几十年，她在吸收各地方音乐演唱技法基础上，不断探索创新，不仅演唱方式超越了民歌、戏曲固有的演唱方式，表演方式也形成了独特的舞台风格。《白毛女》一度在全国的工厂、学校、农村同时排演，"喜儿"也有了无数的版本。每一个"喜儿"各有特点，但无不受到王昆所创立的舞台形象的深刻影响。

歌剧《白毛女》，成为王昆的第一部高峰之作。

三

电话采访王昆长子周七月先生，他说，母亲的一生是"透明"的。上网查阅资料，"王昆"词条下信息无可计数。然而，对于王昆不平凡的艺术人生，所有报道、所有文章相加，也是无法全部呈现、还原的。

王昆所经历的抗日战争、解放战争时代，中国民族声乐大发展。而作为奠基者和开拓者之一，王昆的艺术追求更是从自发走向无比坚定的自觉。她是一个对自己要求极高的人。

1945 年至 1949 年，王昆在华北联大三部文艺学院担任教员和演员。她将延安时期及解放区出现的秧歌剧、歌剧中的优秀唱段，如《翻身道情》《四绣金匾》《南泥湾》《兄妹开荒》《夫妻识字》《北风吹》等，一一加以整理，率先用独唱的形式再现于舞台。这种整理和再创作，对中国民族音乐史是非常珍贵的。

王昆天生是一个对民族民间音乐很敏锐的人。小时候，她受河北梆子、老调、民歌熏陶。到延安，马上喜欢上了秦腔、信天游、眉户戏，天天跟着老乡学唱。新中国成立后，担任中央实验歌剧院演员，1954 年进入天津中央音乐学院向当时的苏联专家学习演唱。既总结民族唱法的规律，又巧妙借鉴"洋嗓子"，从而形成了音色明朗、感情质朴、处理细腻的个性化演唱风格。

1964 年，在周恩来总理建议下，中宣部、文化部决定创排一部表现党的历史斗争，展现毛泽东思想发展过程的大型音乐舞蹈史诗，并定名《东方红》。王昆在《东方红》中领唱《农友歌》。为了把《农友歌》唱出特点来，她找湖南的同志"跟他们学说话"，并在作曲家原有曲调的基础上，融进湖南花鼓的韵味。

那天走上舞台，三十九岁的王昆，嗓音嘹亮，气宇轩昂，深刻而又完美地表现了人民翻身、当家做主的喜悦与豪迈之情。观看完演出，毛泽东主席称赞她："很有湖南妇女的革命气概哩！"周总理也多次夸奖她："王昆是二十年前的《白毛女》，二十年后的《农友歌》呀！"

从此，王昆与《农友歌》结下不解之缘。

四

我从孔夫子旧书网买到一本画页，画页的题目是《王昆还是王昆》。这个题目，引发了我深深的思考。

七十七个艺术春秋，王昆功勋卓著，荣誉等身。她是中共十一大代表，第一、二、三届全国人大代表，政协第五、六、七、八届全国委员会委员，享受国务院政府特殊津贴。她是我国著名歌唱家、歌剧表演艺术家、声乐教育家。1952 年因担任电影《白毛女》主唱，获国家第一部电影奖项金质奖章；1987 年获巴基斯坦总统"卓越明星"奖；1989 年获中国首届金唱片奖；1995 年被授予"全国先进工作者"称号；2012 年获中国华艺"终生成就奖"，同年还获河北省人民政府颁发的"捐资助学先进个人奖"；2019 年荣获"新中国最美奋斗者"称号。

七十七个艺术春秋，在无数的荣誉和光环之外，"王昆还是王昆"！

"文革"中，王昆受到残酷迫害，但她坚持真理，敢于斗争，表现了一位共产党员和优秀艺术家的高尚品格。

复排《白毛女》，复排《东方红》。王昆晚年一直致力为中国声乐艺术奔走，并以宽广的艺术胸襟，甘当"歌坛伯乐"。1982年至1989年，她领导东方歌舞团十年间，创造了东方歌舞团光彩夺目的艺术辉煌。东方歌舞团涌现了一批在全国有影响的青年歌唱家，远征、郑绪岚、成方圆、朱明瑛、郭蓉等纷纷脱颖而出，大放异彩。而王昆力排众议"引进"摇滚歌手崔健，收徒王二妮，更是传为艺坛佳话。

2014年10月2日晚，王昆坐着轮椅来到人民大会堂的后台。大型音乐舞蹈史诗《东方红》再一次在这里上演。

马上轮到《农友歌》了。只见王昆离开轮椅，慢步走上舞台。从后台到舞台中央只有短短几步路，但对于动脉曲张多年行走不便的老人，并不是一件轻松的事。

从1964年首演《东方红》时主唱《农友歌》，她已经唱了整整五十年。只不过，这次她是携青年歌唱家王月一起演唱的。

"霹雳一声震哪乾坤哪，震哪乾坤哪，打倒土豪和劣绅哪，打倒土豪和劣绅……"八十九岁高龄的王昆是站着唱完的。那神态、气场，恍若当年。湖南红色辣妹来了！

谁也不会想到，这一次在人民大会堂的演出，竟是王昆与舞台的永诀。

七十天之后，2014年11月21日，王昆与世长辞。唯有她的歌声，永远留给人民，留给未来。

第 四 辑　美 术 力 量

笔与刀，沃渣和他的木刻版画

林 阳

沃 渣

沃渣（1905—1973年），原名程振兴，笔名沃渣、沐旦。浙江衢县人，中共党员，版画家。1928年，沃渣加入中国共产主义青年团，被叛徒出卖被捕，四年后经组织营救出狱。1937年10月奔赴延安，加入中国共产党，先后任鲁迅艺术学院美术系第一届、第二届主任。1939年9月至1943年，历任晋察冀边区参议员、华北联合大学美术系主任，华北文联常委、美协主任等职。在晋察冀期间，沃渣积极配合党的各项政治任务和对敌斗争的需要，创作大量木刻、年画、门画等。代表作有《八路军铁骑兵》《通过封锁线》等。1942年，《八路军铁骑兵》获晋察冀边区首次鲁迅文艺奖金奖。1943年沃渣调回延安，又创作了取材于晋察冀边区斗争生活的单幅木刻《夺回我们的牛羊》和木刻连环画《黑土子的故事》。抗战胜利后，沃渣调任东北大学鲁迅艺术学院美术系主任。1948年，任东北画报社创作组组长。1950年，沃渣调到北京，任人民美术出版社创作室主任、图片画册编辑室主任等。1962年，任北京荣宝斋经理、中国美术家协会理事。

一

沃渣,原名程振兴,1905年生于浙江衢县乌溪江溪口村。他小时候在私塾读书,但他不愿读四书五经,一心想跟小姑母学画。

上中学时,在同学家,他第一次看到中国画,于是立志学画画。1924年,他偷偷从爷爷的提篮里拿了钱,考入南京中央大学艺术系,学习国画。一年后又考入上海新华美术专科学校西画系。1928年,由中学同学介绍参加了中国共产主义青年团。他们经常在马路上和巷子里散发传单和写标语。同年暑假,沃渣回乡路过杭州,被同乡出卖而被捕。在狱中,他经受了坐老虎凳、上电刑等严刑拷打。家里知道后,为了救他出来,卖了田产。由于敌人得不到证据,四年后,1932年,他被保释出狱。

这之后,沃渣曾在乡下小学教书,但时间不长,又回到上海新华美术专科学校复学。其间,结识了许多进步青年,还有同好——木刻青年,如陈烟桥、郑也夫、林杨波(马达)等。在鲁迅倡导的新兴木刻运动影响下,开始学习木刻创作,并积极参加木刻社团。1932年,他和林杨波等加入野风会。沃渣对木刻有天然的领悟,他的第一幅木刻作品是反映四川、河南灾区人民生活的《旱年》,发表在《中国农村》。这幅作品的发表给了沃渣很大鼓舞,之后,他接二连三又刻制了几幅版画。但沃渣在创作中也遇到了一些困惑。

1933年春,沃渣和陈烟桥等发起组织野穗木刻会和涛空画会,编辑出版《木版画》。1935年春,沃渣开始给鲁迅写信,将《旱年》《水灾》《暴动前夕》等版画寄给鲁迅先生求教。很快,他接到鲁迅热情洋溢的回信。沃渣生前回忆,鲁迅对他的鼓励多于批评,让他要进一步刻画人物,不要像有些木刻,张开嘴巴举起拳头而缺乏内在的感情,那样过于简单化了。从此,沃渣开始与鲁迅先生交往,并得到教导。1935年底,沃渣与红丰、马达、野夫、温涛等发起成立铁马版画会,出版了五集《铁马版画》。他们自己筹钱,自己刻制、印刷、装订,自己发行。鲁迅先生赠送给沃渣两本画册,一本是《珂勒惠支版画选集》,另一本是《死魂灵百图》。沃渣从画册中汲取大量精华,融入创作中。他将这两本画册视为珍宝。

1935年1月,平津木刻研究会发起的"全国木刻联合展览会"在北平太庙开幕,展出沃渣、陈烟桥、李桦等人作品四百余幅。当日,参观者达五千人,盛况空前。1936年,鲁迅去世,沃渣前去守灵抬棺。他创作了一张《鲁迅遗容》,发表在《中国呼声》,以表达自己沉痛的哀思。

在上海期间，沃渣已是小有名气的版画家，但他一直保持着农村青年的质朴，他愿意一直创作下去，对名声并不看中，所以他对自己的作品也没有认真留存。上海新华美术专科学校毕业后，沃渣在上海纯德小学任美术、劳作教员。业余时间搞木刻创作，作品大多发表在《中国农村》。美国进步作家史沫特莱当时正在主编英文刊物《中国呼声》，她发现了沃渣的作品，对他的作品非常喜欢，于是，她让翻译朱伯深找到沃渣，请沃渣为《中国呼声》做美术设计及插图。在长达一年多的时间里，沃渣为《中国呼声》倾尽了心血，封面设计、版式设计、插图，几乎由他一人包揽。这里所说的插图，不是线描，也不是一般绘画，而是木刻作品，其难度可想而知。

1937年，日寇占领上海，他们查封了《中国呼声》。在《中国呼声》停刊前，史沫特莱已经前往延安。刊物由编辑处理停刊事务，他们问沃渣想不想去延安。沃渣毫不犹豫说去。编辑为沃渣出具了去西安八路军办事处的介绍信。沃渣把所有值钱的东西都卖了，凑的钱也只够买到郑州的火车票，但他义无反顾地登上了西去的列车。

二

沃渣来到延安，在八路军总政治部当文化干事。

鲁迅的弟子中有一批木刻青年，他去世后，一部分人奔赴延安。他们是江丰、沃渣、胡一川、张望、马达、力群、刘岘、陈铁耕、黄山定、叶洛等。

1938年3月间，延安鲁迅艺术学院成立，沃渣被任命为美术系主任，教学模式主要以三个月短训为主。古元、彦涵、罗工柳、夏风等人是鲁艺的学生，后来成为新中国闻名的艺术家。此外，解放日报社、边区文化协会美术工作委员会等单位的美术工作者也到这里轮训。

1939年9月，沃渣被调往敌后晋察冀边区开展艺术教育工作，同行的有沙可夫等人。在那里，华北联合大学成立，也被称为晋察冀联合大学，沃渣任美术系主任。

1943年，沃渣重返延安，任创作组组长。这个时期，他的创作特点有所改变，他想追求让广大群众喜闻乐见的木刻风格。作品《丰收》就是用中国传统木版年画形式刻制的。另外，他还创作了大量优秀的有影响的木刻作品，如《夺回我们的牛羊》《通过封锁线》《反"扫荡"》《黑土子的故事》等。

1945年，日本投降。延安干部调往东北，沃渣在牡丹江一带当土改工作队长。不久，东北大学成立，沃渣任鲁迅艺术学院美术系主任，东北画报社出版了他的长篇木刻连环画《黑土子的故事》。1948年，沃渣调任东北画报社，搞创作。作品有《冲锋》《知识分子下乡》《土地改革》《鞍钢高炉修复了》。

三

1950 年，沃渣调到北京，在北京新闻摄影局美术创作室工作。1951 年 5 月，人民美术出版社筹建，沃渣调到人民美术出版社。1951 年 9 月，人民美术出版社成立，他先在美术研究室做研究员，后任美术创作室副主任、美术部主任、图片画册编辑室主任。

当时，人民美术出版社有两个创作室，其中一个在鼓楼辛寺胡同。辛寺胡同的创作室以延安鲁艺来的木刻家为主，他们多数住在那个大院子里，由古元任主任，这个创作室没有明确的创作任务，沃渣也在其中。另一个是在东四四条的一个大院子里，以《连环画报》创作组为主体，后扩建为创作室，以连环画、年画、宣传画创作为主。1955 年前后至1957 年，此创作室改为人民美术出版社美术部，由沃渣任主任。

沃渣每天上班，负责安排创作室的工作。那时他的任务相当艰巨，工作要求质量高，时间要求又紧。美术部人才济济，有徐燕孙、刘继卣、王叔晖、墨浪、阿老、林锴、沙更世、费声福、张汝济等人。他们在四合院的中间搭个棚子，大家在里面进行创作，其乐融融。

1958 年，沃渣带队参加人民大会堂的建设工作。由于身体本身不好，加上劳累，终至吐血，只好回家休息。1962 年，出版社安排他到荣宝斋任经理。

四

沃渣的重要作品还有 1937 年创作的《抗战总动员》，从名字就可以看出，这是七七事变，日本全面入侵中国，中国人民全民抗敌的时刻。画面中，有手持步枪的战士，有拿着手枪的军官，也有戴着草帽拿着梭镖的农民弟兄。大家朝着一个方向奔去，那里硝烟滚滚，那里是战斗的主战场。沃渣清晰地刻画了全民抗战的内容和主题。

《夺回我们的牛羊》创作于 1945 年，反映反"扫荡"的内容。山沟里，八路军集结部队，扑向日寇。大批的牛羊已经被藏在山沟，前方，八路军英勇地冲向敌军，地雷、手榴弹的爆炸，战马的嘶鸣，将惨烈的战斗场面表现得淋漓尽致。

1944 年 10 月，沃渣终于开始长篇木刻连环画《黑土子的故事》的创作。这部长篇木刻连环画完成于 1945 年初，共七十四幅，也是我们目前看到的鲁艺时期最长的木刻连环画。故事源于晋察冀北岳区一个小山村，村里有个叫黑土子的小伙子，他打鬼子不积极，凡事多为自己着想，后来经过多方面教育和帮助，在残酷的对敌斗争环境中，慢慢觉悟，最终转变观念，成为优秀的游击队员。最后，参加八路军，成为革命战士。1946 年，这本书由东北画报社出版。沃渣在前言中说："这样较大的连环木刻，在我还是第一次尝试，里面缺点一定不少。希望读者给予多多的严格的指教。"

五

时光荏苒，沃渣先生已离开我们四十多年了。他当年的辉煌，今天很少被人们提起。我因考证一个细节，询问当年在人民美术出版社工作、今天仍健在的同志，回答竟是四种不同的答案，可见时间对记忆的消磨有多么严重。通过翻阅尘封的资料，还有那时留下的遗迹，了解到沃渣的创作和为人，也是难得的收获与裨益。

王朝闻：博而能一，耕耘不辍

付 聪

王朝闻

王朝闻（1909—2004 年），别名王昭文，四川合江人。中共党员，文艺理论家、美学家、雕塑家、艺术教育家，新中国马克思主义文艺理论和美学的开拓者与奠基人之一。1937 年从事抗日文艺宣传活动，同年加入中国共产党。1940 年，经重庆八路军办事处介绍赴延安。先在鲁迅艺术文学院美术工厂制作雕塑，后到美术系任教。其间创作了毛泽东像、斯大林像、鲁迅像等许多雕塑和速写作品，又为延安中央党校大礼堂创作大型毛泽东浮雕像。该作品作为解放区美术的代表作之一，在中国现代美术史上占有重要一页。1945 年抗战结束，参加华北文艺工作团到达张家口，在华北联合大学（后改为华北大学）文艺学院美术系任教。创作张家口解放纪念碑，因张家口失守而中止。1948 年春创作《交公粮》《埋地雷》等年画。土改期间，因他的建议，石家庄毗卢寺及其中的明代壁画等珍贵文物得到保护。同年冬开始创作圆雕《民兵》。1949 年初，参加北平艺专的接管工作。北平艺专和华北大学美术系合并为中央美术学院后，任教授兼副教务长，承担全校文艺理论创作方法课和雕塑系的创作课教学。出版有《新艺术创作论》。

提到新中国的文艺事业，王朝闻是绕不开的人物。他作为雕塑家、文艺理论家和美学家，是新中国艺术理论的伟大开拓者，也是艺术学科教育的优秀实践者。

一

王朝闻九十六年的人生历程，可谓充满传奇。比如，他当年竟七次辍学，最终也没有完成学业。

出生于1909年的王朝闻，六岁上私塾，十三岁到先市小学插班读高小一年级，1925年去泸县上中学。从此开始了上学、辍学，又上学的经历。辍学原因大多是学费告急。而第一次辍学却是因为不遵守学校纪律。

童年时的王朝闻，沉迷挑着木偶担子走村串户卖艺的民间艺人，爱看川戏草台班子的演出，爱听村里乡亲讲民间故事。祖父母逝世办丧事时，民间艺人做童男童女，扎架子、糊纸、画眉眼的全过程，他站在旁边认真观看，回到自己屋里便开工学做。他的桌上总是摆满了泥巴捏的小人、小狗、小猪……上了中学后，王朝闻参与课余活动的兴趣远胜于课堂学习，很快迷上了鲁迅、叶绍钧等作家的小说，《小说月报》等新文学刊物几乎每期必读。上课时，他常把读物藏在课桌下面阅读，没有多久，就被记了五个小过。按校方规定，记满九个小过就要开除学籍。恰在此时，他瘦弱的身体连续几次吐血。王朝闻有了主动退学的念头，母亲心疼儿子的身体，同意他因病退学、回家休养。

回乡以后，王朝闻再也不用受束缚，他每天按照自己的兴趣读书、画画、捏泥巴。但是时间一长，他就仿佛离群孤雁，心情苦闷。1927年春节过后，王朝闻去成都，考取了私立成都艺术专科学校，继续对造型艺术的追求，同时更广泛地接触到其他文艺门类。一学期终了，母亲借来的学费已经花完，王朝闻只好再次辍学。

他半工半读，只要经济一宽裕就赶紧接着入学。先后到岷江大学绘画系、四川省立第一师范学校艺体组、杭州艺专求学，但是哪一个都没有毕业。

杭州艺专是当时艺术的高等学府，虽然王朝闻在这里也曾一度因经济原因辍学，但他在有限的时间里尽可能多地吸收养分，打下了良好的基础。他每晚都在图书馆坐到深夜，那里有新到的外国画册和艺术杂志。他不仅浏览还认真地记笔记、临摹。雕塑系的刘开渠教授说过：真正有成就的艺术家，都是把全副精力用在艺术上。这番道理王朝闻听进去了。在以后的人生道路上，他孜孜不倦地学习，尽管经济拮据，仍然从牙缝里挤出钱来购买理论书籍看。连生病住院，也成了他专心研读艺术理论读物的契机。

虽然在形式上没有完成学业，但是王朝闻形成了终身学习的理念，从未中断过对艺术的探索。

二

王朝闻很珍惜在杭州艺专的学习，但是为了革命他决定放弃学业。

1937年11月，日寇三个师团在杭州湾金山卫登陆，淞沪抗战失利。杭州艺专向西撤退。王朝闻本来打算随校转移，最终变了卦，脱离了学校。事情缘于在萧山火车站偶遇艾青。艾青刚从监狱放出，看王朝闻的制服认出是艺专的学生，通过交谈得知他也是热心革命的进步青年。艾青便鼓动王朝闻参加浙江省抗敌后援会流动剧团。这个剧团1937年8月成立于杭州，是共产党领导下的群众团体。

王朝闻毅然投身于抗日民族解放的时代潮流中，已经打包寄往贵溪的个人用品全部遗失，衣物和书籍尚在其次，三年时间积累的画稿和笔记也损失殆尽。是年冬天，经邵荃麟、史风介绍，王朝闻加入了中国共产党。

这位年轻的艺术学子，提着颜料桶到处画壁画、写标语，间或参加剧团演出，用自己的专长开展抗日救国活动。他还创作了《姆妈》《小黑子》《刘兰亭上吊》《李有富当兵》等连环画宣传抗日，与同学一同创办《小刀画报》面向儿童宣传抗日。

汪精卫从重庆出走投敌后，1940年3月在南京组建伪国民政府，遭到全国人民的声讨。王朝闻拿起雕刻刀，在民众教育馆塑造了一座泥塑——汪精卫与陈璧君跪像。汪精卫的参考照片好找，但陈璧君的照片却怎么也找不到。王朝闻设计了一个她用手掩面的姿势，不仅回避了外貌像不像的问题，而且使她与汪精卫的神态形成对比。这个作品展出后引起社会强烈反响。

三

纵观王朝闻一生的雕塑创作，虽然作品不多，但是有几件精品永远地留在了美术史上。圆雕《民兵》《毛泽东选集》封面浮雕像、圆雕《刘胡兰像》，被公认为中国革命现实主义雕塑的代表作品。1941年创作的浮雕《鲁迅像》也被认为是一流的精品。

圆雕《民兵》选择民兵放哨的瞬间形态，通过个体形象表现出广大民兵的本质特征——机警、淳朴、勇敢、爱憎分明，使看似单纯的形式具备了丰富的内容。当年搞雕塑的学子普遍喜欢这件作品，把它视为创作的楷模。

《毛泽东选集》封面浮雕像真实地再现了毛泽东的精神面貌，又体现了作者的主观感受，被认为是众多毛泽东像中比较能够体现伟人神态的典范作品。这件作品着重表现毛主席多侧面的性格里，居于主导地位的思想家这一重要特点。王朝闻将参考照片中毛主席双眉之间和眉眼之间的距离稍稍缩小，刻画出一种似在思索而不是观察外界的眼神。

圆雕《刘胡兰像》，头部稍稍昂起，眉眼微蹙怒视前方，迈步行进的双腿、轻轻飘动的短发与衣纹表现出少年英雄走向铡刀的顷刻。握拳的双臂置于体侧略向后方发力，不仅暗示了绑绳，而且强调了人物的坚定信念。共产党员视死如归的气概给人以震撼，而农村姑娘的质朴美增强了这种震撼。王朝闻选择烈士走向铡刀的顷刻，是自己艺术观点——选择接近高潮的瞬间的体现。他下决心消掉原稿上的绑绳，因为艺术的表现不需要机械地服从生活细节的真实。如果将双手绑在背后，不利于从形象上表现英雄的精神气质。

从这些作品可以看出，能否创作出雕塑精品，比起创作技巧，创作者的理论修养更加重要。

四

在成为文艺理论家之前，王朝闻是一个出色的雕塑家。他本想沿着雕塑创作的道路一直走下去，但是另一种强大的社会需求以及个人兴趣转移，终于把刻苦追求了几十年的雕塑创作挤到了次要地位。

1947年2月，华北联大领导江丰提出让王朝闻编写美术创作方法的讲义。这些讲义，王朝闻以具体有缺点的作品对照成功的作品来讲，避免了只讲创作方法的空洞和教条主义，收到了很好的教学效果，也总结出了一批文艺理论。讲义成了王朝闻第一本理论著作《新艺术创作论》的雏形，打开了其通往理论研究道路的大门。

站在历史角度审视王朝闻的人生历程，可以发现他具有从事艺术理论研究的天赋。他有着独特的视角，总是能敏感地看到艺术现象背后的东西，而且非常有主见。

1940年刚刚到延安鲁迅艺术学院任教时，他就注意到轰轰烈烈的抗战宣传美术创作中存在的问题。针对宣传作品中的公式化、概念化画风，以及鲁迅反对"标语口号化"的思想，王朝闻写了一篇短文《再艺术些》，还专门给美术学员讲了一次珂勒惠支版画艺术的特点，介绍她是如何艺术地表现革命思想的。

在华北联大任教期间，王朝闻被抽调参与创作张家口解放纪念碑。对于雕塑构图，包括战士在内的多数人主张采用刺杀或者投弹的动作，但王朝闻感觉这样的姿势太直露，最终力排众议，探索出了长久耐看的雕塑风格。

王朝闻始终认为，从事物的相互联系着眼、从文化素养的宽窄关系入手，应当说恰恰是有益于正业，所谓博而能一是也。事实证明，王朝闻开放的治学态度令他为祖国的文艺事业做出了更大贡献。除了美术、美学，他的艺术理论研究延伸到话剧、戏曲、电影、摄影、小说等领域。

同时，王朝闻强调艺术的社会功用，"心目中要有观众"，这是他坚持一生的创作原则。他反对僵化、生硬、直露，简单记录生活现象和公式化、概念化的艺术创作倾向，推崇"富于战斗力的概括的艺术"。可以说，画家进入了实际生活，还要探索到生活的底蕴，并从中寻求艺术构思、创作典型的技巧。终其一生，耕耘不辍，硕果累累，泽被后人，这句话正是王朝闻先生真实的写照。

第五辑　红色镜头

沙飞：革命摄影的先驱

蔡子谔

沙 飞

沙飞（1912—1950年），原名司徒传，广东开平人。中国革命摄影事业的先驱，中国摄影史上划时代的人物。

1936年10月拍摄的《鲁迅最后的留影》《鲁迅遗容及其葬礼》等摄影作品，引起轰动。1936年12月和1937年6月，分别在广州和桂林举办个人影展。全面抗战爆发后，担任全民通讯社摄影记者，并赴八路军一一五师采访刚刚结束的平型关大捷。1937年10月参加八路军，先后担任晋察冀军区新闻摄影科科长、晋察冀画报社主任、华北画报社主任等职。

沙飞是晋察冀边区摄影的开创者，也是新中国摄影史上第一位摄影艺术家。其在晋察冀创作的摄影作品，不仅是中国革命史极富价值的有形资料，也是中国摄影艺术的瑰宝。

　　沙飞是中国人民革命摄影艺术创作实践和摄影理论探索的先驱者和指引者，为革命摄影事业的创建和发展做出了卓越的贡献，为抗日战争和解放战争的光辉斗争历程，留下了丰富而宝贵的形象记录，为革命摄影事业奋斗了一生。他对中国人民革命摄影艺术所进行的创作实践和摄影理论探索，也是他对解放区新闻摄影崇高美学风格的开创和拓展。

一

　　沙飞，原名司徒传，除常用的"沙飞"这一笔名外，还曾用过眼兵、莫燕、白桦、浪花、白婴、丽陵、秋子、静子、红叶、路涛、黄芬、刘定、孔望、宋山等笔名。沙飞解说他在黑暗弥漫、夜气如磐的旧中国为自己取"沙飞"这个笔名的志向和旨趣时说："我要像一粒小小的沙子，在祖国的天空中自由飞舞。"他的一生正是实践这种崇高精神的生命历程，他一生的新闻摄影实践，正是他这种崇高的生命历程和伟大的献身精神的对象化的感性显现或艺术记录。这一切，我们还可以在他对于光明、自由的热切渴望和对于祖国、人民的解放事业的不懈追求中得到充分的诠释和真切的验证。他在《我的履历》中写道：

　　　　我是一个城市小资产阶级的知识分子，生长于广州，原籍是广东开平。父名司徒俊勋，在广州经营商业……在学生时代，因为是处在广州，故"五四""五卅""大革命"虽然当时自己年幼识浅，但很多还是受到一些影响的。这时期，特别是爱国主义和民族意识的教育和奋斗创造的精神使我易于接受。

　　　　十九岁时，因父亲商业破产，而家中弟妹成群。生活难以支持下去，迫使我将升学的志愿抛弃，而迅速地寻找职业。所以旋即投考无线电专门学校，半年毕业后，即在汕头电台工作，将月薪支援家庭生活。

　　　　职业是解决了，而这只是我生活之手段，我是爱学习爱追求光明与真理的，但这时期我所学习的，都只是新文学，当时，鲁迅、茅盾、沫若等的作品，对于我的革命思想的启发，是起了积极作用的，当时我想做一个革命的文学青年。

　　　　九一八、一二·八以后，我又爱看新的杂志，如《大众生活》《现世界》并间或看一些社会科学的入门的小丛书了。但毕竟文学艺术给予我的影响较大些，我又爱上电影和木刻了。将来做一个革命的木刻工作者呢？电影的编导呢还是文学青年呢？我徘徊在三岔路口。不久之后，我在外国画报上看到了几张好的新闻照片，使我十分感动，但当时国内出版的画报却是无聊帮闲的甚至是反动的。我认为摄影比木刻来得真实，而电影虽好，但必须有大的资本和后台老板。从事文学的人是很少的，而摄影是非常重要但却没看到过有一二个进步的摄影家。社会上一切的人们都把这一工作看成是消闲娱乐的玩意。我不满于当时的摄影和画报工作，更不满于当时的社会制度，因此我决定站在革命的前进的立场上。为民族的解放，人类的解放而牺牲一己，与黑暗的旧势力奋战到底，并决心做一个前进的摄影记者，用摄影作为斗争的武器，通过画报的发表和展现方式去改造旧社会、改造旧画报、同时改造自己。

这段回忆十分清楚地表明了沙飞在一接触"新闻照片"，这种特殊的造型艺术或曰正在风靡世界的现代新闻传播手段时，便对于它的本质特征——摄影比木刻来得真实，有了深刻的感悟和认知。更难能可贵的是，他一感悟和认识到新闻摄影的本质特征，便表现出他将这一本质特征所蕴藏或曰潜在的巨大革命功利性，与自己的革命人生观和世界观紧密结合的高度自觉。

我开始学习摄影了，但机子和材料不能不支出一笔钱。因而就不能不影响到微薄的家庭费用，……经过深思熟虑之后，下了最大决心，以此为自己终身的革命事业和斗争武器，再也不能随便改变志愿的了。……到上海，……因为从事摄影和木刻工作，遂与鲁迅、陆地亘等中日作家相识，向他们学习，请他们帮助。

鲁迅先生逝世后，我因发表鲁迅遗像，即为反动的学校当局所不容（当时我还没有参加任何组织）而被迫退学。

这时适值从苏联回到上海不久的陈依范先生，因看到我的摄影有进步内容，遂选了一部分介绍到苏联去发表，并鼓励我继续努力，要我有更多作品参加1938年元旦在莫斯科举行的中国艺展。并希望我回华南去收集一些艺术作品准备送往苏联展览。因此之故，我即折回广州，举行个人摄影展览（内容是鲁迅先生生前死后的廿余张，国防前线南澳岛的形势及人民生活共廿张，大众生活照片五十张）与广州艺术工作者发生联系，而这影展的一切材料费则是由美专较前进之同学及木刻家李桦先生等所借助。因而获得了许多好评。（因为展览会起了很大的作用：A.扩大了鲁迅先生的政治影响；B.南澳岛形势的照片使同胞提高了民族警觉性。）

二

沙飞在自传中继续写道：

> 生活的压迫，……商人的利诱和自己的矢志不移的愿望，发生了极大的矛
> 盾，这矛盾曾经使我动摇过，痛哭过，甚至企图自杀过。但是随即记起了鲁迅的
> 一言"能生、能爱、才能文"和托尔斯泰的"不要让现实的大海把你毁灭"。于
> 是我才以衫袖揩干了热泪，执起笔来，写下这么八个字"誓不屈服，牺牲到底！"
> ……到桂林后，幸得进步青年及西大教授如千家驹、尚仲衣等之同情与援助（过
> 去不认识的新朋），同时展览照片全都是现成的，无需耗费金钱，故影展逐个顺
> 利地举行。

> 不久"七七"事变，我决心立即北上至华北战场，收集材料，千家驹、尚仲
> 衣、邓初民诸先生闻之十分喜欢并热诚地慨然捐助我不少的路费和材料费。且还
> 写了许多介绍信给太原、保定、延安、西安的友人，要给我以援助。

这是沙飞在进入解放区之前，从事新闻摄影实践的个人历史中，用摄影作为斗争的武器去改造旧社会最辉煌的一页，也是同时改造自己最痛苦的一页，同样是决定他在日后成为中国解放区新闻摄影事业先驱者最为关键的一页。

> 到全民通讯社（由全民通讯社周巍峙同志介绍，在该社当摄影记者——笔
> 者）的第二天，经太原办事处主任彭雪枫同志之介绍以记者资格到八路军总政治
> 部再转往——五师去收集平型关胜利品等新闻照片和通讯材料，两星期完毕即回
> 太原发稿。

> 不久太原危急，国民党军主力南撤了，但闻八路军将留下少数游击部队，在
> 五台山打游击，并创造抗日根据地。我遂又回到五台山来，找到了聂司令员介绍
> 到杨成武支队去收集材料。

> 军区成立后，聂司令员去电一分区，叫我回到阜平帮助编辑《抗敌报》，因
> 此我立即赶回军区来，参加政治部工作，任编辑科长兼抗敌报社副主任，编报至
> 1938年5月因病休养二月，7月出院即到四分区抓拍新闻照片。回到军区在司令
> 部洗照片向外寄发，不久10月即反围攻，乃随王部长到一、三分区收集战斗材
> 料，12月底回来洗照片发延安。

沙飞在痛苦至极的情况下，"以衣衫揩干了热泪，执起笔来，写下这么八个字'誓不

屈服、牺牲到底'！"以及他在申请加入中国共产党时所写的"我决定站在革命的前进的立场上，为民族的解放，人类的解放而牺牲一已，与黑暗的旧势力奋战到底"等等，闪烁着他为壮丽的革命事业而献身的崇高的精神光辉。而这种精神光辉的物质承担者，则是他作为中国革命新闻摄影事业或曰中国解放区新闻摄影事业的先驱者，在开拓新闻摄影出版事业（如与罗光达等一起创办《晋察冀画报》）、培养新闻摄影队伍（如与石少华等一起开办新闻摄影培训班和言传身带等）和自己的新闻摄影实践之中奋不顾身的战斗和工作精神。

沙飞多才多艺，他会诗歌、散文和木刻。他懂物理学和无线电，他懂机器会维修和革新，他能看懂外文书和用英语会话，他是摄影记者又是文字记者，是编辑又是采访员和校对，是报社主任又是采购维修和联络员办事员。他的崇高精神还表现在他的动人的阶级友情之中，他身体瘦弱却站在火线前沿，他胃痛吐血的时候还按动快门。1942年，鬼子"大扫荡"，又遇大荒年，他虽在病中，却把组织上照顾他的白面细粮和鸡汤，送给夜班值勤的战友吃。他的崇高的人格魅力，还突出地表现在他在新闻摄影实践中的那种置生死于不顾的革命精神。如1941年，日寇七路进攻阜平和涞源，他冒死保护战友和底片资料，对《子弟兵报》新闻记者邱岗说："如果我牺牲了，你一定要把我背的底片保护好，交给组织。"1943年12月8日，日寇进行"铁壁合围"的大"扫荡"，扬言要摧毁《晋察冀画报》。战斗中，沙飞带领十四人组成底片保护队，提出："人在底片在，人与底片共存亡""一人倒下去，第二人背起来""保证底片不损坏不丢失"。他身背两包底片，腿脚负重伤，瘫倒；赵烈、何重生、张梦华、史振才、李文治、陆续、李明、韩拴仓、孙谦九同志和几位八路军战士均不幸牺牲；赵银德、杨瑞生、王友和都负了伤，但他们和沙飞一起，用自己的生命和热血保全了底片，保全了中国人民抗击侵略的民族战争的悲壮历史。

<h2 style="text-align:center">三</h2>

长城崇高美意蕴和形态的"比德"情结，是沙飞解放区新闻摄影的另一显著美学风格。

而在解放区新闻摄影作品中，直接表现八路军军事行动或战斗场面的二十一幅，而在这二十一幅作品之中，竟有十二幅均"用各种角度将古老庄严雄伟的万里长城和八路军拍摄在一起"。

如前所述，用长城作为喻体的"比德"审美现象，在沙飞反映八路军军事行动、战斗场面或军旅题材的新闻摄影之中，显然不是偶一为之的个别现象。我们认为，这是渗透在他瞬间思维之中的长城"比德"情结所表现出来的必然现象。

对于国际主义和革命人道主义崇高美的深刻开拓，是沙飞的解放区新闻摄影作品所表现出来的又一个重要美学特征。

沙飞拍摄的《为八路军伤病员检查身体——1938年6月，白求恩到达边区的第一周就检查了五百二十多名伤病员，从第二周开始又为一百四十余名伤病员施行了手术》《白求恩大夫在和平医院模范病室为八路军伤员施行手术》和《白求恩在为伤员治疗》等新闻摄影作品可以说是毛泽东在《纪念白求恩》中所热烈赞扬的白求恩那种"毫不利己专门利人的精神""对工作的极端的负责任，对同志对人民的极端的热忱"精神的传神写照。

沙飞在表现与国际主义精神同样具有崇高意蕴和审美价值的革命人道主义精神上，也是无所媲美的。突出的代表作就是《将军与幼女》。

沙飞曾满怀深情地回忆道：

> 部队进入井陉城时，敌人大部分全跑掉了，我们战士在进行搜查的时候，发现了一个遗落在这里的敌人的小孩子。战士们便把这个孩子直接送到了我们的军区首长聂司令员那里。在我们撤出井陉之前，聂司令员亲自写了一封信，嘱咐一位老乡把日本孩子妥善地交给敌人。我们的战士在与敌人作战时是多么英勇，对敌人的仇恨是多么深啊！可是对敌人丢掉的一个小孩子却是宽大为怀的，这是一件小事，但从这里可以具体地说明我们人民军队从战士到首长都具有革命的仁慈，而这种具有国际主义的革命人道主义精神，恰恰又是他那种对民族敌人刻骨仇恨的另一种表现形式，两者是辩证统一的。

崇高美形式的艺术表现与创新是沙飞新闻摄影作品中，最能表现沙飞独特创作个性的审美特征。

情感意象化的挪移与变形，即使是在当代国内和国际十分"新潮"的新闻摄影作品之中，恐怕也是十分罕见的极富表现色彩的现代派艺术手法和审美特征。

沙飞拍摄的《青纱帐里的游击健儿》和《1940年春，北岳区发生春荒，人民采树叶渡荒》，还有《1937年聂荣臻同志（前站立者）在华北前线指挥作战》等，可谓是我们所说的情感意象化的挪移与变形的典型代表之作。

此外，《聂荣臻在华北前线》这幅沙飞的新闻摄影代表作，我们在前面"比德"审美现象中，已作了较为详细的分析。将其归于"比德"审美现象，是强调它的崇高美所包孕的伦理意蕴，将其纳入"变形"审美现象，是表明它的崇高美经情感意象化的挪移和变形之后，获得了别具神韵的独特表现。

作为新闻摄影艺术家的沙飞，不仅是中国革命新闻摄影或中国解放区新闻摄影事业的先驱者，也是新闻摄影艺术探索和创新的先驱者。

汪洋：新中国电影事业发展的先驱者

远 牵

汪 洋

汪洋（1916—1998 年），江苏镇江人，新中国第一代电影事业家。1937 年参加上海救亡演剧队。1938 年初到延安，在文协工作，同年 5 月参加由毛泽东主席倡导成立的延安文艺工作第一队。1938 年 11 月加入中国共产党。历任晋察冀抗大二分校文工团副团长、抗敌剧社社长、张家口人民剧院院长。1946 年 10 月组建华北军区政治部电影队并担任队长，创建了史无前例的"大车上的电影制片厂"。在艰苦环境中，成功制作《自卫战争新闻第一号》等有声纪录片，在中国电影发展史上留下了浓重的一笔。1949 年 4 月，汪洋任北平电影制片厂副厂长，参与创建北影厂。1956 年任北影厂厂长后在任达三十五年，相继组织拍摄了《祝福》《早春二月》《林家铺子》《小兵张嘎》《青春之歌》等一系列享誉国内外的优秀影片，为新中国的电影发展史谱写了新的篇章。他还领导拍摄了《小花》《知音》《茶馆》《骆驼祥子》等一大批深受人民喜爱的影片，创造了中国电影史上多个"第一"，培养造就了一大批优秀创作人员、技术和管理人才。

　　北京市海淀区北三环中路七十七号，是北京电影制片厂所在。这片具有神秘色彩的电影生产厂区，是无数影迷的向往之地。这里诞生的《智取华山》《早春二月》《林家铺子》《红旗谱》《小兵张嘎》《青春之歌》《暴风骤雨》《骆驼祥子》等影片，都在中国电影史上留下了光辉印迹。如果说北京电影制片厂是新中国电影的一块金字招牌，那它的创建者之一的汪洋绝对功不可没。

　　汪洋在中国电影史上的影响力，除了因为他是著名导演、北影厂厂长，还因为他是一位推动新中国电影事业发展的红色电影事业家。革命年代里，电影制片厂的前身竟然诞生在一辆四处奔跑的大车上。

一

　　1934年，十八岁的汪洋从家乡江苏镇江来到上海，经李公朴推荐，在当时颇负盛名的上海中山文化教育馆做了一名实习生，从此开始接触电影。很快，爱上了电影的汪洋又进入上海明星影片公司学习动画并担任美工。1937年淞沪会战爆发后，他从重庆辗转到延安，进入抗日大学学习。其间，毛泽东主席曾派刘白羽、汪洋等人陪同当时美国总统罗斯福特使卡尔逊将军深入华北敌后战场巡视。汪洋作为巡视组成员踏遍八路军领导的主要战场，见到了贺龙、聂荣臻等领导人，拍摄了大量反映敌后军民抗日斗争的照片，并遴选出两百余幅在延安举办摄影展。不久，聂荣臻将汪洋调到了晋察冀军区政治部抗敌剧社担任副社长。

　　1938年10月1日，晋察冀边区开拍第一部新闻纪录影片《延安与八路军》，影片由袁牧之担任编导，吴印咸任摄影。1939年1月，摄制组拍摄了敌后军民战斗生活的一些场面。1945年抗日战争胜利后，晋察冀军区部队进驻张家口，并将张家口的一座剧场接收过来，更名为人民剧院，时任抗敌剧社副社长的汪洋担任剧院经理。当时的人民剧院除演出解放区的话剧、歌剧外，还放映苏联卫国战争时期的影片。从这些影片中，当地军民受到了许多教育。根据广大军民的需要和战争形势的发展，晋察冀军区决定筹建专门的电影摄制放映队伍。因汪洋曾在上海做过电影工作，聂荣臻便责成汪洋前往东北解放区，从东北局接收的"满映"电影制片设备中调用一部分过来筹建晋察冀电影厂。

　　1946年初，汪洋同三十名干部及警卫人员从张家口出发，奔赴东北解放区。汪洋一行先到达四平，后又转赴哈尔滨，经东北局批准到达佳木斯地区的兴山后，与东北电影公司的舒群、袁牧之等协商，得到了一个故事片组和一个新闻摄影队的装备，其中包括大中型摄影机、便携式摄影机、录音机、印片机、洗片机以及灯具、配电箱、电缆等，另有电影拷贝《莱蒙托夫》《问罪无辜》《未完成的交响乐》等珍贵电影资料。经东北电影公司批准，调音师光本丰（后改名为高敏）、录音师清岛竹彦（后改名为秦彦）等四名日本同志和特技摄影周铸山（后改名为方文）、技术人员柳洪洋等八名中国同志，随汪洋回到晋察冀边区。

1946 年 6 月至 8 月，汪洋带领光本丰、周铸山等出生入死，经历了战斗失散等种种难以想象的苦难，历经两个月终于回到张家口。不久局势发生变化，我军准备撤离张家口，考虑到在张家口建立电影制片厂已经不可能，军区领导与汪洋商议后，拟成立晋察冀军区政治部电影团。因已有延安电影团在 1938 年 8 月成立在先，汪洋建议成立晋察冀军区政治部电影队，此建议很快得到了政治部副主任蔡树藩同志批准。蔡树藩命汪洋率领所有人员搬运电影摄制、放映设备，于 9 月撤离张家口。汪洋等辗转带着电影设备从宣化经涿鹿，到达了涞源张各庄。1946 年 10 月 15 日，晋察冀军区政治部电影队在河北省涞源县张各庄成立。汪洋担任电影队队长，胡旭任副队长。电影队下设制作股、放映股、总务股，三个股的股长分别为方文、季明、刘均，成员共计二十七人。就这样，一支"麻雀虽小、五脏俱全"的电影队建立了起来，三十岁的汪洋正式成为晋察冀军区电影队队长。

电影队成立后，按照军区政治部的工作指示，一边放映电影影片，一边对电影技术人员进行培训。战争时期情况复杂多变，驻地经常流动，电影队由原驻地转移到了河北省阜平县草房地，在参加整训的间隙里坚持放映电影。艰苦的环境中，放映工作困难重重。放映机缺了零部件，电影队的同志们便用东拼西凑的办法将一套放映机修补好；发电机陈旧失修，发动起来几分钟便会自动熄火，但这同样没有难倒电影队，张少林、秦彦、高敏等人在严酷的天气条件下，经过几昼夜的室外苦战，终于成功修好了一台发电机。有了放映机和发电机，季明率领着一个放映组在部队顺利放映电影了！摄影组则由胡旭、苏河清同志带领，他们深入部队进行采访，进行战地前线拍摄……电影队的工作平稳地运转了下来。

1947 年 3 月，当电影队搬迁至河北省安国县中阳村时，收到晋察冀军区发出的通知，要求所属部队将缴获来的全部电影放映设备集中由电影队统一管理。军区的支持让电影队的放映力量进一步壮大，放映组由一个发展成三个。电影队当时放映的中外影片有《丹娘》《克隆斯达海军》《斯维多洛夫》《夏伯阳》《十三勇士》《虹》《莱蒙托夫》等。更有历史纪念意义的是，1947 年 11 月解放石家庄后，电影队在石家庄成立了一个女子放映组，这在人民革命电影史上是绝无仅有的首创！电影队的放映工作受到了广大指战员和人民群众热烈欢迎与交口称赞。为了充分发挥电影的政治宣传优势，上级决定在拍摄新闻纪录影片的同时，建立一个能为解放战争服务的流动电影制片厂。

二

接受组建任务的电影队队长汪洋亲自率领秦彦、左山、方文、韩生义、顾荷等人赶赴阜平县，进行录音机等设备的改装工作。他们把电影厂的全部设备安装在了一辆畜力牵引的大车上。困难是显而易见的，改造工作成了让人殚精竭虑的"发明创造"。当时，晋察冀画报社给电影队提供了一台法国木制老式"百代"摄影机，电影队技术人员决定把这台老式摄影机改装成手摇拷贝机，并将三十五毫米的无声片门改制成有声片门。这些工作通常必须依靠精密仪器测试才能完成，但经过电影队技术人员的脑力激荡后，几番实验之下竟然改制成功了。改装后的拷贝机画面感光均匀、层次清晰，音质也较好，完全不影响使用。录音机的改装则更为复杂，其中一个难点在于，录音机头上使用的"毛基线"非常细，甚至比头发还要细，为防止其损坏，电影队的技术人员利用留声机的震动片进行改装备用。调整本应在清洁环境里进行，并在强光下用显微镜操作。这样特殊的工作受环境限制极大，电影队的同志们只能在阴暗、落满了灰尘的屋子里用肉眼进行细微调整。即便如此，留声机的震动片也同样改装成功了！在录音机、拷贝机这两个主要设备改装后，电影队对洗片等设备也较好地加以改制使用。这样，拷贝机、录音机，包括电瓶、充电器、三个药槽、备用药、胶片都装在了一辆大车上，总重量合计仅六百公斤，放在一辆大马车上完全没问题！

电影队经一个多月艰苦卓绝的努力奋战，一个装在大车上的有声新闻纪录电影制片厂终于建起来了！

"大车上的电影制片厂"被称为解放区电影事业的奇迹，在中国电影史上被奉为佳话。

1948年5月，晋察冀军区与晋冀鲁豫军区合并成立华北军区，晋察冀军区政治部电影队改名为华北电影队。这时的电影队已由深泽县东北马进驻到了石家庄南兵营。1949年4月，华北电影队接到军区党委指示，要求在二十日全部转至北平。电影队到达北平后不久，按党中央指示分成两支：原电影制片厂的放映队、修理人员及后勤人员归华北军区，并入新成立的华北军区政治部电影教育工作队；汪洋率领的摄影、制片等人员和机器设备等专门的电影技术力量转入了新成立的北京电影制片厂。由此，北京电影制片厂走上了新中国电影事业的新征途。

三

1949年1月31日，北平和平解放。党中央从西柏坡迁到北平，在香山一个广场上检阅部队。汪洋当时是华北电影队负责人，跟踪拍摄了《毛主席朱总司令莅平阅兵》。华北电影队一边接收旧中国留下的电影厂，一边制作这部纪录片。1949年4月20日，北平电影制片厂正式成立，《毛主席朱总司令莅平阅兵》也成了北影厂的第一部影片。1949年10月1日，新中国成立，汪洋光荣参加了开国大典，北平电影制片厂正式确定了"北京电影制片厂"这一名称。

在北京电影制片厂，汪洋开始担任副厂长，厂长由田方担任，后来汪洋担任厂长，田方担任副厂长。无论工作怎样调整，两个人都不计较谁是"一把手"。在北影厂人眼里，他们工作有分工，关系非常好，良好的合作一直到田方去世。汪洋的两句话北影厂人最熟悉，一句话是："好吧，就这样了！"此言一出，纷争都能化解；另一句话是遇到问题时说的："这事我负责，不是我直接管，我也有责任！"这样掷地有声的话使汪洋身上充满号召力，他敢于担当，以身作则，带领北影厂一步一个脚印地成长为新中国电影业的龙头。

北影厂在汪洋的领导下，开创了国内电影的多个"第一"，如新中国成立以后第一部彩色故事片《祝福》、第一部合拍片《风筝》（同法国合拍）、第一部彩色立体故事片《魔术师的奇遇》都诞生于此……第一部新闻片《自卫战争新闻第一号》是有声纪录片，后来又拍了"解放石家庄""土地改革""七届二中全会"等影像资料。这些影片有动画、有音响、有字幕。其中七届二中全会的资料现在被引用得最多，当时为了拍出最理想的画面效果，汪洋专门找了两个摄影师，门前一个，门后一个，正是有了这样的精心取镜，整个会场内外的情况才得以完美地拍摄记录下来。

汪洋在任期间还为北影厂培养了一大批电影人才，其中就有闻名遐迩的北影"四大帅""四大摄影""四大美工""四大制片""四大创作集体"。首当其冲的是"四大帅"，他们是指四大名导演，分别是《白毛女》的导演水华、《野猪林》的导演崔嵬、《红旗谱》的导演凌子风、《南征北战》的导演成荫。汪洋对电影从业人员非常重视，在领导艺术上做到了知人善任，无论对名导演、名摄影师，还是对普通的漆工、雕工，他一概一视同仁，人尽其用。

1959年，国庆十周年献礼上，电影厂成功筹备了一次献礼片展映月。11月时，周恩来总理在北京饭店专门举办了庆功会，在谈到培养多方面人才时，周总理拍着汪洋的肩膀亲切地说："中国需要你这样的电影事业家。"

战地摄影师李械

闫 岩

李 械

李械（1921—1985年），原名李振东，河北蠡县人。1937年参加革命。1938年任八路军二十二团文化教员，后参加冀中军区政治部第一摄训班，与其他七名学员一起，在石少华的领导下战斗学习，开始了摄影生涯。1940年任冀中军区二分区摄影组长。1942年任冀中军区政治部摄影干事。1945年任冀中军区摄影训练队队长，为我党培养了三十多名摄影工作者。1947年任华北第四纵队政治部摄影干事。1947年冬，解放石家庄战役中，为抢拍我军猛攻正太饭店据点英勇负伤。1948年任华北军区画报社展览组组长。1950年转业至《长江日报》。1953年至1962年先后任《人民日报》《河北日报》《保定日报》记者。1957年3月加入中国摄影家协会，同时也是河北省文联委员、河北省摄影家协会常务理事、保定市摄影家分会理事长、保定地区展览馆馆长。

战争中的摄影是赌上性命的战斗，为了拍到一手资料，需要深入最危险的地方，在战火中穿行。李械就是其中的一位。战争中，他身背相机，跟随部队南征北战，在战火中拍摄下大量的珍贵镜头，为伟大的人民战争谱写出了光辉的一页。

李械的二女儿李兰曾说过："战争年代，我父亲身上留下十一处弹片，因为他对碘过敏，所有的消毒液都不能用。后来，国家曾经请来上海的医学专家，但依然没能把他身上的弹片取出来，直到去世，弹片一直留在身体里。"

一

李械 1921 年出生于河北省蠡县一个贫农家庭。1937 年全面抗战爆发后，参加蠡县学生武装训练班，不久学生武装训练班改编为八路军，他便成了一名名副其实的军人，在部队做宣传工作。"用手中的枪把日本鬼子赶出中国"是李械参军的初衷。当时他怀着一颗热血沸腾的心是去扛枪救国的，而不经意间却成了一名战地摄影记者。

冀中根据地是 1938 年 5 月开辟的，司令员吕正操也是摄影爱好者，他懂得激励战士士气的重要性，认为摄影工作者也是一支重要的战斗力量，所以很早就建立起摄影组。可抗日战争初期，中国共产党敌后抗日根据地的摄影工作尚未展开，当抗大记者团摄影记者石少华路过冀中时，被吕正操极力挽留。1939 年冬，李械因是"有点文化的青年党员"被送到冀中军区政治部在石少华主办的第一期摄影训练班学习摄影。

本来是扛枪打鬼子的，现在却要拿着一架小小的相机去照相，当时壮志凌云的李械心存怨气，还有点丧失志气，听课并不专心致志。训练班的老师自然有一套行之有效的培养模式，不但讲摄影课，也讲教育和思想政治课。思想政治老师跟学员讲，共产党的"摄影战士"是军事作战和政治工作中的重要成员，宣传舆论同样是充满硝烟的阵地，战地摄影记者并不是放下手中打敌人的枪，而是一手端枪一手端相机，在距离死亡最近的地方记录下战争最真实的影像，甚至是用鲜血和生命记录一场场惊心动魄的战斗和一段段感人至深的故事。讲摄影课的石少华也讲道："摄影是革命斗争的武器，参加学习的同志，都是革命的种子，将来要撒遍全中国。"

李械听进去了老师的话，从此对战地摄影记者有了全新的认识。学习也有了动力，他立志当一名优秀的战地摄影记者，用自己手中的照片去唤醒众人的抗日精神。战争时的摄影教学环境很残酷，时有子弹打在班级附近的石头上，所以训练班不能顺利上课，也课无定点。就像老师说的，学员们必须一边战斗一边练习摄影技术，他们使用的是原始古老的照相匣子和从敌人手中缴获的少量胶卷。此种环境下，更增加了李械对战地摄影记者的理解，他暗自发下铮铮誓言：坚决不辜负党的培养。

当时一起学习摄影的几个小青年文化程度都不高，对摄影知识一点都不懂，幸好大摄影家吴印咸撰写的《摄影常识》出版了，这本书给予了他们很大的帮助。这本书是沙飞写的序，沙飞在序里明确提出："革命的摄影工作者必须具备的四个条件——正确的政治认识、新闻记者的工作方法、摄影的科学知识和艺术的修养。"沙飞这句话对李械的影响很大，他把这句话记在了自己的笔记本上，当成一句座右铭，时刻提醒自己的学习态度。

李械对《摄影常识》这本书爱不释手，在别人休息的时候，他将这本书反复阅读，用心铭记，深入钻研。从照相机的种类及使用方法、底片的种类及性质、怎么选材取景、怎么使用光线、怎么晒印照片等，李械逐步掌握了摄影技巧，进步非常快，也显露了他在艺术方面的才华。当时的照相机大多不能自动对焦，需要自己目测距离，李械把自己计算的光圈、速度、距离和时间都认认真真地记在笔记本上，待冲出胶卷后，再进行研究分析，检查拍照的优缺点，总结经验。

摄影班毕业后，李械分到部队任摄影干事、组长。1945年日本投降前，冀中军区举办第五期摄影训练班，李械担任队长兼教员，培训出了多位战地摄影人才。

二

"如果你的照片不够好，是因为你离战争不够近。"这句话出自20世纪最伟大的战地摄影师罗伯特·卡帕之口，也可以完全用在李械的身上。

1939年秋，日本侵略军占领新安城。在淀泊相连、苇壕纵横的白洋淀上，成立了一支抗日武装——人称"水上飞将军"的雁翎队。自从白洋淀出现了神勇的雁翎队，使得进犯白洋淀的日伪军惶惶不可终日。敌人从天津、保定等地调集了大批汽艇、汽船一起出动，要对雁翎队进行空前的"扫荡"，妄图一举消灭雁翎队。这支雁翎队利用冰上水上优势，与敌人交战七十余次。李械多次跟随在这支队伍中，在敌人的巡逻汽艇在淀上横冲直撞时，他和雁翎队队员躲在芦苇荡里，脚被水泡麻了，腿也泡肿了，可相机却稳稳地端在手上，保持随时要冲锋的姿态。其间，他冒死拍摄出了很多珍贵的照片，验证了只有在战争最近的地方才能拍摄出惊醒世人的惊人作品。

1942年，日军开始了对冀中"大扫荡"。不论随军转战，还是隐蔽、战斗，李械都是既当战斗员又当摄影员，冒着枪林弹雨在战火中拍摄。在这个时期，抗日斗争形势异常艰难，面对日军疯狂的军事行动，抗日根据地军民展开了艰苦卓绝的反"扫荡"斗争，创造了地雷战、游击战法。李械经常跟随群众进行拍摄，拍下了很多关于地雷战的珍贵镜头。

1943年2月出版的第二期《晋察冀画报》，刊发了李械在白洋淀水上战区拍摄的"雁翎队"系列作品，其中《冀中平原的爆炸战》刊发在这期的封底。1946年晋察冀画报社刊印的《人民战争》画刊中，李械拍摄的地雷战题材作品引人注目，《晋察冀的控拆》画刊以及一些单页画刊中刊登的李械作品，绝大部分也是在反"扫荡"斗争期间拍摄的。

1947年冬天，在解放石家庄战役中，我军从石家庄西面的鹿泉上庄村东进入石家庄外围阵地。总攻开始，轻重机枪、各种火炮一齐怒吼，敌人的火力也对准了我军阵地猛烈发射，战斗异常激烈。为了抢夺战争下最珍贵的一瞬，李械拿着相机冲锋在前，一个炮弹皮突然飞进了他的腰间，他的身体不自觉地趔趄了一下，但手中的相机却被保护得稳。忍着疼痛，他继续拍摄，直到完成任务。

战火无情，在硝烟中要拍摄一张好的照片没那么容易，你没有时间去计算光圈，没有时间去选择角度，更不可能去摆拍任何一个人和事件，惊心动魄的场景就那么一瞬。在每一个瞬间，李械总是投入一个战地摄影记者最饱满的情感。李械有一幅作品叫《蒋家胡子娃娃兵》，这幅作品拍摄于1946年12月。那天，他在俘虏群中发现了一老一少两个士兵，一问得知老的六十七岁、小的只有十三岁，心里顿时充满了对敌人的怨恨和对一老一少的悲悯。于是他端起相机，以这一老一少为主体，其他俘虏虚化为背景拍摄了一张照片，意在揭露国民党发起内战的可耻行径。

1947年10月，李械拍下了一张叫《新闻图片展览》的作品，这幅作品入选"老战士摄影作品展览"，收入《中国解放区摄影史略》《中国人民解放军历史资料图集》第五集、《华北解放战争》《瞬间》等画册。那时摄影展览是解放区摄影事业的一项重要内容，起过很大的宣传作用。解放区摄影工作者利用各种机会，采取各种各样灵活多变的形式，在部队、机关、学校、农村，甚至在战壕里，四处进行摄影展览。展出的照片都是摄影工作者在战斗中拍摄、在战斗空隙冲洗出来的，极富战斗性与感染力，深受部队官兵和广大人民群众的欢迎与喜爱。

三

1949年以后，李械曾先后在《长江日报》《人民日报》《河北日报》《保定日报》担任摄影记者。

1952年，李械接受了荆江分洪工程的采访及拍摄任务。"万里长江，险在荆江。"参加工程建设的三十余万军民，以七十五天的惊人速度，建成荆江分洪第一期主体工程。李械接到命令后立即动身，首批到达工地，一到工地便开始观察环境和地形。他跑遍工地的每一个角落，去追寻那些有典型意义的瞬间。白天，他抓紧时间拍摄；晚上，加班整理资料，为第二天采访做精细准备。在七十五天的工程中，他从未离开工地半步，和工地人员同吃同住，抢拍下了数百张荆江分洪工程的珍贵照片。

李械仅在 1952 年前后就与志同道合的同志合作出版了《在毛主席故乡》《为和平幸福而劳动》《农业生产的榜样》《中南风光》等图片集四册。随后，他又在《中国摄影》《中国建设》(外文版)、《新观察》等全国性刊物上发表了《送公粮》《女通讯兵》等很多好作品。可以说，这期间是李械摄影创作的丰收期。

李械是一个非常倔强固执的人，据李械的女儿李兰回忆，在他的眼中对就是对，错就是错，从不允许有任何一点歪的邪的。1972 年李兰刚上班不久，那时她的单位院儿里开了一朵十分罕见的黑菊花，单位的同事们想着用相机拍摄下来留作纪念，大家知道李兰的父亲在保定胶片厂任职，就撺掇着李兰从父亲那里弄个免费胶卷。李兰也正有此意，便兴冲冲地说一定能弄到免费胶卷。然而，当她跑到胶片厂跟厂里管胶片的王叔叔表达来意时，正巧撞见刚从暗室里出来的父亲。"谁让你来的，不行，让你们单位自己买去。"父亲严肃而坚定地说。女孩儿的心眼小，就为这个，李兰和父亲闹了好长时间的别扭。

李兰在回忆父亲时说："父亲对待摄影工作极为认真，甚至严苛，除了他的学生，任何人都不能踏入他的工作间。还有，像今天我这样直接用手拿着照片，我父亲是绝对不干的，他对待照片就像对待婴儿一般小心翼翼，每次看都必须得戴上白手套。"

作为一个老摄影家，李械把自己一生中最珍贵的年华献给了摄影事业，也让自己生命中最珍贵的记忆成为永恒。

顾棣：中国红色摄影的"司马迁"

杨越峦

青年顾棣

顾棣（1929—?），河北阜平人，《山西画报》原总编辑、山西省摄影家协会原副主席。1940年参加革命，1944年1月加入中国共产党，9月参加八路军。先后在晋察冀画报社、华北画报社、解放军画报社从事暗室、通联、摄影档案工作十五年。荣立二、三等功各一次，1955年授大尉军衔。1958年由北京转业至山西，曾任《山西文化》《山西戏剧》杂志和山西人民出版社专职摄影记者兼编辑、《山西画报》总编辑等。1987年被评为编审。2009年获第二届沙飞摄影奖特别贡献奖，2012年在第九届中国摄影艺术节上荣获中国摄影金像奖终身成就奖。1990年离休之后，定居山西省太原市，开始中国解放区摄影史、解放区文艺辞典等文献资料的整理、收集和编撰工作，截至2000年已经与人合作著作五部，被誉为"中国解放区摄影史的活辞典"。

一

顾棣人生道路的确定，缘于一次偶遇。

1943年6月的一天下午，十四岁的顾棣放学回家走在狭窄的山路上，听到背后传来一阵马蹄声。他本能地往一边闪躲让路，回头看见一位八路军干部骑马过来。看来人腰里挎着一把手枪，还有一个皮匣子，顾棣知道这个人是个团级干部。这时他还不知道这个人就是沙飞，将改变他一生命运的人。能做出这个判断的顾棣，别看只有十四岁，却是个资深的儿童团长了。

顾棣1929年出生，小名叫二鹿。在全面抗战爆发后的1937年冬天，八岁的二鹿加入了儿童团。因为唱歌唱得好，九岁成为村儿童团长。他的老师、表姑父、地下党员张俊蓉为这个团长刻了一枚手章：顾棣。从此，"顾棣"代替"二鹿"，成了正式的名字。顾棣可不只是唱歌唱得好，拥军支前、组织儿童、发动群众、慰问伤员，样样工作都很出色。于是，这儿童团长就由村里做到了区里。他还参加过八个月的正规学习呢。那是1941年，他十二岁，要步行一百六十多里呢。由于年龄太小，组织上安排四位女干部带着他。他们走了四天，才到了建屏县（今平山县）李家庄村的华北联合大学群众工作部。如今的李家庄原址已经没入岗南水库。2019年夏天，我陪他游览岗南水库，路过搬迁安置的李家庄村，他仍格外激动。担心他被冻感冒，我们不想让他雨中坐船游览，但他还是表达了坚持的意愿。我们只好从命。如今想来，他是要追怀淹没在水下的这段岁月吧？

见到沙飞的时候，他已经是阜平县学生会主席兼童子军大队长，是一边从事抗日工作，一边坚持学习，吃上"官饭"的公家人了。

那次偶遇，沙飞并没有从给自己让路的顾棣身边飞马掠过，而是翻身下马，与这个孩子攀谈起来。一番交谈，这个觉悟高、纪律性强、聪明伶俐、净说大人话的儿童团长，让沙飞刮目相看。沙飞郑重其事地把顾棣的名字记在了小本子上，说要教他照相。顾棣的理想本来是当演员，演戏或跳舞，看过沙飞摆弄过皮匣子（照相机）后，从前对照相一无所知、被沙飞称为"小土包子"的他，被这个神奇的玩意儿吸引了，决定要跟着沙飞学照相。沙飞说他还太小，明年毕业后就可以带他学照相了。

谁也没有想到，二人的这个私人约定，改变了顾棣的人生轨迹，也竟极大地影响了中国的红色摄影史。

二

沙飞没有食言，顾棣也没有爽约。

1944 年秋天，晋察冀军区政治部来人到了凹里村，从家里接走了顾棣。这时，十五岁的顾棣已经是中共预备党员了。他由此参加了八路军，成为《晋察冀画报》中年龄最小的一员。

由晋察冀军区政治部创办的《晋察冀画报》是个奇迹，无论从中共党史、中国革命史，还是世界画报史考察，甚至在侵略中国的日本人看来，都可以得出这个结论。它的光芒在抗战最艰苦的岁月里照亮了硝烟弥漫的日子，极大地宣传了共产党八路军在敌后的英勇抗战，向全国乃至全世界揭露了侵华日军的暴行，唤起民众同仇敌忾、共同抗日。在随后的岁月里，它建立了照片管理规范，在作战部队建立了摄影体系，组织摄影培训班，培养了数百名学员，支持全国其他解放区创办摄影画报，保存了数万张底片，无可置疑地成了中国红色摄影的摇篮。在它创刊近八十年后的今天，我们回头来看这份简朴雅致的画报时，仍然会被它恍若隔世的影像光芒灼伤眼睛，仍然会被这块凝结了岁月时光和鲜血生命的化石温暖得心潮澎湃。

谈到《晋察冀画报》，就必须从沙飞说起。写这篇文字的时候，我正在广东省开平市出席"世界的开平——沙飞摄影文化周"活动。1912 年 5 月 5 日，沙飞就诞生在开平赤坎古镇的司徒家族。这个本名叫司徒传的人，思想进步，喜欢文艺包括摄影。1936 年 10 月，正在上海美术专科学校读书的他，在木刻作品展会上，用照相机拍下了鲁迅先生与青年木刻家们交谈的照片。不想，这些照片竟成为沙飞的成名作，也成为鲁迅先生最后的留影。1936 年 10 月 19 日鲁迅先生逝世后，沙飞赶到家里拍摄了先生的遗容，以及后来的葬礼，由此开启和坚定了其传奇的摄影生涯。他成为一名以摄影为武器的文艺战士，"沙飞"由此代替"司徒传"，庄严地进入了中国摄影史。1937 年 12 月，已经是摄影名人的沙飞被聂荣臻将军批准参加八路军，成为晋察冀军区政治部一员。虽然有枪，但他最得心应手的武器还是照相机。聂荣臻的眼界学养和远见卓识，决定了他对摄影工作极端的重视和支持。于是，1942 年 7 月 7 日，在极为艰难困苦的岁月里，在全面抗战爆发五周年的日子，《晋察冀画报》在沙飞、罗光达等人百折不挠的努力下，诞生在了太行山深处的平山县碾盘沟村。

顾棣是 1943 年冬天柏崖惨案发生之后来到晋察冀画报的，此时正是画报社受到日寇重创的时期。这场惨案发生在阜平县柏崖村，画报社赵烈、何重生等九位同志壮烈牺牲。由于在雪地狂奔，沙飞跑掉了鞋子，脚上的肉被磨掉，露出了骨头，差点被截肢。这时石少华已经来到画报担任副社长了，在他的带领下，仅用五个月的时间，画报就重新出版，给了日寇一记响亮的耳光。

顾棣参加了摄影学习班，很快就学会了照相和后期冲洗技术。但他并没有被派到战场上去照相。多年后他才明白，自己是被沙飞"做了一个局"。这当然是因为沙飞对战争残酷性的清醒认识，对底片管理极端的重视，对摄影工作系统性的谋划，和他的知人善任。可见，沙飞不仅是个伟大的摄影艺术家，甚至是个谋略家，有着过人的眼光和前瞻性。

顾棣日记里写得最多的人，不是沙飞而是石少华。顾棣认为在对待自己的问题上，沙飞与石少华分工明确，分别担任了红脸白脸的角色。顾棣说：沙飞让我学会了摄影，却从来不让我出去拍照；让我参加了八路军，却从来不让我上前线。他让我学习摄影技术，学习图片编辑，搞通联，跟随老同志一起整理抗战的底片资料。后来我才慢慢明白，沙飞从一开始与我见面，便打定主意要我去做专职的底片档案管理工作。他和石少华俩人一个唱红脸一个唱白脸，"哄"得我为此付出了整整六十五年！但是我心甘情愿、无怨无悔！

现在看来，顾棣是沙飞在晋察冀画报布下的"棋子"啊，又何尝不是"潜伏"在中国红色摄影史上的棋子呢！

不管是在晋察冀画报，以及后来的华北画报、解放军画报，顾棣始终没有离开资料的管理和编辑工作。他超强的记忆力，严谨细致、吃苦耐劳的工作作风，对文献资料极端的敏感和珍视，真诚谦逊、友善温和的品格，最主要的还是他对恩师沙飞及其战友们深挚的感情，融合在一起，成就了他的事业。尤其是在他退休之后，在对中国红色摄影史的研究上，铸就了人生和事业的又一个高峰。

三

或许命运真是个看不见、摸不着的存在，或者说凡事总有前定吧。

沙飞的女儿王雁说和我有缘。虽然我们相识不算太久，却能掏心掏肺地交流，甚至还可以拿彼此开涮。她是个极其聪明又特别能折腾的人，在这一点上无疑是得到了沙飞的真传。她能折腾的故事足以写一部长篇小说，当然也是一部电影的绝妙素材，可惜还没有人能说服她、得到她的许可。她是抗战胜利、父母分别八年重逢后激情荡漾的结晶，异于常人也是情理之中吧。2019年7月，我请她、顾老、高大鲲一起到河北，寻访晋察冀画报旧地，搜集相关史料。顾老年高体弱，我们得像对待大熊猫一样特别经心。所以顾老到阜平后感到疲劳，不愿再依约前行，我马上就表态支持、服从，请顾小棣大哥送他回太原。顾小棣是顾老的耳朵和腿脚，顾老的健康长寿、人生成就，这个孝顺的儿子功不可没。

我和王雁、高大鲲继续我们的行程。在涞源县杨家庄村，天阴欲雨。行前我们约定：如果下雨就不再上山登长城了。拍完沙飞重要作品的诞生地——一座古戏楼后，王雁爽约，想要冒着小雨登山。她可怜巴巴地说，自己已经七十三岁了，可能是最后一次攀登父亲拍摄长城的地方了。我当然知道冒雨登山的凶险，面对这位老人企盼的目光却也只能"举手投降"，陪着光脚穿一双塑料凉鞋的她登山。雨时疾时徐地一路陪伴，等下山时却突然如泼如注。我和高大鲲一人在前边扶，一人在后边拽，前后"夹击"终于把她弄下山。风雨交加，我们自然被淋成了落汤鸡。可见，我也是一样地疯狂浪漫。王雁就是这样任性，把这种天不怕地不怕的拼命精神，用在了沙飞和与沙飞相关的事业上，当然无往而不胜。

王雁说，沙飞和中国红色摄影史的研究和传播，有三个关键人物：沙飞忠诚的学生顾棣、智慧勤奋的司苏实、能折腾的女儿——她自己。

顾棣对沙飞的感情，一般人是不好理解的。他把自己的一生都捆绑到了这个"哄骗"自己的人身上，他们的情谊远远超出了师生的情分。我和他几次交谈，每次谈到沙飞最后的结局，他的泪水都会冲破六七十年的时光夺眶而出，甚至失声痛哭。他也从不吝惜用略显夸张的语言来赞美这个影响了自己一声的恩师。最感人的是他对恩师的感念，没有停留在语言上，而是落实在一系列扎扎实实的行动上。

司苏实本来就是摄影界的能人，眼界、学识、能力都令人仰慕，平遥摄影节就有他的首创之功，担任总编期间更是把《人民摄影报》经营得风生水起。他退出事务繁杂的报纸领导岗位后，正好被王雁"拣了漏"，加入了中国红色摄影研究的行列。人生的大视野、丰富的编辑经验、娴熟的电脑操作、脚踏实地的工作作风，让他完成了大量的编撰和研究工作，成为红色摄影史研究的关键人物。

三人全身心投入中国红色摄影的研究，珠联璧合，组成了一架高效运转的机器。他们花了大量时间和精力，重走沙飞及其战友们的故地，核实相关信息，掌握了大量第一手资料。他们遍访健在的战争亲历者，包括一些将军和摄影师，厘清了差点被岁月和硝烟湮没的史实，撰写出版了一系列的文章和著作，尤其是出版了标志性的《中国红色摄影史录》，为战争时期的红色摄影留下了弥足珍贵的文献丰碑。顾棣更是为此奉献了全部身心，以至他的心脏不堪这超负荷的工作，不得不做了搭桥手术。《中国红色摄影史录》的出版，填补了中国解放区摄影研究的空白，赢得各界广泛赞誉。顾棣获得了首届"沙飞摄影奖"、平遥国际摄影节大奖，以及中国摄影金像奖终身成就奖，当仁不让地站在了中国摄影界的最高峰。

四

2010年10月，河北省摄影家协会组织了"燕赵风·石家庄行"摄影文化周，组织了"热土·乡情——河北籍著名摄影家邀请展"，邀请二十多位河北籍摄影名家回乡办展、研讨、参观，其中包括陈勃、丁补天、孟昭瑞、郝纯一、顾棣、韩学章等六位八十岁以上的老人。这也是我第一次见到顾棣老师，我们的缘分由此肇始。他脖子上挂着一架照相机，兴奋地东拍西照，连走路也蹦蹦跳跳的，除了耳朵有点背，一点也不像八十多岁的老人。顾老赠送的《中国红色摄影史录》，强烈地震撼了我！我从此对河北红色摄影历史更加注目，同时也自责对这段历史的迟识和迟悟。我真的被这位谦逊纯净的老人迷住了，开始更多的交往。

学会照相后，顾棣拍的第一幅作品就是母亲的肖像，可见母亲在他心目中的分量。四五岁的时候，顾棣有一次跟着母亲杨进莲去收秋。在路上，他淘气地将两三个掉在地上的谷穗儿一脚踢开，受到了母亲的严厉批评。母亲教育他要珍爱粮食、敬重劳动的话，由此刻在了他心里。或许这成为他喜爱收藏的由来，并且达到了癖入骨髓的程度。

我对顾老的心思缜密是印象深刻的，他的每一封来信都是手写体，往往是洋洋洒洒七八页。尽管字写得快如核桃那么大了，但每一页都垫了复写纸。他是留了底稿的！

顾老收藏品类极其丰富，有照片，有手稿，有教材（比如郑景康先生的油印摄影培训教材），有图书，有期刊，有报纸，当然还有物品。他收藏的第一张照片，是刘博芳拍的妇救会长向当时阜平马县长送礼的照片。1940年冬天，马县长把这张照片，奖励给了顾棣这个儿童团长。说起中国红色摄影文献的收藏，我觉得没有人可以与他比肩。城南庄晋察冀边区纪念馆的镇馆之宝，保存完好的第一版的《毛泽东选集》，就是顾老捐赠的藏品。

堪称汗牛充栋的收藏，犹如阿里巴巴的藏宝洞，可让担纲"陈勃·顾棣摄影艺术成就暨收藏展览"策展人的张晓蓉老师吃尽了苦头。虽然2013年她在中国摄影画廊已经为顾棣老师做了第一次展览，也是一次引起广泛关注的展览。也正是这次展览，引起国家博物馆的极大关注，他们提出想收藏顾老的一些藏品。向来把国家利益看得高于一切的顾老爽快地答应了，并且视为荣耀。可当国家博物馆的专家来到他家里，剥开写有"顾棣命根子"字样的一层层包装，要带走精挑细选的八百三十多件藏品（包括六十多张沙飞的原版照片）的时候，他再也抑制不住自己的感情，号啕大哭。

顾老身上的悭吝与大方是一对矛盾。他敬惜每一片写了字的纸，甚至看似无用的包装物，"财迷"到了无以复加的地步，以至于把自己的家变成了"废品"仓库。同时，他又是个很大方的人。20世纪90年代，在湖南张家界，由于想讨口水喝，他偶遇高考落榜、抑郁寡欢的当地青年邓道理，由此拉开一对持续至今的忘年交美谈。他给小邓写信、寄书报，鼓励他发奋图强、自学成才，还在他结婚时悄悄寄去了三千元。邓道理也争气、感恩，成长为当地的风云人物，为宣传张家界做出了突出贡献，被评为湖南省劳动模范、张家界的拔尖人才。

国家博物馆的口味当然很刁，但也不能把顾老的宝贝斩尽杀绝。面对几十个装满了藏品的铁皮柜，张晓蓉整整梳理了十多天，说自己快得了抑郁症。她的艰苦劳作，加持了顾老的藏品，让这个与众不同的展览赢得了大家的喝彩。

顾老的收藏固然丰饶惊人，如果止步于此，他也只能算是一个出色的收藏家。最为难能可贵的是，他结合自己的收藏进行认真的研究，形成了令人赞叹的学术成果，被称为中国红色摄影的"司马迁"。

如果顾老的收藏还不能让你折服，我只好抛出他的"王炸"了，这应该是一项世界纪录：他从抗日战争时期开始、已经坚持写了近八十年的日记！据说只有他在做搭桥手术时中断过几天，当然日记里的文字大小，也随着他的年龄，由"米粒"长成了"核桃"。但日记一直在延续，包括今天。

张晓蓉为顾老的人生总结了几个字，我认为十分准确：敬、净、静、兢、境。首先他敬恩师，敬沙飞带他进入的摄影事业，敬祖国，无限忠诚；然后他心灵干净，纯如处子，这使他做事安静，不为噪声所扰；进而兢兢业业，以命相搏；当然，最后就达到了无人企及的境界。

2021年9月，由张晓蓉策展的"陈勃·顾棣艺术成就暨收藏展"，在晋察冀边区纪念馆隆重展出。两位从阜平大地走出来的摄影大家，犹如两棵参天大树，光耀乡梓，荫蔽后人。顾棣收藏的晋察冀画报的发稿照片、编辑草稿、底片目录、会议纪要，甚至舅舅为他制作的收纳转移物品的木箱，他的手稿、摄影作品，续写了八十年的四百多本日记……筑成了伟岸的长城，无声地接受着时光的检阅和观众的惊艳目光。

孟昭瑞：他的照片震惊全世界

韩 寒

孟昭瑞

孟昭瑞（1930—2014 年），河北唐山人，中共党员。代表作为《在朝鲜战争停战协定上签字》。

1946 年参加革命，1948 年从事摄影。先后在《华北画报》《解放军画报》任摄影记者、研究员。参加过平津战役、北平入城式、政协筹备会、新政协会议、开国大典、抗美援朝、两弹一星等一系列重大历史事件的采访，留下了珍贵的影像资料。著有《历史的瞬间》《中国蘑菇云》《东方红：开国大典的历史瞬间》《共和国震撼瞬间》等作品，1992 年在中国人民革命军事博物馆举办孟昭瑞摄影艺术展。

1949 年 1 月 31 日，中国人民解放军第四野战军奉命首批进入北平接管防务，北平和平解放。2 月 3 日，正式入城式，欢迎的人群中，一位女青年在衣服上身写下三个大字："天亮了"。

1949 年 6 月 15 日，中共、民革、民盟等党派团体在中南海勤政殿共商建国大计。休息期间，毛泽东主席坐在室外的椅子上，脸上露出明媚的笑。

1966 年 10 月 1 日，天安门广场举行国庆庆典，毛主席第四次检阅红卫兵。城楼上，周恩来总理看着狂热的人群，脸上浮起挥之不去的忧愁。

……

每一天、每一刻、每一秒，都在发生无数事件。

一些被记录下来，成为历史，更多则如过隙白驹，未留足音便成尘埃。

而摄影师孟昭瑞捕获的每一个瞬间，都足以载入历史。

一

孟昭瑞从事摄影并无家学支持。

1930 年，孟昭瑞出生于河北唐山一个普通的工人家庭，是家中长子。生存多艰，他十岁时即随父母到秦皇岛投亲，一年后又转投张家口亲友。在他的印象中，自己的童年与彼时的家国一样困苦不堪，"那时候，感觉过了今天还不知道有没有明天。爸爸是铁路工人，给人擦机车的，收入很低，靠种地更养不活一家人。我后面的一个弟弟、一个妹妹都没活下来，直到我十四五岁才又多了一个弟弟和一个妹妹"。

1946 年，孟昭瑞十六岁，正在读初中的他参加了革命，在学校和八路军的战士们一起学习、做宣传。1947 年，解放战争爆发。国民党军队要攻打张家口，八路军不得不撤离。

孟昭瑞的心情非常矛盾，"我真舍不得，舍不得部队，也舍不得家。日也思，夜也思"。两难之下，他决定跟部队走，"回家取东西的时候也不敢跟家里说，只说是去农村锻炼锻炼，要去一段时间。父母担心我的安危，知道事实的话肯定不会放我走。那时我才十六岁多，不到十七岁，弟弟妹妹才一两岁大"。

参军后，孟昭瑞在战友文工团做宣传。

1947 年，他随军到河北安国，遇上了田华所在的抗敌剧社，于是一起演话剧、做宣传。

贫苦少年的人生因一架相机而改变。

一天，当时已大名鼎鼎的摄影师沙飞，来剧社给他们照合影。孟昭瑞知道，那是《华北画报》的主任，许多著名照片均出自他手，如鲁迅最后的留影、聂荣臻与日本孤儿合影等。

那也是孟昭瑞第一次仔细端详相机，此前，孟昭瑞只在照日本人的"良民证"时见过相机，那是1940年，孟昭瑞十岁。"那时候相机是稀罕物件。一是大家没有钱，二是物资贫乏，有钱也买不到"。

摸着相机，看着眼前的名人，孟昭瑞心生羡慕，"我也想从事摄影！"

机会来了。

1948年，他调到抗敌剧社，在创作组工作。是年，华北画报社搞了一个摄影培训班，孟昭瑞和三个同事欣然前往。一同培训的还有六七十个年轻人，都是为了军区战地摄影所准备的人才。

结业时，他和另外两名学员被画报社留了下来，他专职从事摄影报道。

很快，他被派往平津战役战场。

1949年元旦，他接到紧急任务——采访解放北平的战斗。行军数十里到达石家庄，再搭乘部队运送弹药的卡车去前线。头顶上，国民党飞机盘旋轰炸，四周，子弹横飞。孟昭瑞趴在弹药车上，怀里紧紧护着两架宝贵的相机，没有手套，西北风呼呼刮，双手刺骨地痛。

1949年1月29日，北平和平解放。

1月31日，孟昭瑞乘着一辆缴获而来的美式吉普，提前进入北平永定门，观察解放军入城式的拍摄地形和路线。一路上，青年学生们跳着秧歌欢迎他们，大唱"解放区的天是明朗的天！"

2月3日，中国人民解放军正式入城。

部队一开动，孟昭瑞便开始拍，骑兵、卡车牵引的榴弹炮、市民、激情澎湃的学生……突然，在人群中，孟昭瑞看见一个女青年，她和周围的人一样热烈，她的衣服上写着三个大字："天亮了"！

孟昭瑞觉得，自己头顶的那片天空也亮堂堂的。虽然十九岁的他不曾也不敢想，以后他还能以手中的相机，摄录共和国的诞生、成长、徘徊和继续前行。

1949年6月15日，中共与民主党派在中南海勤政殿召开政治协商筹备会议。孟昭瑞被派往会议现场。那是他第一次见到毛泽东，"当时报纸也少，别说看真人，就是看看宣传画册，也是稀罕的"。

"那是我第一次见到主席，我走近他，想给他拍照。走到跟前时，发现自己的手开始颤抖，平时操作自如的相机不听使唤了。"孟昭瑞陷入回忆中。

毛泽东看出他的怯场，和蔼地对他说："别着急，慢慢来。"孟昭瑞的心情才松弛下来，并按下快门。

他对这张照片非常满意——主席在笑，神情亲切朴实。青年孟昭瑞当时只是被这笑容感染，后来方才理解，从1927年的秋收起义到1949年，毛主席经历了多少磨难，又对革命的成功抱有何等的坚定信念。胜利就在眼前，新中国即将成立，他认为，毛主席的笑，是发自内心的笑，代表着人民解放，代表着这片沉睡已久的土地上屹立起一个崭新的国家。

被孟昭瑞的镜头载入历史的，还有谭平山、章伯钧、朱德、沈钧儒、李济深、陈嘉庚、沈雁冰、黄炎培、马寅初、郭沫若……

1949年10月1日，开国大典。

孟昭瑞站在天安门城楼前的广场上。天公作美，天气晴朗，适合拍照。

下午三时，第一支乐曲《东方红》奏响。大典司仪林伯渠宣布，"升国旗！""鸣礼炮！""奏国歌！"

当五星红旗升起，五十四门礼炮齐放二十八响，《义勇军进行曲》奏毕，毛泽东宣告："中华人民共和国、中央人民政府今天成立了！"

山呼海啸般的欢呼，从广场四面八方涌起。

孟昭瑞身处其中，深受感染。他觉得自己是世界上最幸福的人，他不停地拍——朱德总司令在华北军区司令员聂荣臻陪同下检阅仪仗队、步兵一九九师通过城楼接受检阅、海军方队参加阅兵、骑兵方队接受检阅、坦克方队接受检阅……

他和他的镜头，一同进入了历史。

二

1950年10月，朝鲜战争爆发。

孟昭瑞又回到战场。

为了拍志愿军跨江，孟昭瑞从中朝边境的最北端出发，踏过冰上的浮桥，抄到了部队最前线。他坐在弹药车上，棉衣单薄。风雪交加，路两旁的房屋几乎全被炸光，不时可以看到朝鲜老人、妇女和儿童，蜷缩在临时挖掘的防空洞里。

从1950年10月底中国人民志愿军渡过鸭绿江，到1953年7月27日侵略者在停战协议签字，近三年时间里，孟昭瑞十一次奔赴朝鲜，几乎与志愿军战士们共同度过了那段艰苦的征战岁月，见证了取得胜利的全过程。

其间，他还拍下了云山战役——那是中美两军现代军事史上的第一次交锋。

最艰苦的战斗在上甘岭。

1952 年 10 月中旬，孟昭瑞随中国人民第二届赴朝慰问团到上甘岭采访。那里，昼夜二十四小时都在炮火的覆盖之下，时时刻刻地动山摇。孟昭瑞听着战友讲述黄继光等烈士的英勇事迹，拍下了不少我军炮轰美军飞机的珍贵照片。

让他难忘的是一个同行的牺牲。

那天，因特务告密，慰问团被敌机空袭。在当地一所村小学的教室外面，孟昭瑞亲眼看见，八一电影制片厂的摄影师高庆生，为了取回电影机冒死跑回房间，被一颗炮弹炸成了两截。

因为见过了血与火，亲历了生与死，所以，对魏巍的那篇《谁是最可爱的人》，孟昭瑞比一般人感触更深。在这个空气有些黏稠的夏日，八十三岁的他脱口而出：

> 亲爱的朋友们，当你坐上早晨第一列电车走向工厂的时候，当你扛上犁耙走向田野的时候，当你喝完一杯豆浆，提着书包走向学校的时候，当你安安静静坐到办公桌前计划这一天工作的时候，当你向孩子嘴里塞着苹果的时候，当你和爱人悠闲散步的时候，朋友，你是否意识到你是在幸福之中呢？你也许很惊讶地看我："这是很平常的呀！"可是，从朝鲜归来的人，会知道你正生活在幸福中。请你们意识到这是一种幸福吧，因为只有你意识到这一点，你才能更深刻了解我们的战士在朝鲜奋不顾身的原因。
>
> 什么是幸福？我认为"安全"就是幸福，过了新义州、过了鸭绿江大桥，就安全了，这就是幸福。

见过了太多的死亡，和故去的人相比，孟昭瑞觉得自己应当知足。

孟昭瑞最为喜欢的另外一段话，则是激励了无数中国人的这么一段——

> 人最宝贵的东西是生命。生命对每个人来说只有一次。因此，一个人的一生应当这样度过：当他回忆往事的时候，不因虚度年华而悔恨，也不因碌碌无为而羞愧……

20 世纪 50 年代中期，新中国开始研制原子弹。

科研人员在罗布泊扎根十几年。

孟昭瑞也穿沙漠、过荒原，在罗布泊里一待就是好几个月。他失踪了——他的行踪当时属于高度机密，连家人也不知道他去了哪里。

1964 年 10 月 16 日，我国第一颗原子弹预定爆炸的日子。

孟昭瑞从 9 月就开始做拍摄准备。他与张爱萍将军一同飞抵核试验基地。到达后，就穿防护服进行适应性训练，走路、蹲、坐，正常抓举、移动或放下物体。罗布泊夏季烈日如火，冬天风寒成冰。即使在 10 月，一天的温差也能达五十摄氏度，白天温度高达四十摄氏度，汗水积在靴子里，足有三四斤重。"与长期在那里进行建设的科学家、官兵们相比，不足挂齿！"孟昭瑞说。

10 月 16 日 14 时 59 分 50 秒，10 秒倒计时，原子弹自动启动程序。

这一刻，新中国等了十几年。

拍摄地点选在了距爆心西北偏北约数十公里、专为测试人员搭建的半地下工号里。孟昭瑞穿着防护服，带着五万倍光阻光率的防护镜，用三脚架支起哈夫林相机，手里端着莱卡相机，两部相机都装好了长焦镜头，哈夫林镜头对准爆心。

15 时整，一声惊天动地的巨响。一个巨大的火球从地面升腾而起，翻滚上升，迸发出缤纷的光彩。他端着莱卡相机不停地拍。突然，火球变暗，生长出数千米高的烟柱，烟柱烘托着火球，形成一个中间空洞，将四周的烟云吸进去。这就是著名的"蘑菇云"。他即刻换上 6 厘米 × 9 厘米黑白大底片的哈夫林，记录下了升腾的蘑菇云。

十几天后，经上级批准，他的照片发表，震惊全世界——美国等超级大国由此知道新中国拥有了原子弹，世界军事力量格局需重新考量。

而拍摄第一颗氢弹爆炸，则让孟昭瑞事后想起来余悸不已。

1967 年 6 月 17 日，我国进行第一颗氢弹试验。

预计爆炸时间是上午 9 时。但在指定地点拍照刚好逆光，按原计划拍只能拍出剪影，拍不出蘑菇云的颜色和层次感。怎么办？最好是改变拍摄地点——到爆炸的下风向某个点去。他向指挥部申请，指挥部负责人不由分说地拒绝了：因为下风向太危险，谁也不能保障万无一失，一旦失控，轻则受到核辐射污染，重则造成死亡。孟昭瑞不死心，再次申请，说可以配备一个无线报话机，随时和指挥部联系，一旦出现险情立即撤退。最终，这个请求被勉强同意。

在实行爆炸的前一天下午，孟昭瑞和八一制片厂的同行就来到拍摄地点，天为房，地为床，在戈壁滩上熬了一夜，"虽然寒冷，却无比兴奋"。

次日，他出色地完成了任务。

三

1984 年 10 月 1 日，中华人民共和国成立三十五周年。"老将"孟昭瑞再次被总政"钦点"，参与拍摄国庆庆典。此前，中国已有十四年未进行过国庆阅兵了。

他清楚地记得三十五年前，天安门城楼上的那声庄严宣告；他期待，从十年浩劫中走出来的新中国，将展示出自信而开放的一面。

国庆前一天，他到天安门前，看地形，测距离，选角度，反复试拍。

国庆当天，他拍下邓小平在城楼自信地挥手——这一历史时刻，又成经典，被孟氏永远定格。

除了重大仪式与领袖人物，孟昭瑞的胶片还详尽地记录着新中国发展的重要时刻——

1952年6月20日，荆江分洪工程提前竣工；

1953年，鞍钢进行大规模基建，生产出了无缝钢管；

1956年5月26日，人民解放军空军飞行员突破北京至拉萨的"空中禁区"；

1959年，哈尔滨投产锅炉厂、汽轮机厂、电机厂等三大现代化动力厂；

1979年，我国第一个大型水电站——龙羊峡水电站导流隧洞过水并完成截流；

1983年，引滦入津工程顺利竣工……

他用镜头，客观而全息地将一个个现场记录下，用胶片将共和国的起承转合组接成一个长长的光影甬道。一个国家的成长足迹从未如此集中于一个摄影师之手。

他的镜头亦记录着不少名流掠影——老舍、胡风、郭沫若、常香玉、茅盾、齐白石、田汉、梅兰芳、曹禺、丁玲、常书鸿、华罗庚、冰心、叶圣陶，还有钱学森、邓稼先……

对摄影以及摄影的作用，他在端起相机开启职业生涯的第一刻时，并未有深刻理解，"觉得那只是工作。"六十余年过去，他的个人镜头都成了国家叙事，为国家和人民提供了珍贵的影像记忆，他让历史深处的每一个细节都变得可以观看。

鉴于孟昭瑞为中国摄影事业做出的贡献，中国摄影家协会授予他第九届"中国摄影金奖终身成就奖"，中国文联授予他第十届"造型表演艺术成就奖"。

六十余年，他却从未被历史裹挟，而是一直站在历史的关口，拍摄它，记录它，流传它。

为何幸运之神总是垂青孟昭瑞？

可能因为他严谨、忠诚、认真、可靠。

"独有豪情，天际悬明月，风雷磅礴。"他选择了这样的诗句，为他2012年出版的摄影集《共和国震撼瞬间》做注解。